무림에 떨어진 현대인 **9**

초판 1쇄 인쇄일 2021년 10월 20일 | **초판 1쇄 발행일** 2021년 10월 25일

지은이 청루연 | **펴낸이** 곽동현 | **담당편집 팀장** 이범수
편집부 정요한 최훈영 조혜진

펴낸곳 (주)조은세상 | 출판등록 제2002-23호
주소 서울특별시 동작구 동작대로1길 27 5층
TEL 02)587-2966 | FAX 02)587-2922
E-mail bukdu@comics21c.co.kr

청루연ⓒ2021
ISBN 979-11-391-0206-2 | ISBN 979-11-6591-687-9(set)
값 8,000원

무림에 떨어진

청루연 신무협 장편소설

현대인

9

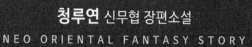

청루연 신무협 장편소설

NEO ORIENTAL FANTASY STORY

CONTENTS

61章.

이 모든 것을 지켜보던 조휘는 짜증이 이만저만이 아니었다.

지들이 원래 선인(仙人)이라는 건 잘 알겠는데 도통 알아들을 수 없는 소리만 연신 해 대고 있으니 이제는 '신좌' 소리만 들어도 절로 구역질이 치밀 지경.

더욱이 자기편이라 생각했던 천우자가 사실은 지금까지 자신을 의심해 왔단 것이 조휘의 속을 더욱 뒤집어 놓았다.

이자들의 말대로라면 달마(達磨)란 선종(禪宗)의 위대한 창시자가 아니라 인류가 낳은 최악의 존재라는 뜻인데 그런 놈이 환생한 게 자신이라니?

더욱 열이 받는 것은 지금까지 자신을 항상 아껴 주고 부둥

부둥해 주던 영계의 존자들조차도 그런 천우자의 말에 동요하고 있다는 것이었다.

그만큼 이 조휘가 '합리적인 의심'을 사고 있다는 뜻!

아니, 내가 신좌의 유물을 당신들과 다르게 해석하고 더욱 빠르게 습득할 수 있었던 이유는 그와 똑같이 '현대인'이라 그런 거라고!

당신들의 상식으로 설명할 수 없다고, 무슨 거창한 '신적인 의지' 따위로 해석해 버리면 정말 마음이 편안해져?

그게 홍역에 걸렸다고 귀신에게 물 떠 놓고 낫게 해 달라는 이 시대의 수많은 비문명인들과 다를 게 뭐야?

진짜 겁나 미개하다 미개해.

'신'좌는 개뿔이!

그놈이 진짜 신이었다면 오롯한 의지만으로 인간 세상을 좌지우지했겠지.

갓(GOD) 몰라, 갓?

마음에 안 들면 비를 퍼부어 지구를 멸망시키고 홍해를 통째로 갈라 버리는 게 신이라고!

잠깐만?

바다를 가르는 건 얼마 전 휘영존신을 죽였을 때의 그 힘이라면 나도 가능할 것 같은데…….

생각이 거기까지 미치자 조휘는 정말로 돌아 버릴 지경이었다.

'에이 씨!'

더욱 열불이 터진 조휘가 강제로 천우자의 현신(現身)을 해제하며 자신의 몸을 다시 차지했다.

무심결에 한 행동이었으나 그것은 영계의 존자들을 크게 놀라게 하고 말았다.

-저럴 수가⋯⋯!

영계의 존자들은 그야말로 존자(尊者)다.

오랜 인과로 단련된 그들의 영혼은 그만큼 강력했다.

더욱이 그런 강력한 영력을 지닌 존자들 중에서도 천우자는 가히 군계일학.

그런 천우자의 영력을 저렇게 가볍게 강제로 해제할 수 있다는 것이 무엇을 의미하겠는가?

-우리들을 아득히 넘어선 영력(靈力)이다. 이건⋯⋯!

검신 어른이 경악하고 있었다.

자신이 존자들을 넘어서는 영력을 지니게 되었다고?

사실 내공과 같은 무력(武力)은 경지를 돌파할수록 확실히 체감되는 것이었는데 영력이라는 것은 조휘에게 어떤 실체로 느껴지진 않았다.

조휘가 일렁이는 암흑을 향해 시선을 옮기며 내뱉듯 말했다.

"됐고. 어이 거무튀튀한 양반."

"으음⋯⋯."

바뀐 기질로 인해 한눈에 조휘임을 알아본 귀암자.

조휘가 환생자임을 알아 버린 후라 그는 이제 매우 경계하는 눈치였다.

"이해할 수 없군. 그가 그대를 지금까지 내버려 둘 리가 없거늘."

"아 모르겠고. 빨리 여기서 빠져나가는 방법이나 알려 줘요. 난 바쁜 몸이야. 할 일이 많다고."

"부탁이 있다."

"부탁?"

그 법력이 하늘 끝에 닿아 좌(座)들의 미움을 사 저주까지 받은 절대적인 존재라더니 자신에게 무슨 부탁을?

"내 영혼은 오래전부터 지쳐 있었다. 이제는 정말 쉬고 싶네."

조휘가 흠칫 두 눈을 부라렸다.

"뭐야? 설마 나보고 당신을 죽여 달라고?"

"그렇게 쉽게 목숨을 놓을 것이었다면 그 모진 세월을 견뎌 오진 않았겠지."

"그럼?"

"나도 그곳에 있고 싶네."

"그곳?"

조휘가 의아한 표정으로 고개를 갸웃거리더니, 이내 상대가 말한 '그곳'의 정체를 깨닫고는 발악하듯 외쳤다.

"아니 내 머릿속이 무슨 객잔이냐고!"

"쥐 죽은 듯이 그대의 행보를 지켜만 보겠다."

"허, 시청자가 되시겠다? 별풍이라도 쏴 줄 거야?"

이제 BJ 노릇까지 하라는 건가!

의도야 너무 뻔했다.

뭐 인정하기는 싫었지만 그는 자신에게서 신좌의 힘을 엿봤다고 주장하고 있었다.

그러니 당연히 영계 속에서 지켜보며 신좌에 닿을 수 있는 실마리를 찾고 싶은 것이다.

"안 돼. 절대 안 돼. 지금도 정신이 없어 정신병에 들기 직전인데 더 이상의 입주민은 불가."

"으음……."

그때 머릿속에서 또다시 검신 사부의 음성이 들려왔다.

-나쁠 것 없지 않느냐? 그는 신좌에게서 직접적으로 유산을 이어받은 육존신 중 한 명이다. 네 녀석의 행보에 득(得)이 되면 되었지 과연 실(失)이겠느냐? 더욱이 천 년이 넘는 시간 동안 법력을 쌓은 존재. 그의 지식은 인간의 경지를 아득히 벗어나 있다.

마신도 동의했다.

-중원을 암중으로 지배하는 자들이 신좌가 아니라 저자가 말한 통천주…… 아니 통천존신이라 불리고 있겠지. 만약 네가 그와 마주하게 된다면 네게 반드시 큰 힘이 될 자가 아니냐?

조휘가 한숨을 내쉬었다.

"저자가 그럴 생각이 있다면 지금부터 저를 도와주면 되는 거지 굳이 영계로 들일 필요가 있겠습니까."

-바보 같은 놈! 신좌와 통천존신의 눈을 피하기 위해 지하 삼천 장 깊이의 지저를 전전하는 자다. 너는 무신(武神)이 그 신위를 드러내자마자 신좌의 신력에 의해 통째로 소멸되는 것을 보고도 그런 소리가 나오느냐?

아 씨!

너무 논리정연해서 반박할 수가 없잖아?

"아 몰라. 당신 진짜 조용히 있을 거지? 지금도 머리가 터져 나갈 지경인데 들어가서 존재감 뿜뿜하면 안 돼. 알겠지?"

"……."

"……."

"그런데 왜 반말인가?"

"지금 이 와중에 천 살 넘었다고 으스대는 거야? 누가 갑인데?"

"……."

그렇게 귀암자는 비로소 천 년 만에 혼세일계에서 자신의 육체를 소멸시키며 영욕의 삶을 정리했다.

그에게 영계존자로서의 삶이 새롭게 펼쳐진 것이다.

허나 귀암자는 그것이 얼마나 큰 저주인지 이때까지만 해도 결코 알지 못하고 있었다.

◆ ◆ ◆

단리웅, 아니 휘영존신은 비공일맥을 실질적으로 운영하던 주인이었다.

비공(秘公)이라 불리는 구연천은 사실 휘영존신의 대리자에 불과했던 것.

한데 그런 절대적인 존재인 단리웅이 의문의 존재에게 소멸되어 버렸고, 이는 구연천을 공황 상태에 빠지게 만들기 충분했다.

그런 구연천이 칩거를 선언한 지도 벌써 보름.

혼란스러운 것은 조휘 일행도 마찬가지였다.

"아직도 아무런 소식이 없어?"

천변혈후 백화린의 질문에 홍예가 나직이 고개를 가로저었다.

"전혀. 천하의 그 어디에도 소검신은 존재하지 않아요."

야접의 촘촘한 정보망은 그야말로 천하에 드리워져 있었다.

홍예가 저토록 확신에 찬 어조로 말한다면 틀림없이 조휘는 어디에도 존재하지 않을 것이다.

"그때 설마 죽은 건 아니겠지?"

조휘가 사라졌던 날.

그가 동료들을 향해 절대 나오지 말라는 말만 남기고서 사라지고 난 후, 얼마 지나지 않아 하늘에서 연신 천둥소리가 들려왔다.

조휘의 동료들은 그것이 전투로 인해 일어난 소음이라는

것을, 목격자들의 증언을 듣기 전까지는 결코 생각지 못했다. 자연재해라 여긴 것이다.

"절대경의 무인은 그렇게 쉽게 죽지 않아요."

백화린이 음침하게 웃었다.

"혹천련이 어떻게 탄생할 수 있었는지 천하의 야접이 모를 리가 없는데."

모산곡주 단용성은 당시의 팔무좌.

그를 죽이고 강서를 일통(一統)한 존재는 다름 아닌 혹천대살이었다.

"모산곡주 따위와 소검신이 어디 비교가 되나요? 신(神)의 휘호를 일신에 새긴 자는 삼신 이후 그자가 처음이에요. 더 이상 이 홍예의 사람 보는 눈을 의심하지 마세요."

그때, 회의실의 어스름한 그림자 사이로 거짓말처럼 조휘의 신형이 나타났다.

"쌍년. 허구한 날 그 입에 쌍년을 달고 살더니 진정한 쌍년은 본인이었네? 오빠오빠 거리며 쫓아다닐 때는 언제고 이제는 죽은 사람 취급해?"

"조휘 공자!"

"소검신!"

지극히 반가워하는 홍예와 암흑귀랑과는 달리 백화린은 어쩔 줄을 몰라 하고 있었다.

"아, 아니 그게 아니고……."

"집어치워! 하루만 늦게 왔더라면 제사상을 차려 놨겠네? 와 나!"

백화린이 굳게 입을 다물며 자라목처럼 움츠러들자 조휘는 혀를 끌끌 차더니 홍예를 바라보았다.

"일은 어디까지 어떻게 진행되었지?"

"전혀요. 모든 것이 혼란스러워서 아무것도 진행시키지 못했어요."

"혼란? 상황이 어떤데?"

이어 홍예가 천천히 설명을 늘어놓기 시작했다.

구연천의 갑작스러운 칩거.

만금전장의 매각도 중단된 상황.

"각지의 관인들과 상인들이 하루에도 몇 번씩이나 비공에게 접견을 요청했지만 그는 일절 받지 않고 있어요. 심지어 얼마 전에는 황제의 당숙(堂叔)까지 찾아왔는데도 거부하더군요."

조휘가 씨익 웃었다.

"새끼, 멘탈이 완전 나갔구만."

"멘탈?"

"그런 게 있어."

한 번씩 소검신은 이상한 단어를 사용했다.

정보에 민감한 홍예는 그 점을 일찍부터 예의 주시하고 있었다.

17

간혹 그가 구사하는 단어들이 왠지 서역(西域)의 언어와 비슷했기 때문이다.

"지금은 먹을 게 그리 많지 않겠군. 철수하자."

"네?"

"뭐라고?"

무엇보다 백화린이 그 표정에 한껏 의문을 드러내고 있었다.

"삼 개월이 벌써 지났잖아? 조가대상회가 위험하다고 하지 않았어? 그런데 철수하자고?"

"천하제일 개방을 물로 보나? 전서구로 조가대상회의 상황은 수시로 보고받고 있었다고. 그리고……."

이어진 조휘의 말은 모두를 황당하게 만들었다.

"흉수를 죽였다. 당분간 조가대상회는 안전해."

"흉수? 누굴 말하는 거죠?"

조휘가 창밖으로 보이는 비공 구연천의 처소를 바라보며 비릿하게 웃고 있었다.

"비공일맥을 움직이는 실질적인 주인은 따로 있더라고. 저 새끼 저거 혼자서는 아무것도 못 해. 실권도 없어. 필시 지하 상계를 평정한 것도 그들의 도움으로 인해 가능했겠지."

"네……?"

지극히 황망한 홍예의 표정.

암중으로 중원을 경영한다는 천하의 비공일맥도 신비로움 그 자체인데, 그런 비공일맥을 움직이는 조직이 따로 있다고?

실로 미궁에 미궁, 그야말로 점입가경이다.

"그, 그런 엄청난 존재를 당신이 직접 죽였단 말인가요?"

퉁명스레 대답하는 조휘.

"어. 시간이 지나면 지들이 알아서 정리하고 수습하겠지. 그때 먹을 게 많을 거야. 때가 되면 다시 오자고."

홍예가 여전히 멍한 표정으로 자신의 배를 쳐다본다.

"이건 어쩌고……."

비공 구연천을 속이기 위해 그간 얼마나 개고생을 해 왔는데!

"그럼 계속 저놈의 부인으로 살 거야? 약속은 지킬 테니 걱정 말라고."

황망한 의문을 드러내는 것은 암흑귀랑도 마찬가지였다.

"어찌 빠져나간단 말이오? 장원 주위로 고대의 고명한 진법이 수없이 펼쳐져 있소. 게다가 살막(殺幕)의 절대고수들도 물샐틈없이 장원을 지키고 있소. 그들이 비공의 처를 순순히 바깥으로 내보낼 리 없지 않소?"

주휘가 쯧쯧 거리며 혀를 차다 미리 가져온 기다란 밧줄 하나를 품속에서 꺼냈다.

"지들이 하늘을 어찌 막아?"

"음?"

묵묵하게 다가가 암흑귀랑을 묶기 시작하는 조휘.

"이, 이게 무슨 짓이오?"

"거 움직이지 말라고."

그렇게 조휘는 암흑귀랑을 꽉 묶고 난 후 매듭을 만들더니 그대로 그 밧줄을 이어 홍예에게 다가갔다.

  "아, 아니 설마 당신?"

  "어, 그 설마가 맞아."

  "아아!"

  그렇게 조휘는 황당한 표정으로 굳어져 버린 홍예를 결박한 후 또다시 매듭으로 묶고 천변혈후 백화린에게 다가갔다.

  "오빠, 우리 설마 하늘을 나는 거야?"

  "사실 넌 별로 데려가기 싫은데."

  평생을 사파에서 노련하게 굴러온 천변혈후라면 조화면천변(造化面千變)을 활용에 어떻게든 살아남을 넌이었다.

  "왜, 왜 그래. 나 정말 열심히 했다구!"

  "그래서 묶어 주는 거야."

  조휘가 한 차례 피식 웃더니 철검을 허공에 띄우고 이내 올라탄다.

  "소, 소검신!"

  "저기 이봐요! 왜 당사자들에게는 물어보지도 않고……!"

  허나 그들의 바람은 조휘에게 닿지 않았고.

  "얏호!"

  "끼야아아아아악!"

  "아, 아니 이보시오! 으아악!"

  와장창!

숙소의 지붕이 부서지며 차가운 야공 위로 조휘와 그의 동료들이 줄줄이 소시지처럼 엮어진 채 하늘로 치솟고 있었다.

◆ ◈ ◆

갑작스런 조휘의 귀환 소식에 모처럼 모든 동료들이 한자리에 모였다.

장일룡이 묘한 표정을 지은 채 가슴 근육을 꿈틀거리며 암흑귀랑을 견제하고 있었다.

조휘가 동료들을 훑어보며 말했다.

"인사들 해. 이제부터 같이 일할 사이니까."

암흑귀랑이 예의 무뚝뚝한 음성으로 주위를 돌아보았다.

"별호는 암흑귀랑, 이름은 따로 없소. 그냥 귀랑이라 불러주시오."

장일룡이 음침하게 웃었다.

"살귀(殺鬼)? 세작(細作)?"

이름이 존재하지 않거나 스스로 밝힐 수 없는 강호인이라면 살수나 세작으로 키워진 자들밖에 없었다.

조휘가 그런 장일룡을 향해 눈을 부라렸다.

"그냥 귀 대리라 불러. 손 씻고 입사한 마당에 이제 와서 출신이나 따질 거야? 그러는 네 녀석도 만만치 않은 출신이잖아?"

하기야 길 막고 돈을 뺏는 산적이나 음험한 살수나 도토리

21

키 재기다. 비교가 무의미한 것이다.

장일룡이 어이가 없다는 듯한 얼굴로 조휘를 향해 으르렁거렸다.

"그야말로 위맹하고 호쾌한 사나이들의 세계 녹림을 어찌 한낱 비열한 살수들과 비교한단 말이우!"

"둘 다 칼 들고 사람 목숨을 볼모로 삼는 것 똑같아."

"아니 형님!"

"뭐야? 그래서 산적 다시 할 거야?"

"그, 그런 건 아니지만……."

"이제 정파인이라며?"

그렇게 장일룡이 합죽이가 되자 연신 눈치만 살피고 있던 진가희가 백화린에게 조심스럽게 다가갔다.

"천변…… 아니 백 언니."

"응 동생. 잘 지냈어?"

"네 언니."

오히려 남자보다 여자들 쪽이 서열 정리는 더욱 확실한 편.

과연 지난번의 일(?)로 위아래가 확실하게 정리가 된 듯, 진가희는 백화린에게 한없이 공손한 모습을 내보이고 있었다.

묵묵히 침묵하고 있던 남궁장호가 조휘에게 다가왔다.

"이건 아니다."

"뭘?"

남궁장호가 암흑귀랑을 힐끗 쳐다봤다.

"모두가 네게 녹봉을 받고 있는 처지라 해도 우린 네 동료들이자 친우(親友)가 아니냐? 살수의 영입은 선을 넘었다. 난 결코 받아들일 수 없다."

강호인들의 눈에 살수가 어떤 존재로 비춰지는지 명확하게 알 수 있는 남궁장호의 태도였다.

강호인들은 살수를 결코 무인(武人)으로 여기지 않았다.

조휘가 미간을 찌푸렸다.

"아니 따지고 보면 정파인들도 왕왕 살생을 저지르는 건 마찬가지잖아?"

남궁장호가 그 얼굴에 진득한 분노를 드러냈다. 마치 이것만큼은 도저히 양보할 수 없다는 듯이.

"협도(俠道)와 정의(正義)에 의해 치러지는 처단과, 한낱 은자를 탐하여 사람의 목숨을 빼앗는 행위를 지금 동일시 여기는 것이냐?"

조휘는 인정할 수 없다는 투였다.

"하, 그 앞에 아무리 미사여구를 붙여 본들 본질은 둘 다 똑같은 살인이야. 죄의 경중(輕重)이 달라진다고 근본적인 살인 행위가 사라지는 건 아니잖아?"

현대인의 관념을 지닌 조휘로서는 자신을 지키기 위한 정당방위가 아닌 이상 살인은 모두가 똑같은 살인이었다.

술을 마셨거나 정신병이 있었다고, 혹은 그 살인이 정의로운 처단이었다며 아무리 항변해 본들, 현대의 재판부에서는 살인죄 자체를 불인정하진 않는다.

"말도 안 되는 궤변! 협의지도의 행위와 살인 청부가 어떻게 같을 수가 있단 말이냐!"

"아니 남궁 형이야말로 궤변이지! 지금도 봐. 교묘하게 '살인'이라는 단어를 빼 버리고 말하고 있잖아? '협의지도의 행위'라며 살인을 포장하고 있지만 남궁 형 역시 내심은 그 무엇으로도 살인은 정당화될 수 없다는 걸 알고 있다고!"

"갈(喝)!"

"나도 갈! 두 번 갈!"

자신 때문에 친우들끼리 실랑이를 벌이고 있는 것이 불편했는지 암흑귀랑이 남궁장호에게 다가가더니 이내 정중하게 포권했다.

"이 귀랑. 살수의 무공을 익혔으나 단 한 번도 살행을 저지른 적은 없소."

남궁장호가 의외라는 듯한 얼굴로 마주 포권했다.

"그게 정말이오?"

아니 방금 전에는 그렇게 욕하더니 살수에게 마주 포권을?

역시 남궁장호에게 포권이란 마치 방귀처럼 참을 수 없는 종류인 건가.

조휘가 그 모습을 보며 혀를 찼다.

"쯧쯧. 오히려 귀랑 형은 그 위험한 '살수 무공'으로 평생토록 사람을 '호위'하면서 살아온 사내야. 뭘 알지도 못하면서

화부터 내?"

"그, 그래? 험험."

남궁장호가 괜스레 헛기침을 하며 그렇게 겸연쩍이 물러나자 팽각이 스르르 다가왔다.

"계약 기간 다 채웠다."

"음?"

팽각의 변화된 모습에 조휘는 가히 화들짝 놀랄 수밖에 없었다.

거대한 두 주먹의 굳은살이 과거의 장일룡을 능가했다.

수많은 갱도들을 전전하며 얼마나 몸을 혹사시켰는지 분명 과거보다 체구 자체는 작아졌다 할 수 있으나 그 몸은 가히 잘 벼려진 강철에 다름이 아니었다.

신도왕(新刀王)이 아니라 신도왕(神刀王)이라고 불려도 고개가 끄덕여질 정도!

한데 벌써 그와의 계약 기간이 끝났나?

주먹질 한 방에 광맥 하나를 통째로 박살 내는, 그야말로 사상 최고의 광부를 이렇게 떠나보내야만 한단 말인가.

조휘가 아쉽다는 듯 입맛을 다셨다.

"어떻게 좀 더 좋은 조건에 계약 연장은 안 될까?"

"차라리 죽여라."

낮에는 죽도록 힘든 광부 일에, 밤에는 피에 미친 희대의 광녀(狂女)를 피해 다니느라 하루하루 피가 마르는 나날들의 연속이었다.

더 이상은 한계, 아니 이미 예전부터 조가대상회 쪽으로는 오줌도 싸고 싶지 않은 팽각이었다.

"알겠어. 팽가로 돌아가. 그렇다고 서로 인연은 끊지 말자."

"오늘부로 깔끔하게 끊지."

"음……."

이 새끼 이거 많이 힘들었나 보네.

조휘가 그의 소원이었던 '합빈관 무제한 입장권'을 챙겨 주기 위해 품에서 조가대상회의 인장을 꺼내 들었으나, 팽각은 필요 없다며 손만 휘휘 내젓더니 순식간에 짐을 챙겨 팽가로 떠나 버렸다.

"거참 사람 무안하게. 내가 그리 심했나?"

장일룡이 슬며시 고개를 끄덕였다.

"아니 무슨 사람이 양심이? 솔직히 인간에게 시킬 짓은 아니었잖수?"

"아니 왜? 저절로 무공도 수련되고 돈도 벌지, 뭐가 문제야?"

"제발 그런 말은 빙신 대협에게만큼은 참아 주시우."

"……."

그러고 보니 문득 조휘는 고생하고 있을 한설현이 걱정됐다.

"한 소저는 어디에 있어?"

"말도 마시우. 형수님께서는 그야말로 눈코 뜰 새도 없수. 각지의 소형 빙고의 수가 너무 많수. 차라리 합비처럼 대빙고를 하나 만드는 것이 어떻수? 물류 비용을 아끼려다 형수님 만 잡겠수!"

"음……."

과연 장일룡의 말이 옳았다.

강서 진출 초반에야 엄청난 규모의 땅을 갓 사들인 후라 재정이 넉넉하지 못해 최대한 얼음의 물류 비용을 아껴야 했지만 지금은 재정이 넉넉해졌다.

"석공들과 함께 추진해. 규모는 합비의 다섯 배."

"알겠수!"

오랫동안 기다려 온 대답이었는지 장일룡의 얼굴에는 희색이 만연했다.

조휘가 다시 남궁장호를 쳐다보았다.

"남궁 형. 제갈 부회장은? 뭐 좀 닿은 소식은 없어?"

"아직. 맹에 뭔가 일이 생긴 것만큼은 틀림없을 것이다."

"알아서 잘할 거야."

조휘는 제갈운도 듬직했지만 무엇보다 맹주 무황을 믿고 있었다.

자신에게 마음을 연 무황은 그 이전과 확실히 다른 사람이었다.

"한데 저 여인은 누구지?"

남궁장호기 시선으로 가리킨 이는 탁자 위에 몸을 웅크리고 앉아 연신 조휘의 눈치를 보며 벌벌 떨고 있는 춘선(春嬋)

이었다.

"음. 백화린의 말을 빌리자면…… 쌍년?"

"쌍…… 뭐라고?"

"됐어. 저년은 신경 쓰지 마. 곧 남편에게 맞아 뒈질 년이
니까."

그때 장일룡이 조휘에게 참아 왔던 말을 늘어놓았다.

"그런데 형님. 우리 조가대상회에 별종 놈이 하나 굴러들
어 왔수."

"별종?"

장일룡이 의미심장하게 고개를 끄덕였다.

"두 달 전부터 오로지 형님만 만나겠다고 기다리고 있는
놈이 있수. 나중에 다시 오라니까 몇 날 며칠을 외성문 앞에
우두커니 서서 기다리고 있지 뭐유? 비가 아무리 쏟아져도
갈 기미도 안 보이고 해서 객당에 들이긴 했는데……."

조휘의 눈썹이 꿈틀거렸다.

"아니 그런 잡상인 하나 처리 못 해서 나한테 보고씩이나
하다니? 장 전무. 이거 좀 실망인데?"

"상인이 아니라 잘 벼려진 무인(武人)이우."

"강호인이라고?"

지켜보던 남궁장호가 말을 보탰다.

"나로서도 쉽사리 승부를 장담할 수 없는 막강한 고수였다."

"남궁 형이? 절대경이란 말야?"

"절대(絶大)는 아니다."

화경에 오른 후로 물 만난 고기처럼 남궁세가의 절학을 흡수하고 있는 소검주의 무위는 하루하루가 다를 정도로 그 성취가 남달랐다.

같은 화경급 고수에게는 그 누구에게도 뒤처지지 않는다고 스스로 자부하는 그가 섣불리 승부를 장담하지 못한다니?

"아니 그 정도로 강한 사내라면 강호에 알려져 있을 거 아니야? 누구지?"

조휘의 의문에 남궁장호가 고개를 가로저었다.

"정사양도(正邪兩道) 어디에도 알려져 있지 않은 자다. 우리는 뭐 발 닦고 잠만 자고 있었던 줄 아느냐?"

"호오. 그런 무위로 별호조차도 없다?"

더욱 호기심이 치민 조휘가 장일룡을 힐끗 쳐다봤다.

"그 사내는 지금 어디에 있지?"

"연무장이우. 이 시간이면 그는 늘 연무장에서 검을 휘두르고 있수."

조휘가 걸음을 옮기며 투덜거렸다.

"미친놈. 아주 그냥 제집 안방이구만."

휘욱! 후욱!

일 합(一合)씩 이어 가는 그의 검도, 그 진지한 얼굴은 마치 장인(匠人)을 연상케 했다.

단순히 가볍게 내려치는 동작에 불과했으나, 그런 동작 속에 담긴 어마어마한 위력을 조휘는 단숨에 알아보았다.

"호오."

그의 검로에 잡스러운 수학적 오류가 없었다.

한 치의 군더더기도 없는 완벽한 벡터값.

동선의 균일성, 힘의 정확성, 그 모든 절묘한 균형에 조휘는 절로 탄성이 흘러나왔다.

그야말로 빈틈이라고는 찾아볼 수 없는 완벽한 검.

천 번을 휘둘러도, 아니 만 번을 휘둘러도 언제나 동일한 검로를 그릴 수 있는 자였다.

검신 어른은 저런 경지를 검혼일체(劍魂一體)라 불렀다.

조휘는 아직 절대경 이하의 고수에게서 저런 검도의 예술을 접한 적이 없었다.

그제야 조휘는 장일룡과 남궁장호가 왜 그를 섣불리 내쫓지 않았는지 이해할 수 있었다.

무인이라면 결코 그를 문전박대할 수 없을 것이다.

조휘는 굳이 그의 수련을 방해하지 않고서 돌담 아래 아무렇게나 앉아 한참이고 그를 지켜만 보고 있었다.

'호오.'

보면 볼수록 놀라움은 배가 되었다.

그것은 조회로서도 많은 반성을 하게 만드는 검.

단순히 내려치는 동작 하나에 그가 얼마나 극고의 심력을 소모하는지 피부로 체감이 될 정도다.

당연히, 검(劒)의 신(神)께서도 탄복을 하셨다.

-정말 놀라운 후배로다. 그야말로 의지견정(意志堅貞), 물아일체(物我一體)의 표본과도 같은 검이다. 저건 단순히 수련을 하는 것이 아니다.

'수련이 아니라고요?'

-그렇다. 사람이 돌이라면 스스로를 깎아 내는 자구나. 이해할 수 없다. 저런 검을 구사하는 이가 왜 아직 화경에 머물러 있는고?

지금까지 검신 어른께서는 무인의 무위에 대해서는 칭찬을 한 적이 많았지만, 무인의 태도 자체를 기껍게 본 적은 단한 번도 없었다.

그렇게 조회가 묘한 분루를 삼키며 더욱 지그시 그 사내를 응시한다.

단지 검을 휘두르는 것만으로 검신 어른의 인정을 받은 검수.

한데, 그런 조회의 감탄은 강비우(姜飛雨)가 마주하고 있는 놀라움과는 비교조차 되지 않았다.

'뭐, 뭐지?'

어느 순간.

마치 거대한 산맥을 통째로 옮겨 놓은 듯한 강렬한 존재감

31

이 자신의 목덜미를 압박하고 있었다.

한 발자국이라도 움직이면 자신의 온몸이 터져 나갈 것만 같은 무한한 압박감!

그는 온몸이 사시나무 떨듯 떨려 왔지만 애써 마음을 다잡으며 검로를 회수했다.

이어 천천히 뒤를 돌아보는 강비우.

돌담 아래 그저 아무렇게나 앉아 있는 예의 미공자.

순간 밀사검주 강비우는 숨이 멎을 것만 같은 느낌에 그대로 온몸이 얼어 버렸다.

단지 바라보는 것만으로도 질식할 것만 같은 존재감을 드리우는 자.

그자는 검수가 아니라, 이미 검(劍) 그 자체였다.

강비우는 무언가 이상하다고 생각했다.

분명 상대는 검(劍)으로서 완성된 자였다.

그것은 폐관 수련의 심상에서 늘 꿈꿔 왔던 자신의 모습.

한데 그렇게 한 자루의 검과 같은 자이면서 동시에 이율배반적이게도 검수의 예기(銳氣)가 느껴지지 않았다.

검수의 정신이란 검도(劍道)와 함께 성장하는 법.

검수의 예기는 경지의 높고 낮음과는 별개로, 검을 갈고닦는 자라면 반드시 발현될 수밖에 없는 것이었다.

한데 달리 표현하자면 상대는 검이면서도 검이 아니었다.

그런 말도 안 되는 이질적인 느낌은 지금까지 그 어떤 검수에게서도 느껴 보지 못한 강비우였기에 당혹스럽기가 이만 저만이 아니었다.

그렇게 강비우가 수련을 마치고 자신을 멀뚱히 쳐다만 보고 있자 조휘가 엉덩이를 털며 자리에서 일어났다.

"날 보자고 했다고요?"

그제야 조휘의 정체를 파악한 강비우가 두 눈에 깊은 이채를 드러냈다.

"당신이 소검신(小劒神)이오?"

조휘가 피식 웃었다.

"물음에 물음으로 답하는 나쁜 버릇을 가지고 계시네."

"아니, 그런 게 아니라…….."

"뭐 강호의 동도들이 저를 소검신으로 불러 주는 건 맞고요. 다시 묻죠. 날 왜 보자고 한 겁니까?"

그런 조휘의 물음에 강비우는 검을 회수하더니 더욱 진득하게 눈을 빛냈다.

"소검신의 검을 한 수 배우고 싶소."

조휘가 황당하게 굳어졌다.

"지금 나더러 무공을 가르쳐 달라는 말입니까?"

"그렇소."

아니 뭐 이런 뻔뻔한 놈이?

검종은 비인부전(非人不傳)이다.

비단 검종뿐만 아니라 다른 모든 문파도 마찬가지였다.

외인이 다른 문파의 비전절학을 탐내거나 몰래 훔쳐본다면 무림공적으로 찍힐 수도 있는 위험한 행위.

이처럼 강호의 법도에 무지한 자라면 한 부류밖에 없었다.

"사파?"

놀랍게도 강비우는 망설임 없이 고개를 끄덕인다.

"사문을 묻는 것이라면 사천회(邪天會)에서 왔소."

"사, 사천회?"

조휘로서도 깜짝 놀랄 수밖에 없었다.

호남과 광서를 잇는 기다란 경계를 마주하고 있는 사천회는 그야말로 조가대상회의 잠재적인 적대 세력이다.

더욱이 남궁장호로서도 쉽게 승부를 장담할 수 없을 정도의 고수라면 반드시 간부일 터.

그럼 지금 사천회의 간부란 놈이 버젓이 정파의 영역인 강서에 들어와 소검신에게 가르침을 청하고 있단 말인가?

조휘는 그런 깜찍한 사파 사내에게 더욱 호기심이 치밀었다.

"사천회에서의 위계는요?"

"밀사검주요."

조휘의 두 눈이 더욱 화등잔만 하게 떠졌다.

"그럼 그 밀사검대(密邪劍隊)?"

밀사검대는 사천회 최고의 검수들로 구성되어 있었다.

맹의 천룡전위대와도 비견되는 엄청난 사파 검수들의 집단!

한데 그런 밀사검대의 검주라면 사실상 회주인 사황을 제외하고는 사천회 최고의 실세이자 중역이지 않은가?

이 철부지 같은 사내가 무림맹으로 치면 부맹주급의 인사라고?

"아니 그럼 당신은 명백한 사파인인데?"

조휘는 엄연히 정파의 전설적인 검수 검신(劒神)의 적전제자.

게다가 무림맹과 동맹을 천명했으니 이제 조휘는 정파무림의 화신과도 같은 존재가 되어 버렸다.

한데 사천회의 이인자가 조휘에게 검을 배우겠다니?

"내게 정사(正邪)는 무의미하오. 궁극의 검도에 도달할 수만 있다면 내게 밀사검주 따위는 언제든지 벗어던질 수 있는 허울일 뿐이오."

"와 이 양반 깡다구 보소. 내가 당신의 그 말을 그대로 사황(邪皇)에게 전달해서 이간책을 펼칠 수도 있는데? 감당 되겠어요?"

강비우가 피식거렸다.

"밀사검주인 내가 회주의 허락도 없이 이곳에 방문했다고 보시오? 마음대로 하시오."

"호오?"

정파의 대표적인 검수에게 가르침을 청하려 떠나겠다는 수하를 그냥 내버려 두었다?

그 말이 의미하는 바는 실로 간단했다.

이 사내는 사천회주조차도 통제할 수 없는 자.

허면 상하관계가 아니라 거래나 약속으로 묶인 사이라는 건데…….

순간 조휘의 눈이 음침하게 빛났다.

"궁극의 검도를 완성할 수만 있다면 무슨 짓이든 하겠다? 하면 제 수하도 될 수 있겠네요?"

그 말을 오히려 기다렸다는 듯이 대답하는 강비우.

"세력의 종주들이란 하나같이 똑같은 부류로군. 십 년 전 회주에게 들었던 말과 그야말로 한 치의 오차도 없구려."

그렇게 강비우가 한 차례 음침하게 마주 웃더니 예의 굵직한 음성을 이어 나갔다.

"그 옛날 그때처럼 내 요구는 단 한 가지뿐이오. 무공 수련에 그 어떤 방해도 받지 않겠소. 폐관에 대한 무조건적인 보장을 해 주시오. 그렇게만 해 준다면 기꺼이 그대의 수하가 되리다."

조휘가 황당한 얼굴로 굳어졌다.

아니 뭐 이런 거지발싸개 같은 놈을 보았나?

대우는 대우대로 녹봉은 녹봉대로 다 받아 처먹고 일은 하지 않겠다는 그야말로 도둑놈의 심보가 아닌가?

하지만 이 사내의 나이는 많게 봐 주어도 삼십 대.

이처럼 젊은 나이에 화경의 극을 바라본다면 그야말로 이보다 완벽한 절대경의 후보는 강호에 없을 것이다.

그의 자질과 재능이 화산소룡 청운소와 소검주 남궁장호

와 비견되는 것이다.

아니 오히려 사파검종의 취약한 전통과 무공 체계를 생각하면 그들을 능가하는 재능을 지녔을지도 몰랐다.

순간 조휘는 사천회주 사황의 고민을 읽을 수 있었다.

절대경의 고수 한 명이 갖는 파괴력과 상징성은 그야말로 막강하다.

때문에 이 사내는 앓아 죽을 지경임에도 품을 수밖에 없는 인재였다.

그야말로 계륵 같은 자!

'이거 혹 떼어서 나한테 붙이려는 거 아니야?'

물론 조휘의 입장에서도 강력한 절대경의 후보를 조가대상회에 들이는 일은 쌍수를 들고 환영할 만한 일.

그렇지 않아도 조가대상회가 강호의 다른 세력에 비해 무력이 약하다는 점은 늘 조휘에게 목에 가시처럼 걸리는 일이었다.

하지만 자칫하다가는 이건 뭐 월봉을 주면서도 업주가 을(乙)이 될 판국!

그러나 조휘가 괜히 조휘인가?

"거래 조건이 별로네. 그냥 각자 가던 길 가시죠."

강비우는 결코 만만한 사내가 아니었다.

"난 지금까지 회(會)로부터 그 어떤 보수를 받은 적이 없소. 물론 앞으로도 월봉 따위를 받을 생각은 없소이다. 의식

주만 해결해 주시오."

"뭐, 뭐라고?"

무려 사천회의 밀사검주란 자가 월봉을 받지 않는 무보수 직으로 일을 해 왔다고?

이러면 얘기가 달라진다.

화경의 극에 이른 자를 영입하는 것은 보통은 엄청난 금화가 들어가는 일이었다.

허나 이 사내는 지독한 폐관충!

달포에 그 텁텁한 벽곡단만 한 주먹씩 내어 주면 조가대상회로 영입할 수 있다는 뜻인 것이다!

아무리 생각해 봐도 이건 너무 이득인데?

"한 입으로 두말하진 않겠지요?"

"정 꺼려지신다면 날 내치셔도 무방하오. 그럼 이 길로 화산이나 한번 가 볼까 하오. 화산의 자하검성이라면 분명 날……."

조휘가 막 걸음을 옮기려는 강비우의 어깨를 황급히 붙잡는다.

"어허, 화산은 무슨 화산. 도사들이 얼마나 답답하고 재미없는데."

강비우가 환하게 웃으며 조휘를 바라본다.

"내 숙소는 어디에 있소?"

이때까지만 해도 조휘는 자신이 얼마나 큰 실수를 했는지 꿈에도 모르고 있었다.

자고로 동서고금을 막론하고 공짜를 너무 좋아하다가는 패가망신하는 법이었다.

◆ ◈ ◆

조휘가 직원들과 함께 강북으로 향하는 물자들을 정신없이 살피고 있을 때 뜬금없이 강비우가 나타났다.

"중원의 모든 검종은 유능제강(柔能制剛)을 불변하는 진리, 아니 그 이상으로 신봉하고 있소. 하지만 그 옛날 구패검(九覇劒)께서 남기신 능이불유(能以不柳)의 가르침에는 정면으로 위배되지 않소? 그는 중검(重劒)의 극한인 극패(極覇)의 경지에 다다를 수만 있다면 능히 부드러움을 제압할 수 있다고 하였소. 이를 소검신께서는 어떻게 생각하시오?"

아 뭔 개소리야 바빠 죽겠는데.

"거 나중에 좀 이야기하시죠. 지금 정신없는 거 안 보이십니까?"

이내 강비우가 인상을 쓰며 품을 뒤진다.

그가 곧 조가대상회의 인장이 선명하게 찍혀 있는 근로 계약서를 들이밀었다.

"제사 조, 갑(甲)은 을(乙)의 요구가 있을 시 신의성실의 자세로 검도(劒道)를 지도한다. 잊으셨소?"

조휘가 버럭 짜증을 냈다.

"아니 그게 왜 지금이냐고! 일하잖아요, 일!"

"이는 명백한 계약 위반이오. 떠나겠소이다."

"아, 아이 씨! 잠깐! 잠깐 기다려 봐요!"

조휘가 옷의 먼지를 털며 옷매무새를 가다듬더니 한숨을 내쉬다 다시 강비우를 쳐다봤다.

"다시 말해 보시죠. 뭐라고요?"

"유능제강……."

부드러움은 능히 굳센 것을 제압할 수 있다는 검도의 가장 기초적인 이론이었다.

아무리 강력한 일 검을 구사해 본들 흘러내리는 폭포를 벨 수 없는 것과 같은 이치였다.

"그래서 부드러움을 제압하는 극패가 과연 무엇이냐…… 뭐 그런 질문인 겁니까?"

"바로 보았소."

조휘가 버럭 성을 냈다.

"거 흐르는 물을 벨 수 없다면 광대무변한 검력으로 폭포 자체를 없애 버리면 될 거 아닙니까? 계곡 전체가 사라져 평지가 되어 버린 마당에 물이 흘러 봐야 개울이죠."

"음……."

아무렇게나 내뱉은 조휘의 대답이었으나 강비우는 과연 천재였다.

그 와중에도 깊은 깨달음을 얻은 듯 연신 고개를 끄덕이며 떠올린 심상(心想)을 음미하고 있는 것이다.

잠시 동안 두 눈을 반개한 채 생각을 정리하던 그가 곧 두 눈을 번쩍 떴다.

"과연 소검신! 신(神)의 휘호는 괜히 달고 있는 것이 아니로군!"

"아 됐고, 이제 다시 일해도 됩니까?"

"고명한 가르침에 감사드리오."

하지만 강비우가 들뜬 얼굴로 사라진 지 정확히 두 시진 만에 또다시 조휘의 앞에 나타났다.

이번에는 조휘의 집무실.

산더미같이 쌓여 있는 결재 서류들을 정신없이 정리하고 있는 조휘에게로 강비우가 또다시 예의 질문을 건넸다.

"그럼 환검(幻劒)은 일말의 가능성도 없는 것이오? 당신이 말한 대로 존재력(存在力)마저 파괴하는 극한의 패검이라면 그야말로 상성 자체가 존재할 수 없소이다. 하지만 환검의 종주 화산은 당대 제일의 검종이니 이는 당신의 주장과 모순되는 것이 아니오?"

강비우가 말을 걸어오자 조휘의 머릿속에서 정리되던 수많은 숫자들이 일거에 사라졌다.

"하……."

검수의 집요함이라면 남궁장호를 통해 이미 질릴 대로 경험했다고 생각해 왔으나 강비우에 비하면 조족지혈에 불과했다.

모든 궁금증이 풀릴 때까지 계속 자신을 찾아올 것이 분명하기에 조휘는 순간적으로 욕지기가 치밀어 올랐다.

"아니 일과 시간에 계속 꼭 이렇게까지 해야만 됩니까?"

강비우가 무뚝뚝한 얼굴로 다시 품 안의 계약서를 뒤적이자 조휘는 화가 있는 대로 치밀었다.

"꺼내기만 해 봐. 수틀리면 나도 생각이 있으니까."

"떠나겠소."

"아니 진짜 이 양반이?"

"신의성실의 자세로 지도해 주시오."

"와……!"

조휘가 어이가 없다는 듯한 얼굴로 한참이나 강비우를 노려보고 있었으나 그는 꿈쩍도 하지 않았다.

결국 조휘는 두 손 두 발 다 들고는 또다시 길게 한숨을 내쉬었다.

"검속(劍速)에만 집착하니 그런 겁니다. 중원의 환검은 모두 극쾌(極快)만을 추구하니 쾌검의 또 다른 변형에 불과하죠."

강비우는 쉽게 이해할 수 없다는 표정이었다.

"궁극의 환환(幻幻)을 추구하기 위해서는 검속이 필수적으로 뒤따라야하지 않겠소?"

"어휴. 생각 좀 하고 삽시다."

강비우가 미간을 찡그리며 뭐라 항변하려고 들자 조휘가

단숨에 그의 말을 자르고 들어갔다.

"환(幻)의 뜻이 뭐죠?"

"변하다?"

"그럼 그 환변(幻變)이 굳이 빠른 변화만 변화입니까?"

"그, 그게 무슨 소리요?"

조휘가 창밖의 풍경을 바라보며 혀를 찼다.

"쯧쯧. 계절의 변화도 환, 세월의 변화도 환이죠. 절대적인
극패의 위력에 의해 박살 난 계곡이 수백 년의 시간이 흐른다
면? 그곳의 물길은 어떻게 되겠습니까?"

"으음……."

"그곳의 기후 자체가 변하지 않는 이상, 물길은 계속 지형
을 파고들어 계곡으로 변해 가다 결국 폭포로 다시 변하겠죠.
다시 묻죠. 극환(極幻)이 극패(極霸)를 이길 수 없습니까?"

그것은 너무나도 놀라운 발상!

보통 환초(幻初)라고 하면 엄청난 검속을 떠올리게 마련
이다.

한데 극환이 그런 빠름에 있는 것이 아니라 오랜 시간에 그
궁극이 있었다니!

삼라만상(森羅萬象).

태극일원(太極一元).

그것은 강비우에게 있어서 앞전의 깨달음보다도 더욱 강
렬한 무도의 극의(極意)로 다가왔다.

바로 그 자리에서 가부좌를 틀고 앉아 오래도록 명상에 빠져든 강비우.

날이 어둑할 때가 되어서야 비로소 자리를 털고 일어난 강비우가 소름 돋은 얼굴로 조휘를 응시하고 있었다.

물론 오랜 정무에 지친 조휘는 그런 그를 신경도 쓰지 못하고 있었다.

"당신은 소검신이 아니오."

조휘가 미간을 찌푸렸다.

"그건 또 무슨 소리죠?"

강비우가 희멀겋게 웃었다.

"그냥 검신(劍神) 하시오. 오늘부터."

강비우를 향한 조휘의 조언은, 사실 귀찮아서 아무렇게나 흘린 대답이었다.

하지만 검신과 마신 역시 놀람이 이만저만이 아니었다.

-정말 깜짝 놀랄 만한 검론(劍論)이었다. 그것도 혹 현대라는 세계의 사고란 말이더냐?

강비우가 물러가니 이제는 어르신들이 귀찮게 한다.

결국 조휘는 서류를 덮으며 그대로 책상에 엎어져 버렸다.

"어휴, 그게 무슨 지식이랄 게 있어요? 느린 변화도 환(幻)일 수 있다는 게 뭐 그리 대단하다고."

-그리 가볍게 치부할 만한 검론이 아니다.

인간의 사고는 의외로 유연하지 못해서 한번 머리에 자리

잡은 관념은 결코 쉬이 바뀔 수 없었다.

그렇게 인식론적 관념을 좁히는 것은 기실 인간에게 엄청나게 어려운 일인 것이다.

검신은 조휘가 순간이나마 신좌의 힘을 발휘하며 그의 사고가 완전히 다른 차원에 진입했다는 것을 느낄 수 있었다.

그때부터 검신조차도 조휘를 물고 늘어지기 시작했다.

-허면 검도(劍道)의 정중동(靜中動)에 대한 너의 견지(見地)는 어떤 것이냐?

정중동(靜中動).

검신은 고요함 속에 움직임이 있다는, 사실상 중원무공을 관통하는 핵심적인 묘리를 묻고 있었다.

조휘는 뚱한 얼굴로 턱을 괸 채 한 차례 상념에 빠지더니 이내 내뱉듯 말을 이어 갔다.

"정중동은 그냥 모순이죠."

-모순(矛盾)? 그건 또 무슨 해괴한 소리냐?

중원의 무도(武道)에서 정중동의 묘리는 그야말로 법전과도 같은 가르침이다.

그것은 거의 대부분의 중원무공이 소림에서부터 발원했기 때문이다.

천하공부출소림(天下功夫出少林).

다름 아닌 소림무학의 기본 중의 기본이 고요함 속에 움직임이 있다는 정중동이었던 것.

그러므로 소림무공의 모든 기수식은 반장(半掌)으로부터 출발했다.

"물리적, 역학적으로는 분명한 모순이죠. 멈추며 고요한 와중에 움직임이 있다는 설명 자체가 사실 앞뒤 말이 안 맞는 거잖습니까?"

-허면 절대경의 의념은 뭐란 말이냐?

약간은 노기가 섞인 검신 어른의 물음.

하지만 조휘는 여전히 태평하게 말하고 있었다.

"에이, 의념지도는 말 그대로 육체적인 능력이 아니라 정신적인 능력이지 않습니까? 엄밀히 따지면 의념에게도 정중동이라는 단어를 붙일 수가 없죠. 의념이 발현되는 순간 그 의지가 주변으로 쉴 새 없이 미치는데 어찌 그것을 고요하다 할 수 있겠습니까?"

-뭐, 뭐라고!

"아니, 그렇잖아요? 가만히 서 있다고 해서 그것이 실제로 정(靜)입니까? 절대경의 의념지도 역시 움직임(動)이라고 봐야죠. 애초에 정중동은 성립될 수 없는 무론입니다."

-해괴한 논리다!

-이런! 사특한지고!

마신이 일장 연설을 늘어놓았다.

-깊은 이해와 사고를 넓이는 정신의 공부를 동(動)이라고 주장하는 것은 그렇다손 치더라도, 그렇게 이룩한 무혼은 반

드시 정(靜)이라 할 수 있다! 정기신(精氣神)이 천지와 소통하나 무혼은 언제나 그 자리에 불변하는데 어찌 정(靜)이 아니란 말이냐!

조휘가 답답하다는 듯 미간을 가늘게 좁혔다.

"천마님? 아니 마신님? 정기신이 천지와 소통하는 과정에는 동(動)이 없는지요?"

-뭐, 뭣이!

그야말로 중원 무공의 상리를 뒤집는 발언.

비교적 사고가 자유로운 마교 출신인 천마조차 방방 날뛰는 판국이었다.

"어휴, 삼신이면 뭐 해요? 꽉 막힌 노인네들과 다를 것이 하나도 없는데. 그러니 별호만 신이지 진짜 신은 못 된 거 아닙니까."

-아니 나는 왜?

자신은 단 한마디도 안 했는데 졸지에 조휘에게 꽉 막힌 노인네 취급받으니 무신은 억울하기 짝이 없었다.

-이, 이놈이!

-방금 뭐라고 했느냐?

검신과 마신이 길길이 날뛰자 천우자가 끌끌거리며 혀를 찼다.

-우주만물 제행무상이라 하였다. 광대무변한 우주조차도 그토록 다채롭고 영활하게 모습을 바꾸는데 이 세상에 절대

적인 상리가 어디에 있겠는가. 내가 이래서 무인들을 좋아하지 않는 것이다.

-옳거니. 진리를 궁구하는 것에 어찌 하나의 방편만이 존재하겠는가. 모름지기 도(道)를 궁구하는 구도자라면 경직된 사고를 가장 경계해야 하는 법.

바둑판에서 생사를 걸고 마주한 상대보다도 옆에서 훈수를 두는 사람이 더 짜증나는 법이다.

-그래서 천 년 동안 두더지마냥 지저에만 숨어 계셨소?

-껄껄! 거 표현 좋군! 두더지 도사양반!

이번엔 검신과 마신이 합(合)을 이루어 귀암자를 몰아붙이자 이를 참지 못한 천우자가 극대노했다.

-갈! 급급여율령(急急如律令)! 무진법량현도(無眞法量玄道)!

-허? 해보시겠다? 좋소! 내 친히 천마삼검(天魔三劍)으로 어울려 드리지!

-허허! 나 역시 법력을 한번 상대해 보고 싶었소.

그렇게 검신과 마신 대 천우자와 귀암자의 전투가 임박하자 이내 영계가 아수라장이 되어 버렸다.

-무인 놈들이나 도사 놈들이나 도긴개긴이 아니냐? 인간지사 제왕지도도 이해하지 못하는 자들이 신(神)의 경지를 운운하는 자체가 틀려먹은 것이다.

-옳습니다 맹덕! 도사들이나 무인 놈들이나 높은 경지만 추구하는 무식한 자들이오. 사실 저들이 이 세상에 이로움을

끼치는 것이 뭐가 있소이까? 그 값어치가 한낱 농부보다도
못할 것이오.

조 맹덕과 유학자들이 우르르 몰려들더니 싸잡아 자신들
을 욕하자 이번엔 도사들과 삼신이 묘한 얼굴이 되었다.

-진리에 이르는 길에는 구별이 없거늘(大道無門), 감히 천
도를 수련하는 도사들을 무시하다니 정신들이 나간 게요!

-협의지도를 숭앙하는 무인의 혼이 농부의 수고만큼도 못
하다니 그 무슨 망발이오!

-흥! 그 잘난 제왕학의 현신께서 서주(徐州)에선 그토록 잔
인무도한 학살을 저질렀단 말이오?

-뭐, 뭣이! 그, 그것은……!

조 맹덕이 창백하게 굳어지며 몸을 비틀거리자 그를 따르
는 수많은 존자들이 그를 떠받쳤다.

-왕(王)이시여! 이놈들!

조 맹덕이 부축을 받고 일어서며 검신을 뚫어져라 쳐다보
고 있었다.

-이놈 조천! 넌 검신이기 이전에 우리 조가(曹家)다!

그제야 존자들이 떨떠름한 표정을 지으며 주위를 둘러보
고 있었다.

본래 검신의 조가(曹家), 마신의 독고가(獨孤家), 무신의
사마가(司馬家)로 늘 나뉘어 있었지만, 이상하게도 지금은
그런 가문은 온데간데없고 서로의 성향과 이상에 맞게 일행

49

이 나뉘어져 있었기 때문.

이미 운명 공동체가 된 만큼 비로소 영계가 대변혁을 맞이하고 있는 것이다.

"아니 무슨 여기가 노인정입니까? 아니 노인정도 이리 시끄럽진 않겠다! 그냥 어린이방 하시죠? 우쭈쭈쭈!"

-닥쳐라 이놈!

조휘가 흉신악살마냥 얼굴을 일그러뜨린다.

"그만하시라고요 좀! 벌써 이게 몇 번째입니까! 하루라도 진짜 조용할 날이 없네! 내 머릿속이 무슨 놀이터야 뭐야! 입장 바꿔서 한번 생각해 보시라고요! 아오 정말 내가 후손만 아니면 진짜……."

-선을 넘네?

-이, 이 미친놈! 이제는 사람임을 포기하려 드는 것이냐?

그때, 조휘의 침소로 몸의 굴곡이 완연히 드러난 능라의를 걸친 한설현(?)이 들어왔다.

드르륵

"조 가가……?"

망설임 없이 철검을 빼어 들며 기수식을 취하는 조휘.

"이것들이 진짜 모두 날 잡아먹으려고 안달이 나셨나?"

강비우를 처리하면 존자들이 달려들고, 존자들을 처리하면 천변혈후가 지랄하고!

내일은 남궁장호가 대련하자고 졸라 대려나?

그다음은 절대경의 피에 환장한 진가희가 혀를 날름거리며 소도(小刀)로 옆구리를 찔러 오겠지?

자신에게 조가대상회는 집이 아니라 지옥이었다.

"으아아아아!"

조휘가 이내 철검 위로 올라탄 후 휑 하고 사라져 버렸다.

62章.

62 章.

긴 침묵.

취선개로서는 사람을 마주하면서 이토록 오래도록 입을 열지 못했던 것은 아마 오늘이 처음일 것이다.

"가가……."

춘선이 차마 견디지 못하고 취선개를 어렵게 불러 보았으나 그의 얼굴에는 그 어떤 동요도 없이 냉막만 흐르고 있을 뿐이었다.

"가가라."

"미, 믿기 힘드시겠지만 전 언제나 당신에게 진심이었어요."

"한 가지만 묻겠소."

취선개의 무심한 얼굴에 소름이 돋은 듯 춘선이 한 차례 몸을 부르르 떨더니 힘겹게 입을 열었다.

"……말씀하세요."

취선개의 두 눈이 활화산처럼 불탄다.

"왜 웃었소?"

"네?"

취선개가 자신의 천령개(天靈蓋)를 어루만졌다.

"당신이 날 혼미약으로 전신을 마취한 후 내 두개골을 도려내 고독을 심은 그때 말이오."

"그건……!"

"내가 미약하나마 정신을 회복했을 때, 그대는 내게 보여 줬던 그 어떤 미소보다도 화사하게 웃고 있었소. 난 지금도 가끔 당신의 그 미소가 꿈에서 아른거리지. 식은땀에 흠뻑 젖어서 말이오."

춘선이 말을 더듬거렸다.

"아, 아시다시피 천령개를 절제하는 건 위, 위험한 의술이에요. 무사히 시술을 마쳤으니 아, 안도했겠죠."

취선개가 피식 허탈한 웃음을 짓더니 자조적으로 뇌까렸다.

"이제는 거짓말이 자유롭지 못하군."

"거, 거짓이 아니에요."

천령개를 어루만지던 취선개가 손을 회수하더니 천천히 깍지를 꼈다.

"안도? 맞아. 그 웃음은 안도의 웃음이었소. 하지만 다른 의미의 안도였지."

"무, 무슨 말씀이신지……."

취선개의 입매가 기이하게 비틀린다.

"비로소 임무를 완수했다는 기꺼움. 가슴이 떨려 오는 성취감. 그로 인해 상부에게 받을 막대한 보상. 그때 당신의 머릿속에선 그렇게 아름다운 미래를, 그런 장밋빛 삶의 궤적을 상상했겠지. 그야말로 인생사 모든 즐거움이 어우러진 안도의 웃음이었소."

"아, 아니야!"

이내 피식 웃고 마는 취선개.

"깨어난 내게 당신이 건넨 첫마디가 뭔 줄 아시오? 아니 기억할 리가 없지."

"무슨!"

"쏟아지는 피로 온통 얼굴에 피 칠갑을 한 내게 당신이 건넨 첫마디는 놀랍게도 '역겨운 새끼.'였소. 내 두개골을 열고 혈고를 심어 임무를 완성하기까지 나와의 모든 세월이 당신에게는 역겨웠던 게요. 그게 아니라면 그렇지 않아도 못생긴 놈이 피 칠갑까지 하고 있으니 더욱 역겨웠을 수도 있었겠지."

그제야 춘선은 어렴풋이 그때의 기억이 떠올랐다.

하나 약에 취해 흐릿한 동공을 하고 있었던 그가 저토록 또렷하게 당시를 기억하고 있을지는 꿈에도 생각지 못한 그녀였다.

드르륵

취선개가 의자에서 몸을 일으키자 밧줄에 묶여 있던 춘선이 발버둥을 치기 시작했다.

"가, 가까이 오지 마! 잊었어? 본 녀에게는 당신의 혈고가 있……!"

또다시 피식 웃고 마는 취선개.

"아쉽게도 내 머릿속의 지장혈고는 소검신의 의념에 의해 깔끔하게 태워졌소. 절대경의 무공이란 참으로 대단하더군."

"살려…… 끄르르르륵!"

무심한 얼굴로 춘선의 목덜미를 옥죄던 취선개가 마지막 음성을 토해 냈다.

"누굴 탓하겠소. 어리석었던 것은 내 자신이지. 이승에서도 저승에서도 다시는 마주치지 맙시다."

그의 두 눈에는 어느덧 피눈물이 흐르고 있었다.

조휘는 조가대상회를 훌쩍 떠나 보았지만 허탈하게도 갈 곳이 없었다.

그렇다고 한창 업무에 지쳐 있을 남궁장호나 장일룡을 붙잡고 하소연할 수도 없는 노릇.

막상 허심탄회하게 화주라도 걸칠 친우 하나 없다는 것이 그를 허탈하게 만든 것이다.

남궁이나 당가, 혹은 맹에 가 볼까도 싶었지만 모두가 거래 관계로 묶여 있을 뿐 사실 친하다고는 볼 수가 없었다.

'내가 이 무림에서 잘못 살았나?'

그렇게 잠시 우울한 얼굴로 자조하던 조휘는 하는 수 없이 포양호 변의 아무 객잔이나 들러 목이나 축이기로 결정했다.

오호객잔(五胡客棧).

이곳은 조가대상회의 계열 객잔은 아니었다.

그럼에도 조휘는 주변의 시선을 끌지 않기 위해 조화면천 변으로 가볍게 외모를 바꾸고서 주렴을 걷고 들어섰다.

"어서 옵쇼!"

강호에서 소검신이라 불리는 자신이 현대도 아니고 이 무림에서도 혼술이라니!

반갑게 조휘를 맞이하던 점소이가 조휘의 음울한 표정을 살피고는 금세 눈초리를 빛냈다.

"독주(毒酒)로 준비할깝쇼?"

역시 어느 객잔을 가도 점소이들의 눈치는 보통이 아니었다.

이 녀석도 필시 점소이로 눈칫밥을 먹어 온 세월이 최소 오 년은 넘었을 것이리라.

"가장 독한 걸로."

"취선로(醉仙露)로 올리겠습니다요!"

취선로라.

한번 들이마시기 시작하면 삼 일 밤낮은 정신을 못 차린다는 포양호의 명물 독주다.

그 명성을 들어 보긴 했지만 실제로 마셔 보는 것은 조휘로서도 이번이 처음이었다.

"가져와. 안주는 필요 없어."

"예! 손님!"

점소이가 부리나케 사라지자 조휘는 창가의 가장자리로 아무렇게나 자리를 잡았다.

지금 이 순간까지도 영계의 존자들이 쉴 새 없이 서로 드잡이 질을 하고 있었기에 조휘는 애써 듣지 않기 위해 이를 악물었다.

"으으…… 썩을 영감탱이들."

한데, 이번에는 주변에서 들려오는 목소리들이 조휘의 귀를 사로잡았다.

"이런 젠장! 이런 판국이면 차라리 옛날이 훨씬 낫지 않았소?"

"옳은 소리요! 흑천련 놈들이 비록 패악질은 심했어도 이토록 장사꾼들을 옭아매진 않았소!"

"휴…… 말도 마시오. 이제 시전의 손님들은 조가대상회에서 나온 물건이 아니라면 거들떠보지도 않소이다. 내 살다 살다 그처럼 잔인무도한 장사 수완은 처음이오! 대관절 환불이라니? 아니 물건을 도로 바꿔 주거나 철전으로 다시 돌려준다는 게 말이 되는 소리요? 상인이 무슨 호구도 아니고!"

환불(還拂).

물건에 이상이 있거나 변심 등의 이유로 교환을 해 주거나 현금으로 돌려주는 정책은 현대의 발전된 비즈니스 모델이었다.

조가대상회는 포양호 변으로 진출할 때 이 환불 정책을 들고 나왔다.

사실 처음 중원의 상계를 훑어봤을 때 현대인인 조휘로서는 어이가 없을 지경이었다.

아직 별다른 냉장 기술이 없는 상단의 식자재들은 며칠이면 상하기 일쑤였고, 상인들은 이를 알고도 그럴싸하게 탈취 처리만 하여 팔기에 급급했다. 돈벌이에만 혈안이 되어 있는 것이다.

나중에 이를 발견한 손님들은 항의할 생각도 하지 않고서 그저 재수가 없었거니 여기는 데 그치는 그런 안일한 태도도 문제였다.

아직 이 중원에는 기업의 양심이나 소비자의 권익과 같은 개념이 존재하지 않는 세계.

결국 조휘가 환불 정책이라는 비즈니스 모델을 처음으로 제안했을 때 조가대상회의 계열상주들은 극도로 반발할 수밖에 없었다.

곧바로 수익이 수직 하강할 것이 불 보듯 뻔했기 때문이다.

하지만 조휘는 옹골찬 신념으로 끝까지 환불 정책을 밀어붙였다.

처음에야 물론 수익이 급격히 줄어들겠지만 소비자의 신뢰를 구축하는 것이 후일 엄청난 이문으로 되돌아온다는 것을 현대의 경험으로 알고 있었기 때문이다.

그 결과가 바로 지금 이 객잔의 풍경.

조휘가 비릿하게 웃으며 혼잣말처럼 중얼거렸다.

"상한 고기와 야채를 탈후향(脫朽香) 뿌려서 팔고, 녹슬고 이 나간 칼도 돼지기름 발라 슥슥 문질러서 팔고, 평범한 욕목(縟木)도 자단목으로 속여서 팔고…… 그게 처음부터 옳은 건 아니었지 않나? 그렇게 지금까지 양심을 저버리고 해 온 장사가 비정상적이었던 것은 탓하지 않고 왜 모든 탓을 조가대상회로 돌리는 거지? 그만하면 지금까지 많이 해 먹지 않았나?"

조휘의 그 말은 상인들의 성화에 기름을 부은 격.

"새파랗게 젊은 놈이 상도(商道)에 대해서 뭘 안다고 지껄이는 것이냐!"

"놈! 감히 모가상단의 행수들에게 못 하는 말이 없구나!"

상인들의 처세술은 특별하다.

보통의 상인들은 상대의 차림이나 신색을 살핀 후 가려 가며 화를 내는 게 일반적인데, 그들은 조휘를 보자마자 삿대질부터 하고 있었다. 그만큼 분노로 이성이 마비되어 있는 것이다.

하지만 평생을 얄팍하게 사람을 가리며 장사를 해 온 그들의 본능은 어쩔 수 없는 법.

그렇게 불같이 화를 내고 나서야 그들의 안색은 점점 파리하게 변해 갔다.

화려한 비단옷과 이런저런 패물을 걸친 조휘의 외견으로 인해 보통 사람이 아니라는 것을 끝내 알아차린 것이다.

"어, 어느 집안의 공자이신지 모르겠으나 그 말은 너무 무례한 것이었소! 철회해 주시오!"

조휘가 피식거렸다.

"싫은데요? 아무리 객관적으로 봐도 조가대상회가 잘못한 게 하나도 없는데 뭘 철회하란 소리죠? 이상이 있는 물건을 바꿔 주는 건 외려 물건을 산 사람의 권리를 보장해 주는 것이잖습니까?"

모가상단의 행수들이 뭐라고 말할 찰나.

이 모든 광경을 창가 모퉁이에서 지켜보며 조용히 차를 음미하고 있던 귀공자가 입을 열었다.

그 역시 조휘 못지않은 화려한 비단 장포를 걸치고 있었는데 지체 높은 집안의 귀공자라는 것이 한눈에 느껴질 정도였다.

"상품으로써 가치를 잃은 물건을 다시 옳은 물건으로 바꿔 주는 건 실로 상인의 도리에 합당하다 할 수 있소만."

이어 귀공자가 조휘를 바라보며 푸근하게 웃었다.

"물건을 다시 은자로 바꿔 주는 것은 다른 문제이오. 필시 포양호의 상권을 장악하려는 의도겠지. 가히 상도(商道)를 지극히 벗어난 정책이라 할 수 있겠소."

뜨끔했는지 조휘는 애써 그를 바라보며 마주 웃고 있었다.

"그런 경쟁이 바로 시장을 살찌우는 법이죠."

귀공자가 이내 호탕한 웃음을 터뜨렸다.

"핫핫! 물건을 산 사람들의 권익을 보호한다며 그럴싸하게 포장하고 있으나 실상 조가대상회가 노리는 것은 포양호 상권의 장악이오. 신생 상단인 그들로서는 단숨에 포양호 사람들의 마음을 사로잡는 일일진대 일시적인 손해를 충분히 감수할 만하지 않소? 그 조가대상회의 회장, 소검신이라는 자는 실로 무섭고 대단한 자요."

"……."

일견 칭찬 같지만 결코 칭찬이 아니었다.

그가 매섭게 자신의 속내를 후벼 파고 들어오자 조휘는 상대를 흥미롭게 바라보기 시작했다.

"경쟁이란 것이 본래 그렇잖습니까? 상대가 교환, 환불이라는 정책을 들고 나오면 같은 정책을 펼치거나 혹은 다른 수로 발 빠르게 대응해야죠. 값을 경쟁하는 것만큼 당연한 시전(市廛)의 논리인데 조가대상회만 탓하는 건 능력이 없음을 스스로 자인하는 꼴이죠."

허나 조휘의 그런 논리적인 주장에도 창가의 귀공자는 결코 물러섬이 없었다.

"당신의 주장에는 모순이 있소."

"무슨 모순이?"

씨익 웃는 귀공자.

"저들은 거대한 규모의 조가대상회와는 달리 '일시적인 손해'를 감수할 만한 여력이 없소. 교환? 환불? 아마 달포는커녕 칠 주야도 버틸 수 없겠지. 그게 바로 상도의 부재(不在)요. 조가대상회가 하는 일은 그야말로 대상단(大商團)의 무자비한 폭력이외다."

"……."

논리 정연한 그의 반박에 조휘는 말문이 막히고야 말았다.

그의 논리가 마치 현대 대기업의 폭력적인 경영 방식을 비판하는 논조와 비슷했기 때문이다.

"중원의 내로라하는 거대 상단들이 지금까지 상도를 지켜 온 것은 더불어 살아가기 위함이오. 그들이 만약 이문만 따지기로 작정을 했다면 진즉에 조가대상회처럼 행동했을 것이외다. 지금의 상계에서 조가대상회는 분명한 거악이오."

그의 논리가 거기까지 다다르자 조휘는 실로 당황스러울 수밖에 없었다.

내가 거악(巨惡)이라고?

결코 아니다!

물론 그의 말처럼 포양호의 상권을 장악하려는 의도를 부정할 순 없었으나, 자신의 마음속에는 소비자의 권익을 보장해 주기 위한 명백한 선의도 존재했다.

"하. 대상(大商)들에게 과연 그런 양심이 있었을까요?"

"상인치고 상도를 마음에 새기지 않은 자가 어디 있겠소?"

조휘의 입매가 기이하게 비틀리며 비릿한 미소를 만들어 냈다.

"상인이 이익을 내려놓는다는 것이 얼마나 힘든 건지 당신은 모릅니다. 그들이 지킨 것은 상도가 아니라 기득권이겠죠. 비정상적인 물건을 속여서 파는 휘하 행수들의 행동을 눈감아 주기만 하면 막대한 이익이 계속 보장되는데 굳이 긁어 부스럼을 만들 필요가 없었던 겁니다."

어느덧 점소이가 취선로를 탁자 위에 내려놓자 조휘가 그대로 호리병을 잔에 따르며 한 잔 들이켰다.

"크으. 당장 눈앞의 이문에 급급한 자들이 무슨 물건을 산 사람들의 권리? 상인의 양심? 그런 자들이 대상이라니 우습군. 그렇게 막 갖다 붙여도 되는 건가. 클 대(大)는 어디 다 죽어 버렸나."

"가, 감히……!"

자리에서 벌떡 일어나는 귀공자!

대상단을 향한 조휘의 거침없는 힐난에 결국 그는 평정을 잃고 만 것이다.

"헉! 저 패(牌)는!"

그의 옷매무새가 흐트러지며 드러난 작은 옥패.

그런 옥패에 수려하게 음각된 글귀는 바로 '천화(天華)'였다.

모가상단의 행수들이 곧바로 벌떡 일어나더니 그를 향해 깊숙이 예를 표했다.

"천화상단을 뵙습니다!"

"천하제일 상단을 뵙습니다!"

천화상단(天華商團).

만금상단과 더불어 천하제일의 상단을 다투는 거대한 상단이었다.

국가 대 국가 간의 중계 무역을 담당할 정도로 막강한 위세를 지닌 상단!

허나 비공일맥의 만금상단이 철저히 금력(金力)을 추구하는 상단이라면, 천화상단은 그 협의(俠義)로 명망이 높았다.

가뭄에 굶주린 백성들을 구휼하고 전염병이 창궐하면 무료로 의원을 급파하는 등 들려오는 그들의 선행과 미담은 끝도 없을 지경.

'천화상단이라고?'

조휘의 두 눈이 금방 이채로 물들었다.

더욱이 저렇게 찬란하게 빛나는 천화옥패를 지닌 자라면 그 대단한 천화상단 내에서도 그 위치가 상당한 자일 것이다.

"혹, 소천화 공자십니까?"

행수들의 물음에 나직이 침묵하며 고개를 끄덕이는 그 모습으로 보아, 그가 그 유명한 소천화(小天華) 담희(譚熙)라는 것은 틀림없어 보였다.

천화상단주의 첫째 아들!

그 수완과 상재가 아버지를 능가하는 것으로 알려진 상계의 대표적인 기재였다.

담희는 여전히 진득한 눈빛으로 조휘를 뚫어져라 응시하고 있었다.

"감히 이 담희의 앞에서 대상(大商)의 위선 운운했으니 그 말은 반드시 책임을 져야 할 거요."

하지만 조휘는 여전히 태연자약하게 술잔만 기울이고 있었다.

"결국 끝까지 부정하겠다는 심보네."

이 광활한 중원 대륙에서 소천화의 위명은 결코 강호나 관부의 명숙들 못지않았다.

그런 자신을 분명히 밝혔음에도 여전히 하대(下待).

이제는 노기보다 흥미가 치밀 지경이다.

이어 나는 새도 떨어뜨린다는 천화(天華)의 위세가 가득 담긴 담희의 목소리가 울려 퍼졌다.

"강호인인가?"

"하하, 강호(江湖)?"

여전히 피식거리고 있는 조휘.

굳이 내공으로 통제하지 않았기에 어느새 후끈 취기가 달아오른 조휘가 흐트러진 시야를 바로하고 술병을 쳐다보고 있었다.

"호오, 과연 명불허전 취선로네. 몇 병 가져가야겠군."

조휘가 다소 흐트러진 채 일어나더니 취선로가 담긴 술병을 들고 담희의 자리로 다가갔다.

허락도 하지 않았는데 상대가 합석하자 담희는 더욱 인상을 찌푸렸다.

술에 취해 대담해진 조휘가 담희에게 술병을 들이밀었다.

"한잔할래? 내가 오늘 친구가 없거든."

"무례하오! 계속 그렇게 하대할 참이요? 내 이를 반드시……!"

"하, 개도 제집 앞에서는 반은 먹고 들어가는 법이야. 강서는 왜 왔어?"

"이자가!"

"그냥 한잔하자는데 뭐 그리 말이 많아? 거 나이도 비슷해 보이는데 그냥 친구 먹으면 되잖아?"

"강 호위!"

결국 분노를 참지 못한 담희가 자신의 호위를 부르자.

객잔 밖에서 대기하고 있던 상단의 호위무사들이 우르르 몰려들어 왔다.

이내 조휘를 감싸는 호위 무사들!

호위의 대장 격으로 보이는 자가 담희에게 다가가 깊숙이 예를 표했다.

"분부를 내려 주십시오!"

조휘가 눈살을 찌푸렸다.

"그냥 술 한잔하자는 건데 이게 칼잡이까지 부를 일이야?"

"카, 칼잡이?"

웬 검을 들 힘도 없어 보이는 놈이 옆구리에 검을 차고 있는 것도 우스울 지경인데, 그런 비루해 보이는 놈이 무사의 면전에다 대고 칼잡이 운운하자 강 호위도 눈이 돌아 버렸다.

"정말 할 거야?"

거칠게 검을 뽑으려던 강 호위가 우두커니 멈춰 섰다.

상대의 눈빛이 방금 전과는 결이 달랐기 때문이다.

그것은 본능이었다.

왠지 저자의 앞에서 검을 뽑으면 곧바로 죽을 것 같은 불길한 예감.

"헉……!"

헛바람 섞인 강 호위의 외침.

느끼지도 못했으나 어느새 두둥실 떠 있는 상대의 철검이 자신의 미간을 조준하고 있었던 것이다.

평생토록 칼밥을 먹어 온 자의 노련한 감각이 결국 그를 살린 셈.

조휘는 여전히 퉁명한 표정으로 담회를 쳐다보고 있었다.

"그냥 한잔하자니까?"

강렬한 예기를 뿌리며 허공에 두둥실 떠 있는 한 자루의 철검.

그것은 명백한 이기어검(以氣馭劒)이었다.

더욱이 철검에 담긴 막강한 경력이란 가히 상상을 불허할 정도.

강 호위는 그런 전설적인 검의 경지가 아무렇게나 자신의 눈앞에 펼쳐져 있는 광경을 쳐다보고 있자니 도무지 현실로 느껴지지 않았다.

무슨 이기어검이 삼재검도 아니고!

그런 지극한 놀라움은 강 호위와 함께 조휘를 둘러싼 호위들도 마찬가지.

"칼 내려놔. 그러다 당신들 진짜로 피똥 싼다?"

술에 취해 흐트러진 눈으로 대수롭지 않은 듯이 말하고 있었지만 그런 조휘를 바라보는 호위들은 결코 그 말을 허투루 들을 수가 없었다.

스르륵─

결국은 조용히 검을 내리는 호위들.

그 모습에 조휘가 피식 웃으며 담희를 응시했다.

"이거 봐. 무인을 돈으로 부리면 이렇다니까? 주인의 명도 떨어지지 않았는데 무기부터 거두잖아?"

"……."

소천화 담희는 말없이 묵묵하게 눈빛으로만 그 분노를 드러내고 있었다.

"은자로는 결코 무인의 목숨을 살 수 없지. 천화(天華)라 해도 당신 역시 어쩔 수 없는 상인이야."

이기어검은 의념에 그 기반을 두지 않으면 결코 시전할 수 없는 극상승의 무리.

그야말로 절대경의 상징과도 같은 검공이다.

저토록 젊은 나이에 검수로서 절대경을 이뤘다?

당금의 강호에 그와 같은 명성을 지닌 인물은 단 한 명밖에 없었다.

"당신이 그 소검신이오?"

"어."

'어.'라니!

중원의 대표적인 여덟 고수, 팔무좌라 불리는 자치고 그 언사가 실로 경박하기 짝이 없었다.

하물며 전설적인 검신의 적전제자라기에 평소 그를 동경하는 마음이었거늘!

"소천화라 불리는 자가 손수 강서를 찾아왔다면 절대로 나와 무관하지는 않을 것 같아서 말이지. 내 생각이 틀린 건가?"

"틀리지 않았소. 조가대상회를 방문하기 위해 온 것이 맞으니까."

조휘가 피식 거렸다.

"거봐. 그래서 내가 진즉에 술 한잔하자고 했잖아."

이를 지켜보던 강 호위의 놀람은 방금 전보다 더욱 지극했다.

사파 세력의 패자, 흑천련을 거의 홀로 부순 자!

저 경박해 보이는 사내가 현 정파 무림의 검수들이 침을 튀겨 가며 칭송해 마지않는 소검신이었다니!

그는 벌써부터 수많은 젊은 검수들로 하여금 전폭적인 지지를 받고 있는, 자하검성과 더불어 천하제일을 다투는 그야말로 중원 최고의 검수였다.

더욱이 그의 나이를 생각한다면 자하검성을 능가하는 검수가 될 것이 자명한 일.

지금 자신은 가까운 미래의 천하제일인(天下第一人)을 마주하고 있는 것이다.

강 호위가 정중하게 포권한다.

"천화상단의 호위단주 강해(姜海)라고 하오. 평소 소검신의 위명을 실로 흠모해 왔소이다."

조휘가 히죽 웃으며 손사래를 쳤다.

"거 그런 정중한 포권은 남궁 형한테 가서 하시고. 아마 엄청 좋아할 테니까."

"나, 남궁 형?"

"곧 만나게 될 테니 걱정 마시고. 그런데 당신들은 다시 좀 나가 주면 안 될까. 여기 밥 먹는 사람도 많은데 불편해서 말이지."

갑작스럽게 칼 찬 무인들이 객잔 안으로 우르르 몰려들어 왔으니 객잔 내부의 분위기는 실로 흉흉하기 짝이 없었다.

"아, 알겠소이다."

그렇게 천화상단의 호위들이 질서정연하게 물러가자, 조휘가 흡족해진 얼굴로 다시 취선로가 담긴 병을 남휘에게 내밀었다.

"이제 한잔할 수 있겠지?"

담휘는 한 차례 눈살을 찌푸리더니 결국 잔을 받았다.

"알았다. 따라 봐."

그의 하대에 조휘의 두 눈이 이채를 드러냈다.

소검신의 외견을 드러냈음에도 자신에게 하대로 맞대응을 해 온다는 것에서 조휘는 지독히 지기 싫어하는 그의 성정을 읽을 수 있었다.

허나 그의 그런 점이 오히려 조휘는 더 마음에 들었다.

"그런데 손은 왜 떨어?"

덜덜덜.

"내, 내가 떨긴 무슨! 고, 고뿔에 걸렸을 뿐이다!"

"아닌데? 쫀 거 같은데?"

"헛소리!"

"괜히 센 척하는 거 아닌가?"

"갈!"

속내를 들킨 것이 짜증스러웠는지, 담휘는 취선로가 가득 담긴 술잔을 단숨에 비워 버렸다.

"커흑!"

"나눠 마셨어야지. 이거 강서의 명물 독주 취선로야."

아아, 소천화의 위명은 다 어디로 갔단 말인가.

풍류면 풍류, 지혜면 지혜, 덕이면 덕, 무공이면 무공!

섬서 일대에서 십전(十全)의 기재라 불리는 그였으나, 이상하게도 오늘만큼은 도무지 평정을 유지할 수가 없었다.

하기야 소제갈이라 불리는 제갈운 조차도 조휘 앞에만 서면 바보 천치가 되어 버리니 담휘의 그런 반응도 무리는 아니었다.

그렇게 술이 몇 순배 돌자 담휘의 얼굴에도 금세 취기가 떠올랐다.

"단도직입적으로 묻지."

"복잡다단하게 말해도 돼."

진득하게 입술을 깨무는 담휘.

이 소검신이란 놈의 화법이란 실로 보통이 아니었다. 분명 상대의 속을 뒤집어 놓는 데 일가견이 있는 놈이었다.

이어 담휘가 품안에서 서류를 꺼내 탁자 위에 펼쳐보였다.

"산서 태원(太原), 산동 태안(泰安), 하북 영청(永淸), 강소 단양(丹陽), 하남 신밀(新密), 호북 황강(黃岡)."

"음?"

"이 모든 곳에 우리 천화상단의 분점(分店)을 내려고 한다."

조휘가 그가 펼친 지도를 바라보며 묘한 표정을 하고 있었다.

그 모든 곳들이 만금상단의 영역과 마주하고 있는 곳이기 때문이었다.

그야말로 의도가 명백했다.

"혼란을 틈타 만금상단의 상권을 모두 흡수하시겠다?"

"이미 알고 왔다. 만금상단의 몰락이 소검신과 무관하지 않다는 것을."

"호오?"

조휘로서도 내심 깜짝 놀랄 만큼 놀라운 대답이었다.

자신의 행적은 조가대상회 수뇌부조차도 대부분 몰랐을 정도로 은밀했다.

조화면천변을 활용해 지극히 은밀하게 움직였던 자신의 행적을 어찌 천화상단이 알고 있단 말인가?

'설마 그 여자가?'

순간 조휘는 돈만 많이 준다면야 정사(正邪), 관민(官民)을 가리지 않고 정보를 팔아 대는 야접의 주인 홍예를 떠올렸다.

하지만 정보를 수집하는 것은 본인의 오롯한 수완.

조휘는 상대가 지닌 정보의 출처를 군이 따지고 들지 않았다.

"모든 사실 관계, 전후 맥락으로 보아 만금상단이 무너진 것은 조가대상회 때문이란 것이 확실하다. 부정할 요량인가?"

조휘가 희미하게 웃었다.

"계속해 봐."

담희도 마주 웃었다.

"원래 소검신의 성향이라면 만금상단의 상권을 강력하고 빠르게 수습하고, 다른 자들이 이를 견제하기도 전에 시선을 다른 곳으로 돌렸겠지. 강서에서는 분명 그러했으니까."

조휘가 침중히 고개를 끄덕였다.

담희는 흑천련을 몰락시키자마자 빠르게 포양호의 상권을

수습하고 개파대전이라는 강력한 행사를 개최하여 모두의 시선을 돌려 버린 자신의 지난 행적을 말하고 있는 것이었다.

"그런 엄청난 추진력을 보였던 소검신이 왜 먹음직한 만금상단의 상권은 도모만 해 놓고 먹질 않을까? 이 소천화의 판단은 실로 간결했지."

조휘가 실실 웃었다.

"설마 덩어리가 너무 커서 못 먹고 있다고 생각한 건 아니겠지?"

"아니라고 말할 셈인가?"

"하하, 계속해 봐."

조휘는 그의 말을 좀 더 들어 보기로 했다.

"만금(萬金)이 지녔던 세력권은 우리 천화(天華)와 마찬가지로 광대하기 짝이 없다. 그들이 맺고 있었던 황실과 관부, 군부의 인맥들 역시 실로 방대하다 할 수 있지. 당연히 만금상단의 협력자들이 인정하지 않는 이상 그 세력권을 온전히 수습하기란 불가능하다. 만금상단과 얽혀 있는 거미줄처럼 복잡다단한 이해관계를 모두 파악하기 전까지는 도저히 움직일 수 없었겠지."

조휘의 입장에서 그것은 반은 맞고 반은 틀린 소리였다.

담휘가 늘어놓은 말들은 비공 구연천의 장부만 확보할 수 있다면 대부분 해결될 수 있는 일이었으나, 조휘가 쉬이 움직일 수 없는 것은 그들 뒤에 있는 '통천존신'의 존재 때문이었다.

하지만 세상 밖의 비밀과 같은 이야기들을 담희에게 늘어놓을 수는 없는 일.

조휘가 더욱 흥미롭게 웃었다.

"그래서 같이 먹자?"

묵묵히 고개를 끄덕이는 담희.

"천화(天華)의 힘을 가벼이 여기지 마라. 우리 천화는 만금과 닿아 있던 황실과 관부, 장군부의 인사들을 모조리 꿰고 있다. 약간의 시일만 담보된다면 그들의 기존 거래 조건, 이해관계, 약점 등을 충분히 파악할 수 있다. 적의 적은 동지이지 않은가?"

조휘가 묘한 미소로 다시 되물었다.

"등가 교환이야말로 상인의 덕목이지. 내게 요구할 것은?"

"만금(萬金)의 절반."

와 이 도둑놈의 새끼!

사마세가의 무원동에서 깨달음을 얻어 가며, 찝찝한 수염을 수도 없이 붙여 가며, 신좌의 제자라는 휘영존신과 결전을 벌여 오며!

그렇게 죽도록 개고생한 게 다 누군데 이제 와서 숟가락을 얹는 것으로도 모자라 그 방대한 만금 상단의 상권의 절반을 내놓으라고?

"응, 안 돼. 돌아가. 거절."

"사 할!"

"이 할도 많아 이 새끼야."

"이, 이 할?"

담희가 거칠게 미간을 찌푸린다.

"아직 조가대상회는 천하(天下)를 담지 못한다! 합비나 강서에서나 왕 노릇이지 당신의 역량이 과연 천하에 어울릴 것 같은가?"

"글쎄."

"황실에 인맥이 있나? 황제의 친인척을 다루는 일은 지방의 장군부를 구워삶는 것과 그야말로 차원이 다르다! 그들을 통하지 않고서 조가대상회가 과연 천하를 아우르는 상단이 될 수 있을 성싶은가?"

"될 것 같은데."

"흥! 꿈에도 불가능한 소리! 조가대상회의 권역은 천축(天竺)에도 미치지 못하고 있지 않은가? 돌꿀(石蜜)도 하나 못 구해서 전전긍긍하고 있다는 것을 이미 다 알고 왔다!"

"그럼 너는 설탕…… 아니 돌꿀을 대량으로 구할 수 있단 말이야?"

담희가 의미심장하게 웃었다.

"핫하! 이제야 네가 본 천화를 우러르게 되겠군! 본 상단의 창고에 산더미처럼 쌓여 있는 것이 바로 돌꿀이다!"

"오! 우리 조가대상회에게 좀 팔아 주면 안 돼? 값은 얼마든지 쳐주지."

"싫다."

"이 새끼가?"

약이 바짝 오른 조휘가 그제야 좀 신중한 표정을 했다.

그의 말대로 아직 조가대상회는 성(省) 단위에서 노는 상단이다.

국가와 국가 간의 중계 무역을 할 정도의 역량을 지닌 천화상단에는 아직 한참을 못 미치는 것이다.

그런 천화의 경험적 자산은 실로 방대하고 대단할 터.

"거래에 좀 더 다른 걸 얹어 봐. 방금 전에 말한 천축과의 교역로를 우리에게도 터 주든지. 혹은 비단길을 한 자리 내어 주든지. 그 정도는 되어야 만금의 절반을 가져가지 않겠어?"

"뭐 천축 교역로? 비, 비단길?"

그것은 그야말로 중원의 모든 상단이 꿈에서도 바라 마지 않는 비원(悲願)이다.

그 엄청난 이권을 저리도 태평한 얼굴로 아무렇지 않게 이야기할 수 있단 말인가?

"중원의 상단으로서 비단길을 확보하는 것이 얼마나 엄청난 업적인지 몰라서 그런 소리를 하는 건가?"

"알지. 황금을 산더미처럼 쌓을 수 있는 천고의 기회가 아니겠어? 중원의 황제뿐만 아니라 서역의 대왕(大王)과 귀족들과도 교류할 수 있는 중원 상인으로서는 꿈의 종착역이지."

"그걸 알고도 그런 소리를?"

피식 웃고 마는 조휘.

"만금의 절반이란 그 정도 가치는 될 테니까. 그 무거운 소천화(小天華)의 엉덩이가 이 강서로 향할 정도로. 하지만 한가지 정말 궁금한 것은 말이야……."

"또 뭐가?"

조휘의 두 눈이 매섭게 빛난다.

"과연 그 대단한 소천화에게 이 소검신과 담판을 지을 정도의 결정권이 있을까 하는 거지. 사실 네게 그만한 역량이없다면 이 술자리가 뭔 의미가 있겠어?"

"뭐, 뭐라고!"

자존심이 상한 듯 벌떡 일어나며 두 눈을 부라리고 있는 담희.

순간 그는 자신의 실책을 뒤늦게 깨달았다.

소천화로 살아오며 수없는 협상, 칼날 같은 담판을 지어 오며 산전수전 다 겪어 왔다 생각했지만 이 정도의 도발에 이토록 화가 치밀다니.

도대체 왜지?

왜 저놈의 웃는 낯짝만 보면 화부터 치미는 거지?

분명 지금의 이 술자리가 자신의 태도와 결정에 따라 수십, 수백만 금이 왔다 갔다 하는 자리라는 것을 인식하고 있는데도 도무지 평정을 유지할 수가 없었다.

"아니 그렇잖아? 저울 위에 눈금 한 점 움직일 수 없는 애송이 새끼와 아무리 술을 몇 순배 어울려 본들 나한테 무슨 수확이 있겠냐고."

"이 새끼가!"

그렇게 조휘가 천화상단의 소천화로서 살아오며 평생을 지켜 온 담희의 자존감과 우월 의식을 몇 번이고 자극하자.

결국 소천화는 돌이킬 수 없는 말을 내뱉고 말았다.

"좋다! 비단길은 몰라도 천축 교역로는 내주도록 하지!"

"호오? 소천화에게 그런 결정권이?"

"장난하느냐! 난 소천화다! 만금의 절반! 그 약속을 반드시 지켜라!"

조휘는 흔쾌히 고개를 끄덕였다.

"약속하지!"

아아, 중원의 사내들을 다루기란 너무나 쉽고도 쉽다.

소검신과 제반 사항을 협의하기 위해 조가대상회로 향하고 있는 담희의 발걸음은 왠지 모르게 무거워 보였다.

화를 삭이고 나자 아무리 생각해 봐도 상대의 입심에 휘말린 듯하여 마음이 찜찜했던 것.

허나 말이란 게 어디 다시 주워 담을 수 있단 말인가.

이렇게 된 이상 협상 과정에서 최대한의 성과를 내어 조금이라도 만회해야만 했다.

한데, 조가대상회의 정문에 도착하자 엄청난 인파로 붐비고 있었다.

물론 조가대상회와의 거래를 트기 위한 상인들로 붐비는 일은 매일같이 일어나는 풍경이었지만 지금은 그 규모가 달랐다.

"뭐야? 뭔 일이라도 터진 거야?"

큰 사달이라도 났나 싶어 서둘러 이곳저곳을 살피고 있는 조휘.

그런 그의 시야에 들어온 것은 기다란 깃대에 새하얀 천을 꽂아 매단 마차 한 대였다.

"음?"

마차를 보자마자 조휘는 어디서 온 마차인지 곧바로 알 수 있었다.

"사마세가?"

그런데 왜 이제야 왔지?

자신의 공작(?)에 의해 사마세가의 소가주 사마중(司馬中)이 백기를 달고 가문을 떠난 지는 벌써 수개월 전이었다.

서서히 조휘의 입가에 얄궂은 미소가 피어올랐다.

평생을 천하제일가의 소가주로 살아온 무군(武君).

그런 고고한 자존심을 지녔을 그가 치욕적인 백기를 단 마차를 차마 벌건 대낮에 움직일 수 없었을 터.

필시 인적이 없는 밤에만 이동을 해 온 것이 틀림없었다.

게다가 백기의 이유라는 것도 무인답게 적과 싸우다 패배한 것이 아니라 조가대상회에 단지 사과하기 위해서였다.

　무신의 가문이라는 자부심으로 똘똘 뭉쳐 있을 천생 무인인 그의 입장으로서는 도저히 용납할 수 없었을 터.

　가문 원로들의 지고한 명이 아니었다면 결코 이 자리에 오지 않았을 것이었다.

　지금 그가 겪고 있을 굴욕감이란 상상도 할 수 없을 것이었기에, 조휘는 더욱 흥미로운 표정으로 마차에 다가가고 있었다.

　"소, 소검신!"

　"조휘 회장이다!"

　그제야 조휘를 발견한 인파들이 하나같이 화들짝 놀라며 경외의 얼굴로 그를 쳐다본다.

　이제 조가대상회가 없는 삶은 강서인들로서는 꿈도 꿀 수 없는 일.

　그들에게 소검신은 자신들의 생사여탈권을 쥔 인물이나 마찬가지인 것이다.

　그러므로 오늘에 이르러 이 강서에서 소검신의 위명이란 가히 황제에 다름이 아니었다.

　이어 조휘는 조가대상회의 무사들을 불러 정문 앞의 인파들을 해산시켰다.

　지극히 손익만 따졌다면 인파들을 해산시키지 않은 편이 좋을 것이다.

천하제일의 사마세가가 손수 조가대상회에 찾아와 백기 투항하는 장면은 분명 좋은 그림이니까.

하지만 자꾸만 그렇게 무군을 막다른 골목으로 몰아가면 오히려 부작용이 생길 수 있었기에 조휘로서는 신중할 수밖에 없었다.

마차의 전면에 도착한 조휘는 묵묵히 무군이 내리길 기다렸다.

차 한 잔 마실 정도가 지나자 마차의 문이 열리며 한 사내가 내려왔다.

다소 초췌해 보이는 안색이었으나 그가 지닌 본래의 외모가 워낙 출중한 탓인지 마치 그가 있는 자리에서 빛이 나는 것만 같은 착각이 들 정도였다.

'호오.'

소룡대연회로부터 지금까지의 강호행을 통해 조휘는 무수한 후기지수들을 만나 왔지만, 그중에서도 사마중의 외모는 단연 군계일학이었다.

자신이 경험한 최고의 절세미남 한설백과 대등할 정도.

과연 천하제일가의 장자.

그 심성도 마치 고요한 호수와 같아 무인에게 좀처럼 붙지 않는 군(君)의 휘호를 그 일신에 새긴 자였다.

그런 그가 걸치고 있는 옷은 항복의 의미인 새하얀 무명옷.

조휘는 그가 지금 느끼고 있을 굴욕을 충분히 알고 있었으나 아랑곳하지 않았다.

맹과 함께 뒤에서 조가대상회를 향해 음험한 공작을 부렸으니 당연한 결과다.

-끄응······.

-빌어먹을······.

사마 존자들이 앓는 소리를 내며 영계의 구석으로 모두 사라져 버렸다.

반면 조가의 선조들은 하나같이 호탕한 웃음을 터뜨리며 그 광경을 흥미롭게 지켜보고 있었다.

-하하! 실로 보기 좋은 풍경이로구나.

-허허, 날도 우중충한 것이 딱 구경하기 좋은 날씨다.

-백기 투항을 하는 놈이 왜 저리도 고개를 뻣뻣하게 들고 있단 말이냐?

-어서 무릎을 꿇려! 바닥에 머리를 조아리게 만들란 말이다!

조휘가 작게 한숨을 터뜨렸다.

이건 뭐 정말 BJ라도 된 기분이다.

저기 시청자님들 구독과 좋아요는 좀 박고 주절주절 떠드시든가.

"사마세가의 사마중(司馬中)이오."

"조가대상회의 조휘(曹輝)입니다."

한 차례 포권을 마친 후 진득하게 조휘를 바라보는 무군 사마중.

"나는 오늘, 조가대상회를 도모한 가문의 행동에 유감을 표시하러 왔소이다."

말을 끝낸 그의 가늘게 입가가 떨리고 있었다.

내심 실소를 머금는 조휘.

그가 구사한 단어들이 조금 묘했다.

'도모'가 아니라 '음해' 혹은 '공작'이라 말했어야 했다.

백기를 들고 왔다면 당연히 '유감'이 아니라 '사죄'가 맞을 것이다.

그가 가문과 자신의 자존심을 지키기 위해 저 한마디 문장을 얼마나 고민했을지 역력한 모습.

아마도 마차 안에서 저 말을 죽도록 연습했을 것이다.

하지만 조휘는 굳이 그의 그런 태도를 지적하지 않았다.

"별 유쾌한 상황은 아닐 테니 일단 안으로 드시지요. 보는 눈이 많습니다."

그런 조휘의 배려에도 무군은 가늘게 고개를 가로저었다.

"나는 분명 가문의 의사를 전달했으니 이만 가 보겠소."

"오랜 야행(夜行)에 휘하와 말들이 상당히 지쳤을 텐데 여독은 풀고 가시죠?"

사마중은 마치 속내를 들킨 사람마냥 흠칫거렸다.

이자가 수개월 동안의 야행을 해 왔다는 것을 어떻게 알았지?

설마 그동안 미행이라도 해 왔단 말인가?

"야, 야행은 무슨. 그런 일 없소이다."

조휘가 피식 웃으며 사마세가 마차를 몰고 있는 말들에게 다가갔다.

"말들의 동공이 탁하네요. 오랫동안 어둠 속을 거닐다 갑자기 햇빛을 보면 나타나는 전형적인 현상이죠."

조휘는 상인이다.

게다가 운차(雲車) 시리즈를 판매하는 상인.

당연히 좋은 말의 구입은 조휘가 가장 신경 써서 해 온 것들 중 하나였다.

오랫동안 밀수에 활용되어 온 짐말은 조휘가 가장 꺼려하는 종류의 말.

한번 어둠에 적응한 짐말은 결국은 햇빛에 적응하지 못해 방향 감각을 잃고 사고를 일으켰다.

"어쨌든 돌아가겠소."

조가대상회에 한시라도 있기 싫다는 듯 서둘러 마차에 올라타는 사마중의 귓가로 다시 조휘의 음성이 파고들었다.

"흠. 겉으로는 개파대전을 축하하기 위해 사절을 보내 놓고서 뒤로는 맹과 함께 협잡(挾雜)했다는 것이 강호에 드러나 봐야 좋을 게 없을 텐데."

"이, 이자가 감히!"

감히 천하제일가의 행사더러 협잡이라 말하다니!

허나 조휘는 여전히 익살스런 미소만 띨 뿐이었다.

"그러니까 좋은 게 좋은 거라고 며칠 푹 쉬고 가라니까. 또 무슨 뒤가 구린 일이라도 꾸미시나."

묵고 가지 않는다면 사마세가가 벌였던 짓을 만천하에 까발리겠다는 명백한 협박!

"그 위세와 패기 한번 대담하군. 감히 맹과 천하제일가를 상대로 그런 협박을 일삼다니."

"뭐 그렇게 들렸다면 어쩔 수 없지만 잘 알아서 판단하시고."

썩은 쌀이라도 씹은 것마냥 사마중의 얼굴이 일그러졌지만 조휘는 아무렇지도 않게 조가대상회 내부로 들어가 버렸다.

멍한 얼굴로 그를 바라보고 있는 소천화 담희.

사마세가의 무군(武君)은 단 한 번도 강호에 그 무위를 드러내지 않았지만, 적어도 화산소룡 청운소와 동수(同手) 아니 분명 그 이상의 경지로 짐작되는 천하제일의 후기지수다.

아무리 소검신이라지만 무신의 유지를 잇는 천하제일가의 소가주를 저렇게 막 대해도 되는 건가?

"어쩔 수 없는 노릇입니다. 그를 따르시지요."

무군을 보좌하던 사마세가의 부총사가 조용히 다그치자 사마중이 피가 나도록 입술을 깨물었다.

"하루요. 단 하루만 묵겠소."

무군이 어찌 알 수 있었겠는가.

그 하루라는 결심이 '평생'으로 이어질 것을.

그렇게 사마세가와 천화싱단의 일행이 동시에 조가대상회로 입성하고 있었다.

63章.

63 章.

조가대상회의 외딴 전각의 지붕 위에서 자리를 깔고 진가희
와 함께 마작을 두고 있던 천변혈후 백화린이 벌떡 일어났다.

무언가를 발견한 그녀의 동공이 지진을 일으키고 있는 것
이다.

당연히 미남 탐지견, 아니 미남 탐지녀 천변혈후 백화린이
사마중을 놓칠 리가 없는 것!

"와 씨! 저 사내는 또 뭐야? 전설의 송옥(宋玉)이냐?"

"언니, 겁나 반안(潘安) 같은데요?"

"아 이년아 뭐 해? 가자!"

"네! 언니!"

전설적인 잘생김의 대명사, 고대의 송옥과 반안이 금방 떠오를 정도로, 그녀들의 놀람은 이만저만이 아니었다.

잽싸게 지붕을 타는 그녀들의 경신법이란 실로 경이로울 지경.

탓!

사마 일행의 후미로 바짝 따라붙은 백화린이 또 다른 사내를 발견하며 몸을 낮췄다.

그녀가 곧 매처럼 두 눈을 반짝이며 동태를 살폈다.

"저 새끼도 괜찮은데?"

사마중에 의해 빛이 바래져서 그렇지 소천화 담희 역시 강호의 일대 미공자라 할 수 있는 터.

"음. 좀 달리기는 하지만 저 옷 저거 능라비단 아니에요? 돈이 엄청 많아 보이는데요?"

화려한 비단옷과 온갖 값비싼 장신구를 주렁주렁 매달고 있는 천화상단의 소천화는 누가 봐도 부태(富態)의 화신!

"넌 쟤 가져."

"예 언니?"

"쟤 너 하라고."

진가희가 눈살을 찌푸렸다.

"저 설거지 안 해요. 의리 없게 왜 그러세요. 같이 먹어요."

"이년이?"

엄청난 경지의 무공을 지닌 무군이 그런 그녀들의 재잘거

림을 듣지 못할 리 없는 터.

졸지에 음식 취급을 받은 무군이 잘못 들었나 싶어 주위를 살피다 이내 백화린 일행을 발견했다.

어이가 없는 표정으로 저벅저벅 백화린에게 걸어가는 사마중.

"설마 지금 당신들의 대화가 나더러 하는 소리요?"

백화린이 혼비백산했다.

"와 씨발, 이 거리에서 들렸다고? 기막(氣幕)을 먼저 칠 걸 그랬나?"

"언니 최소 화경."

사마중이 황망한 얼굴로 굳어져 버렸다.

이토록 아리따운(?) 여인들의 입에서 '씨발'이라니?

평생을 고아한 정파의 여인들만 겪어 본 사마중으로서는 그야말로 기절초풍할 일이었다.

"사파의 여인들이신가?"

백화린이 묘하게 눈을 흘겼다.

"운우지정(雲雨之情)에 정사를 왜 따지는 거야? 마음만 맞으면 배꼽 맞추는 거지."

"뭐, 뭐요?"

붉게 물든 사마중의 얼굴을 허락으로 받아들이는 백화린.

"지금? 하긴 나는 야외를 좋아하니까. 저 마차 안도 상관없어."

"으, 음탕한!"

"힛!"

정신이 붕괴될 지경에 이른 사마중이 지극히 당혹해하고 있을 그때.

스팟!

백화린이 놀랄 만한 경신법을 일으켜 흐릿해지다 이내 진가희의 주변으로 다시 나타났다.

무언가의 형태(?)를 쥐고 있는 듯한 그녀의 오른손.

"와 씨 겁나 커! 야 이게 말이 돼?"

움켜쥐고 있는 듯한 백화린의 손 모양을 눈대중으로 대충 살핀 진가희도 함께 경악했다.

"에이 언니 거짓말!"

"내가 먹는 거 가지고 장난치는 거 봤니?"

"아니 언니 그게 진짜라고요?"

"이년이 속고만 살았나?"

"아니 그게 진짜면 그게 말(馬)이지 사람이에요?"

반면 나라 잃은 표정으로 멍하게 자신의 하체를 바라보고 있는 사마중.

사람에게 너무 엄청난 일이 닥치면 반응을 할 수 없게 된다.

설마하니 여인이, 그것도 이 벌건 대낮에, 주변에 사람들이 이리도 많은데!

뜬금없이 경신법을 일으켜 외간 남자의 물건(?)을 만지고 사라질 줄이야 어찌 예상할 수 있었겠는가?

워낙 순식간에 일어난 일이라 그는 당황해할 겨를도 없었다.

"아, 아니 이, 이 미친……!"

부들부들부들.

"야 이년들아! 또 뭔 일이냐?"

어느덧 벼락같이 장내에 나타난 조휘가 백화린과 진가희를 다그치다 문득 사마중을 쳐다보았다.

"음?"

선비 같은 성정을 지녔다는 그 무군(武君)이 사파의 왈패처럼 얼굴을 일그러뜨리고 있었다.

물끄러미 백화린을 응시하는 조휘.

"너 또 도대체 무슨 사고를 쳤냐?"

"저 사내. 이만해."

백화린의 손 모양을 살핀 조휘가 묘한 표정으로 되물었다.

"너 설마…… 만진 거냐?"

"응."

"와, 이 미친년!"

아니 그건 그렇다손 치고 저 손 모양 정말 실화냐?

"잘못 만진 거 아니야?"

"진짜라니까? 왜 사람 말을 안 믿어 둘 다?"

"와! 그게 진짜라고?"

무언가를 잡고 있는 듯한 백화린의 손 모양은 가히 경천동지할 만한 굵기를 나타내고 있었다.

아니 저건 거의 어린아이 허벅지 수준인데?

사내들끼리 장난삼아 몽둥이, 방망이 한다지만 정말 그런 게 존재한다고? 그것도 평상시에?

조휘가 경외감 섞인 표정으로 사마중을 바라보며 경악하고 있었다.

천하제일 남근(男根), 아니 저 정도면 고금제일이 아닌가.

정말 그런 물건을 지닌 게 사실이라면 강호인으로 썩기에는 좀 아깝지 않나?

황후의 비밀 애신(愛臣)이라도 되는 날엔 천하를 움켜쥘 사내가 아닌가?

"가, 감히!"

저 음탕한 여인들은 그렇다 치고 이젠 소검신까지 거들어 자신의 물건을 품평해?

사마중이 수치심을 참지 못하고 연신 몸을 부들부들 떨고 있었지만 안타깝게도 그것이 끝이 아니었다.

언젠가부터 나타난 장일룡이 우락부락한 근육을 꿈틀거리며 경악성을 내뱉었다.

"허헛! 나도 평소 자부심이 꽤 있었는데 과연 천하는 넓디넓수!"

장일룡과 함께 도착한 염상록도 촐싹거렸다.

"강호에 남신(男神)이 나타났다! 천하제일 남신!"

이쯤 되면 이성을 유지하는 것이 오히려 더 이상할 지경.

결국 고고한 무군(武君)은 파락호로 전락했고.

"이, 이 새끼들이!"

텁.

허나 아무렇지도 않게 사마중의 어깨에 팔을 두른 장일룡이 경외 어린 표정으로 그의 귓가에 속삭였다.

"존경드리우. 비결이 뭐유?"

"치, 치워라!"

염상록도 무군의 어깨에 팔을 걸친다.

"만 년 묵은 용(龍)이라도 자셨나? 그렇게 좋은 건 같이 먹어야지."

"비, 비키라고!"

"그러지 말고 술이라도 한잔하면서 비결 좀 알려 주시우. 우리 조가대상회의 명물인 설화신주라고 들어 보셨수?"

사내들끼리 의기투합(?)하자 백화린이 짜증을 부렸다.

"야, 근육 돼지 새끼. 똥물에도 파도가 있어. 아직 이 누님의 볼일이 끝나지 않았다 이 말이야."

"거참. 무슨 여인네가 그리도 지조가 없수? 조휘 형님을 향해 일편단심처럼 굴더니 어찌 하루아침에 다른 사내로 갈아탈 수 있단 말이우?"

"야 씨발, 저 잘생김에 저 물건이면 어느 년이 참을 수 있어?"

"허! 누님 머릿속에는 그 생각밖에 없수? 무슨 개도 아니고!"

"너도 현음사사공을 익혀 보면 내 심정 이해할 거야. 그러니까 비켜."

장일룡이 깜짝 놀랐다.

"현음사사공(玄陰邪邪功)? 설마 천음마녀의 진전을 이었단 말이우?"

그 옛날 천음마녀(天陰魔女)는 수없는 사내들을 취하고 죽임으로써 그 악명이 아직도 전설처럼 회자되는 희대의 마녀였다.

"그래도 난 죽이진 않잖아. 태사조님에 비해 난 그리 잔인하지 않다구."

염상록도 대경실색했다.

"와! 저 누님 진짜 지려 버리겠네!"

천음마녀는 사파인들 사이에서는 전설적인 이름이었다.

쟁쟁한 사파의 역대 고수들을 모두 통틀어도 열 손가락 안에는 너끈히 들 수 있는 엄청난 고수.

만약 그녀가 당대에 활동했다면 사파는 그녀 위주로 재편되었을 것이었다.

천변혈후는 엄청난 역체변용술로만 유명했지 무공은 크게 알려진 바가 없었다.

한데 그런 엄청난 마녀의 무공을 익히고 있었다니!

물론 조휘도 강호풍운록에서 천음마녀의 전설을 접한 바 있었다.

피식 웃고 마는 조휘.

"과연 그래서였나."

현음사사공이라면 가공할 음기를 끊임없이 다루는 무공.

체내에 쌓인 음기를 제어하려면 사내의 양기를 받아들이는 것이 최선일 터였다.

그럼 진가희는 뭐지?

"야, 백화린은 필사적인 이유라도 있었네. 그런데 넌 뭐냐?"

진가희가 뾰로통한 얼굴을 했다.

"난 그냥 남자가 좋거든?"

"음……."

말문이 턱 하고 막혀 버린 조휘.

하긴 그게 자연의 진리이긴 하다.

그러자 곁에 있던 염상록이 거들고 나섰다.

"허여멀건 저 귀신같이 무서운 면상을 보고도 모르냐? 그냥 태어날 때부터 사이(邪異)한 음기로 꽉 찬 년이야. 본능적으로 사내를 찾을 수밖에 없다고."

"그 입 안 닥쳐요?"

"어 못 닥쳐."

"이 새끼가?"

촤아아악!

진가희가 채찍을 빼어 들며 지면을 후려갈기자 염상록이 냅다 줄행랑을 쳤다.

그 모든 광경을 멍하니 바라보던 사마중.

정파의 가르침은 몸과 마음을 갈고닦는 수신(修身)으로부터 출발하는 법.

불결한 욕망은 인내와 자제로 쫓아내고 삿된 생각은 명경지수와 같은 명상을 통해 성찰한다.

그렇게 마음을 평생토록 정결하게 닦아 온 사마중으로서는 지금의 광경이란 가히 정신 붕괴에 다름이 아니었다.

아무리 사파의 여류 고수들이라지만 여인으로서의 지조란 없는 건가?

"나 역시 한때는 당신처럼 그런 생각이었소."

사마중에게 정중하게 포권하고 있는 사내는 바로 남궁장호였다.

남궁장호가 아직도 왁자지껄하게 드잡이 질을 하고 있는 조휘 일행을 쳐다보며 피식 웃음을 터뜨리고 있었다.

"처음에야 당연히 저게 정말 사람새끼들인가 싶을 거요. 광란증(狂亂症:정신병)에 걸려들 것만 같았지."

사마중은 반가운 마음이 들었다.

이곳 조가대상회에서 처음으로 말이 통하는 사내를 만난 것이다.

그가 천천히 고개를 끄덕이며 남궁장호를 마주 응시했다.

"내가 지금 꼭 그런 심정이오."

이곳의 유일한 정상인(?)을 마주하고 있자니 사마중은 그제야 한결 마음이 편안해진 것이다.

여전히 피식 웃고 있는 남궁장호가 다시 입을 열었다.

"저들이 날 부르는 별칭이 뭔 줄 아시오? 바로 포권충(包拳蟲)이오. 한데 그게 정파의 예의범절을 무시하는 투는 또 아니오. 그냥 놀리는 것이랄까. 뭐 지금에 이르러서는 그다지 기분이 나쁘진 않소."

사람을 벌레(蟲)라 칭한다면 누구라도 기분이 나쁜 것이 당연한 것 아닌가?

사마중이 그런 의아한 심정으로 자신을 쳐다보고 있자 남궁장호의 웃음이 더욱 희게 변했다.

"왜 그런 유한 마음이 드는지 말로 표현하진 못하겠소. 다만 확실하게 말할 수 있는 건 하나요."

"뭘 말이오?"

남궁장호의 눈빛이 조금은 더 진지해졌다.

"저들에게는 분명 우리 정파에 없는 무언가의 가치가 있소이다."

음란? 무례?

자신이 본 것은 그게 다였다.

과연 그런 걸 '가치'라고 부를 수 있단 말인가.

다시 희미하게 웃는 남궁장호.

"차차 겪어 보면 알게 될 거요. 아, 내 정신 좀 보게. 소개를 잊고 있었소. 본인은 남궁(南宮)……."

사마중이 그를 향해 정중하게 포권한다.

"창천검수(蒼天劍手)의 표식을 지닌 청년 고수가 남궁세가의 소검주 외에 또 누가 있단 말이오? 이미 알고 있었소. 사마중이오. 부끄럽지만 강호의 동도들에게 무군(武君)이라 불리고 있소이다."

그때 와자지껄한 반대편에서 조휘의 목소리가 크게 들려왔다.

"어라? 남궁 형? 언제 왔어?"

조휘는 백화린의 목을 허리에 매달아 조르고 있었다.

"방금 왔다. 여기에 이렇게 손님이 계신데 지금 뭐 하는 거냐?"

"아 잠깐만, 야 어딜 깨무는 거냐? 미쳤냐 진짜! 아오 그 손 안 치워?"

목이 매달린 채로 조휘의 몸 이곳저곳을 더듬더니 그 얼굴에 더욱 음란한 빛을 띠는 백화린.

"호호, 이제 본 녀는 눈을 감아도 소검신의 나체를 머릿속에 그릴 수 있게 되었다구!"

마치 천하의 비급이라도 본 것마냥 희열에 몸을 떨고 있는 백화린을 향해 남궁장호가 가늘게 한숨을 쉬었다.

"후, 작작 좀 하시오. 그게 자랑인 게요?"

"당연히 자랑이지! 넌 소검신을 만져는 봤어?"

"도대체 내가 왜 그래야 되는 거지?"

"그냥 부러우면 부럽다고 말하라구."

"하나도 부럽지 않소."

"왜, 당신도 확인해 줘? 내가 또 오는 남자를 마다하지는 않아."

"일 없소이다. 그냥 하던 일 하시오."

"응."

조휘가 더욱 백화린의 목을 꽉 졸랐다.

"뭐가 응이야 와 이 미친년!"

"아악! 아파!"

"아프라고 조르는 거다."

"놔! 놓으라고!"

사마중이 다시 허탈한 심정이 되어 남궁장호를 힐끗 쳐다봤다.

"뭔 저잣거리 아이들도 아니고…… 천하에 소검신(小劍神)이라 불리는 자가……."

남궁장호가 예의 희미하게 웃으며 눈짓으로 천변혈후 백화린을 가리켰다.

"저 여인은 소검신의 단 한마디에 목숨을 걸어야만 하는 적진으로 망설임 없이 잠입했소. 물론 그녀는 그전까지 소검신과 아무런 교류도 없었지."

이번에는 염상록을 바라보는 남궁장호.

"저 사내는 조가대상회를 지키기 위해 망설임 없이 사부에게 쌍겸을 겨누었소. 소검신과의 거창한 의리? 없었소이다. 오히려 그는 우리의 인질이었지."

이어 마지막으로 진가희에게로 향하는 남궁장호의 시선.

"저 여인 역시 온 강호가 두려워하고 저주하는 북해의 후예를 지키기 위해 망설임 없이 목숨을 걸더군. 그녀의 행동에도 일체의 계산이 없었소."

"……."

사마중이 입을 다물며 침묵하자 남궁장호는 시선을 옮겨 조가대상회의 너른 전경을 응시했다.

"항시 서 푼의 힘을 숨겨 놓아라. 늘 신중을 기하고 적의 계책을 대비하라. 중요한 결정을 하기 전에는 항상 가문의 명예를 먼저 떠올려라. 당신과 내가 평생을 배워 온 것들이지. 예(禮)와 도리, 의(義)와 협(俠), 명예와 명분. 우리는 너무 많은 걸 되새기고 있소. 하지만 저들은……."

남궁장호가 스스로 가슴을 매만졌다.

"저들이 무언가를 결정했다면 그것은 머리가 한 것이 아니라 가슴이오. 난 그런 저들의 태도에서 뭐랄까……."

남궁장호가 마음속으로 한참이나 뭔가를 되새기며 사마중에게 조언하려 했지만 결국은 피식 웃으며 포기하고 말았다.

"그냥 좋았소. 저들이."

그래. 그냥 그게 다였다.

그냥 보기에 기꺼웠을 뿐 거기에 뭔가를 첨언해 봤자 모두 미사여구에 불과할 뿐.

다시 조휘를 응시하는 남궁장호.

"그리고 저 소검신은 그런 저들의 가슴을 움직이는 핵(核)

이오. 그의 가공할 수완? 엄청난 무공? 수려한 언변? 모르겠소. 소검신의 어떤 점이 저들의 가슴을 움직이는 건지를 솔직히 나도 모르겠소이다."

"으음……."

잠시 생각에 골몰하던 사마중이 조심스레 입을 열었다.

"당신은 어떻소? 사실 소검주께서는 남궁세가의 소가주로서 지금은 정무를 배움에 힘써야 할 시기가 아니오? 한데 왜 이곳에서 시간을 허비하고……."

남궁장호가 쓰게 웃었다.

"저 빌어먹을 놈이 내 가슴도 움직였소이다."

그때 조휘가 경신법으로 휘릭 다가와 두 눈을 부라렸다.

"뭐야 남궁 형? 나 욕하고 있었나?"

"천하에 태평한 놈. 쓸데없는 드잡이 질은 그만 끝내고 손님이나 맞이해라."

조휘가 뜬금없이 철검을 휙휙 휘둘렀다.

그의 검세를 유심히 살피던 남궁장호가 경악의 얼굴로 굳어졌다.

"그, 그건!"

씨익 웃는 조휘.

"어 맞아. 천단무극세의 변형이야."

마치 아무렇게나 펼친 검초로 보였으나 그 속에 담긴 엄청난 무리를 남궁장호는 곧바로 알아본 것이다.

"어젯밤 잠자리에 들며 아무 생각 없이 천장을 바라보는데 문득 가주님의 검초가 떠올랐지 뭐야. 그렇게 즉흥적으로 떠올린 심상(心象)이 하나 있었는데 막상 천단무극세에 적용시켜 보니 딱 맞아떨어지더라고."

"하, 한 번만! 한 번만 더 보여 다오!"

남궁장호가 곰처럼 콧김을 씩씩 뿜어 대며 애달픈 얼굴을 하자 조휘는 망설임 없이 검을 다시 획획 휘둘렀다.

작은 움직임도 놓치지 않겠다는 듯 충혈된 안구로 끈질기게 조휘의 검초를 바라보다 이내 탄성을 내지르고 마는 남궁장호.

"허, 세상에……."

그가 본 것은 분명 다른 차원의 세상, 또 다른 경지의 검로였다.

"으음."

천천히 음미하며 털썩 가부좌를 트는 남궁장호.

"어휴 또 시작이네. 음?"

기이하게도 남궁장호의 표정에 드러난 놀람보다 사마중의 얼굴이 더욱 기괴하게 일그러져 있었다.

"바, 방금 그 검초!"

조휘가 고개를 갸웃거렸다.

"왜요?"

이어진 사마중의 노호성!

"본가의 무해(無解)를 당신이 어찌 알고 있단 말이오!"

조휘는 그런 사마중의 비명 섞인 외침을 듣자마자 오히려 반문을 하고 나섰다.

"당신이 무해를 어떻게?"

무신의 무해(無解)!

그 무한한 변수의 바다, 무공으로 도달할 수 있는 가장 신령(神靈)스러운 경지를 이자가 어찌?

무신에게 직접 사사받은 자신조차도, 홀황(惚恍)과도 같은 무아지경에서 우연히 몇 번 펼칠 수 있었던 것이 다였다.

깨달음이 완전하지 않아, 지금 이 자리에서 펼치려고도 해도 할 수 없는 판국인데 무슨 얼어 죽을 놈의 무해?

어젯밤 천장을 바라보며 잠들다 깨달은 심상(心想)이 설마 무해란 말인가?

무엇보다 아무리 사마세가의 무군이라고 해도 후기지수의 연배에 불과한 자에게 어떻게 무신의 최고 경지인 무해를 살피는 눈이 있는 거지?

그런 조휘의 태도에서 사마중은 더욱 황망한 얼굴을 했다.

"아, 아니 그건 당신이 할 말이 아니라 내가 따질 일이지 않소? 어떻게 본가의 무공을 당신이 알고 있단 말이오!"

음 이걸 도대체 어찌 설명해야 하나.

하는 수 없이 조휘는 반쯤은 솔직하게 말해 줄 수밖에 없었다.

"무신 어른께서 등천(蹬天)하시기 전 어른으로부터 직접 사사한 겁니다."

더욱 눈을 부라리는 사마중.

"그게 무슨 뚱딴지같은 소리요! 불과 얼마 전 다시금 본가에 나타나 그 신령스러운 신위를 드러내신 분에게 등천이라니!"

그럼 그 무신이 지금 내 목걸이 속 영계에 있다고 말하면 믿을 순 있고?

"그럼 그게 사실이 아니라면 내가 무해를 어찌 알 수 있죠? 아무튼!"

조휘가 진득한 눈빛을 발했다.

"내가 알기로 당대의 사마세가에서는 이 무해를 제대로 이해한 자가 전무한 것으로 아는데, 어떻게 내 검세를 살핀 것만으로도 무해를 느낄 수 있는 거죠? 이해가 안 되네. 단순히 무공의 천재라기에는 너무 당황스럽게 말이 안 되잖아?"

무해는 경지가 높다고, 혹은 무학적 재능이 탁월하다고 해서 쉬이 깨달을 수 있는 것이 아니었다.

검신, 마신 어른들조차도 그 대해와 같은 아득함에 혀를 내둘렀는데 후기지수에 불과한 사마중이 어찌?

"아니! 지금 날 눈 뜬 장님 취급하는 거요? 방금 그 검초는 무해십육로(無解十六路) 중에서도 제팔로 경천고현의 초식이 아니오!"

"경천고현(驚天古玄)?"

그제야 모든 것이 자신의 오해임을 깨달은 조휘.

그가 말하고 있는 무해란, 무신의 오롯한 최고 경지를 일컫는 것이 아니라 사마세가의 무공인 무해십육로였던 것이다.

하지만 자신은 무신으로부터 단 하나의 초식조차 배운 적이 없었다.

그도 그럴 것이 이미 소검신이라 불리며 강호의 일좌를 거머쥔 조휘에게는, 초수(初手)보다 심득(心得) 자체를 전하는 것이 더욱 효과적이었기 때문이다.

허나 무신은 분명 자신이 깨달은 심득인 무해를 모든 무로(武路)에 투영했을 터이니 사마세가 무공의 전반에 그 심득이 녹아 있을 수밖에 없었다.

'그렇다면 내 투로에 이미 무해가 자리 잡혔다는 뜻인가?'

검수의 경지에 검형(劍形)이란 것이 있다.

그런 검형은 억지로 익힌다고 해서 발휘할 수 있는 종류가 아니었다.

그것은 검수가 추구하는 인생 전반의 성향에 따라 저절로 화인처럼 새겨진다.

버들가지처럼 부드러운 기질을 지닌 무당검수들.

흐드러지게 피어난 매화처럼 그윽한 기도의 매화검수들.

무해란 바로 그런 것이었다.

그게 바로 무신의 검형(劍形)인 것이다.

가볍게 떠오른 심상으로 펼친 자신의 검세에 사마중이 무해십육로를 느꼈다는 말은 그런 무신의 검형이 자신도 모르게 몸에 새겨졌다는 뜻.

111

그것은 비록 완전하지는 못했으나 무해의 길로 바르게 나아가고 있다는 의미였기에 조휘는 그 마음이 성취감으로 충만해질 수밖에 없었다.

"흐음."

잠시 침중한 얼굴로 골몰하던 조휘가 또다시 뜬금없게 철검을 휙휙 휘둘렀다.

"이것도 알아볼 수 있겠습니까?"

이 검로 역시 며칠 전 명상을 통해 떠오른 하나의 심상.

사마중이 경악으로 입을 쩍 하니 벌렸다.

"서, 설마 제구로 명홀취선(冥惚就仙)?"

그 모습이 먼발치에서 아버지께서 펼쳐 보이셨던 명홀취선과 흡사했다.

그것은 자신조차 아직 흉내만 겨우 낼 수 있을 뿐 결코 도달하지 못한 검로.

비록 내공 없이 펼쳐 보인 유수와 같은 검로였으나 그 속에 담긴 무해의 현현(玄玄)함이란 이루 말할 수 없을 정도로 천지간에 그윽했다.

사마중은 그 그윽하고 흐릿한 검의 잔상에 마치 취할 것만 같은 기분마저 들었다.

"아니 그걸 어떻게……."

상대의 경지는 아버지의 아래가, 아니 그 이상일지도 몰랐다.

이건 사마세가의 비전을 단순히 훑은 정도가 아니다.

저토록 젊은 자.

그 인생을 모두 사마세가의 무공을 익히는 데 바쳤다고 해도, 방금의 검로는 쉽게 이해될 성질의 초수가 아니었다.

자신 역시 평생을 무해십육로에 바쳐 온 인생이었기 때문.

어느새 사마중의 머릿속은 그런 의문들로 꽉 차 버렸다.

"정말 무조(武祖) 어른으로부터 사사했단 말이오?"

그토록 고고하고 고지식하신 무조어른께서 가문 밖으로 자신의 진산절학을 내보이셨다?

터무니없는 말이었지만 이쯤 되면 믿지 않을 수도 없는 노릇이 아닌가?

"속고만 사셨나. 보고도 모르실까."

한데 조휘는 사마중의 그런 속 타는 마음도 모르고 이 와중에도 심상이 떠올라 머릿속을 정리하고 있었다.

"흐음. 혹시 이렇게 하면······."

휙휙휙.

이내 허공을 뒤엎어 버린 환상과도 같은 검로.

그렇게 나타났다 사라지기를 반복하는 그 수많은 검로에 사마중이 아무런 말도 하지 못하고 입만 쩍 하니 벌리고 있을 뿐이었다.

"아니야. 이건 무해가 아니야. 너무 조잡해. 허초를 줄이고 그 자리에 멸(滅)을 더 구겨 넣는 거야. 아 잠깐만? 나는 병신인가? 허(虛)는 공(空)과 성질이 똑같잖아? 그렇다면."

획획획획.

화아아아악!

"어?"

그렇게 조휘마저 당황해하고 있을 때.

"저, 저, 저게 뭐요?"

창백한 얼굴로 뒷걸음치고 있는 사마중!

저 멀리서 드잡이 질을 하고 있는 조휘 일행도 멍하니 하늘을 올려다보고 있었다.

기묘한 상황에서 조휘가 해낸 것은 놀랍게도 삼신절기(三神絶技)의 융합!

가볍게 무혼을 일으켜 그 융합된 검세에 의념을 불어넣은 결과는 바로.

"뭐, 뭐야 저게?"

멍하니 바라보고 있는 것은 조휘 역시 마찬가지.

자신이 펼쳐 놓고도 믿어지지가 않았다.

우우우우웅.

조가대상회의 상공에 떠오른 거대한 블랙홀!

그것은 단순히 사물을 흡수하고 압착하여 파괴하는 기존의 천하공공도와는 차원이 달랐다.

그것에는 검신의 무한한 공(空)과 마신의 광기 어린 파멸(破滅), 현현하고 아득한 무해(無解)가 모두 담겨 있었다.

하지만 그런 감탄도 찰나.

조휘가 엄청난 내공을 일으켜 주위를 향해 일갈했다.

"조, 조, 좆 됐다! 야! 모두 피해! 비상 상황이다! 조가대상
회 비상!"

아무리 극한의 의념을 구동해 회수하려고 해도 저 무식한
블랙홀은 결코 해체되지 않았다.

상공에서 느릿하게 바닥에 떨어지고 있는 저 엄청난 블랙
홀이 결국 조가대상회에 떨어진다면?

조휘로서도 어떤 참화가 일어날지 상상조차 되지 않았다.

백화린이 뾰족하게 비명을 질렀다.

"씨, 씨발 뭐야 저게? 당신이 한 거야?"

"야 나, 나도 당황스럽거든? 절대 일부러 그런 게 아니라
고! 빨리 피해! 사람들을 데리고 최대한 멀리 달아나!"

말을 마친 조휘가 벼락같이 철검을 타고 허공으로 날아간다.

아쉬운 듯 약간 탈력감 섞인 표정으로 깨어난 남궁장호도
멍하니 허공을 응시하고 있었다.

"허!"

쿠구구구구구구-

조가대상회의 너른 대지가 지진을 만난 듯 떨고 있었다.

상공으로부터 상상할 수도 없는 강력한 기운이 느껴진다.

"피하시오! 저놈이 자신의 역량을 최대로 끌어올리고 있소!"

"뭐, 뭐요?"

이게 자연재해가 아니라 인간의 기세(氣勢)라고?

"소검신이 의념을 극한까지 끌어올릴 때 나타나는 전형적인 현상이오! 최대한 멀리 떨어지란 말이오!"

쩌어어억-

사마중이 자신의 전신을 살피며 경악으로 굳어졌다.

자신의 피부 전체가 갈기갈기 찢어져 온통 피가 흘러내리고 있었던 것이다.

이 엄청난 기운이 무슨 무공도 아닌 의념지도의 순수한 압력이라고?

없었다.

사마세가에 존재하는 다섯의 절대경 고수, 오무제(五武帝) 중 그 누구도 저러한 신위를 지닌 자는 없었다.

'이건 마치……'

사마중은 이 상황에서 뜬금없이 무조님의 신위를 떠올렸다.

이건 인세의 벽(壁)이다.

인간으로서는 결코 도달할 수 없는 경지!

한데 그때 더욱 엄청난 의념의 기파가 상공에서 맹위를 떨치고 있었다.

촤아아아아아-

소검신의 신형은 보이지도 않았다.

사마중의 투명한 망막에 투영되고 있는 것은, 그저 엄청난 선(線)과 점(點), 도형(圖形)들의 향연.

그런 환상과도 같은 빛 무리가 수천, 수만 개의 군집(群集)

을 이루어 곧 거대한 검은 구체에 도달할 그 순간이었다.

그그그그극-

콰콰콰콰콰콰콰-

엄청난 충격파와 함께 귀청을 찢는 듯한 소음이 몰아친다.

허나 거대하고 육중한 검은 구체는 균열 하나 없이 멀쩡했다.

단지 지면으로 떨어지는 속도가 조금 더 느려졌을 뿐.

이를 예상이라도 했다는 듯 어느덧 구체의 후방에 나타난 소검신이 철검을 하늘 위로 번쩍 치켜들었다.

곧 그의 철검으로 미증유의 거력이 꾸역꾸역 모여들기 시작한다.

사마중이 참을 수 있는 것은 거기까지.

수도 없이 짓쳐 오는 엄청난 충격파로 인해 내부의 들끓는 기혈을 도저히 통제할 수가 없었던 것이다.

그로부터 수십 장이나 떨어져 있음에도 더 이상은 스스로 생명을 장담할 수 없을 지경에 이른 것이었다.

어쩔 수 없이 내기를 진정시킨 후 이를 악물고 경공을 펼쳐 소검신의 의념 권역에서 벗어난 사마중.

그렇게 그는 가까스로 안도하며 자신의 상세를 살피다 다시 멍하니 저 멀리 허공을 올려다봤다.

쿠쿵!

번쩍하며 섬광이 이는 순간 이내 후폭풍과 함께 강력한 굉음이 몰아쳤고.

쿠쿵! 쿠쿵!

결국 빛살과 굉음이 수도 없이 연속되자 그 거대하고 강력한 검은 구체도 낙하하는 힘을 잃고 오히려 점점 상공으로 떠오르기 시작했다.

그 기괴한 광경을 멍하니 바라보고 있는 사마중.

어느덧 자신의 곁에 도착한 남궁장호도 거칠게 숨을 몰아쉬고 있었다.

"으으…… 천하에 무식한 놈."

고개를 절레절레 젓는 남궁장호를 쳐다보며 사마중이 의문을 토해 냈다.

"저런 자가 과연 단순히 무인(武人)으로 불릴 수 있는 것이오?"

피식 웃고 마는 남궁장호.

"그러니 신(神)으로 불리는 것 아니겠소. 무신의 후손인 당신이 그런 말을 하니 조금은 우습구려."

"아니 그래도 소검신은 이제 이립(而立:30세)도 되지 않았는데……."

"신으로 불리는 자들에게 인간의 상식과 해석이 무슨 의미가 있겠소. 그저 그러려니 하는 수밖에."

쿠쿵, 쿵-!

엄청난 굉음은 점차 멀어지고 있었다.

소검신은 지금 단순히 타격을 반복해 저 무식한 검은 구체를 머나먼 상공으로 흘려보내고 있는 것이었다.

도대체 의념과 내공이 얼마나 무한하면 저런 무식한 짓을 할 수 있는 것인가.

쿵쿵……

굉음은 점차 아득히 흐려졌고.

이내 모든 소음이 잦아들었지만 소검신의 동료들은 표정이 밝지 못했다.

장난스런 표정은 온데간데없고 하나같이 한없이 진중한 표정들.

틀림없이 소검신을 걱정하고 있는 것이었다.

그렇게 시간이 흘러 사흘째가 되던 어느 오후.

사흘째 그 자리에서 식음을 전폐하고 기다리고 있던 진가희가 뾰족한 비명을 질렀다.

휘우우우우-

"조휘 오빠다!"

철검을 타고 날아온 조휘의 신색은 처참했다.

그가 걸치고 있었던 비단 장삼은 넝마처럼 화해 있었고 정갈했던 머리칼 역시 사방으로 비산하여 걸인에 다름이 아니었다.

더욱이 그 얼굴.

한눈에 봐도 심각해 보일 정도로, 그가 입은 내상이 얼마나 지극한지 짐작조차 되지 않았다.

진가희의 비명에 벼락같이 달려온 조휘의 일행들.

물론 그 일행에는 사마중도 함께 섞여 있었다.

조휘가 철검에서 내리며 그대로 바닥에 쓰러졌다.

남궁장호와 장일룡이 질풍처럼 달려가 조휘의 신색을 살폈다.

"도대체 어떻게 된 것이냐!"

"형님! 이게 무슨 몰골이우!"

조휘가 무기력감에 눈을 스르르 감으며 중얼거리듯 말한다.

"바다에…… 싯팔 바다에 버리고 왔다고…….."

멍한 얼굴로 굳어 버린 사마중.

아니 그 엄청난 구체를 이 강서에서 남해(南海)까지 그 무식한 타격을 유지하며 날아갔다고?

곧 사마중이 고개를 절레절레 저었다.

"진짜 사람 새낀가?"

그 역시 어느덧 조휘의 동료와 비슷한 말투가 되어 갔다.

◆ ◈ ◆

대해(大海)의 중심에 거대한 소용돌이가 거칠게 회전하고 있었다.

블랙홀처럼 화한 거대한 검은 구체가 모든 바닷물을 흡수하자 수평선조차 일그러질 만큼 바다 전체가 거칠게 요동치고 있는 것이다.

산악과도 같은 해일이 수도 없이 생겨났다.

먼 바다 쪽으로 향하는 해일은 결국 세를 잃고 잦아들 것이

었으나 내륙으로 향하는 해일은 조휘로서는 결코 좌시할 수
가 없었다.

저 정도 규모의 해일이라면 해안 마을 수십 개가 피해를 입
을 것이 분명한 터.

하지만 조휘는 머리가 터져 나갈 것 같은 느낌이었다.

저 거대한 구체를 강서에서 남해까지 운반해 오느라 한계
까지 의념을 혹사시켜 온 터.

더 이상 의념을 구사했다가는 정말로 자신이 어떻게 될지
도 몰랐다.

결국 조휘는 존자들에게 기댈 수밖에 없었다.

'제발 도와주십시오!'

민초들의 덧없는 희생은 존자들도 원하지 않는 바.

하나 저 엄청난 자연재해는, 자연지기를 다룰 수 있는 삼신
들조차도 섣불리 나설 수 있는 입장이 아니었다.

그야말로 상상도 할 수 없는 규모의 해일 무리!

더욱이 중심의 소용돌이는 가히 수해지옥(水害地獄)을 연
상케 한다.

-내가 하겠다!

결국 존자들 중에서 가장 강력하다고 할 수 있는 천우자가
나섰다.

원래는 그의 과거 사부인 귀암자가 먼저 나서려고 했으나,
신좌의 이목이 닿을 것을 우려해 천우자가 한사코 말리며 본

인이 나선 것이다.

한데 조휘의 몸에 현신한 천우자는 금방 당황할 수밖에 없었다.

"뭐, 뭐지? 어떻게?"

법력은 육체의 능력과 경지와는 상관없이 발휘할 수 있는 힘.

법력의 매개와 매질이란 시전자의 강한 영력과 법보이기 때문이다.

한데, 이전과는 달리 자신의 법력이 조휘의 육체를 통해 발현되지가 않았다.

천우자가 그렇게 당황하고 있을 때.

머나먼 창공으로부터 미증유의 거력이 뭉게뭉게 피어올랐다.

의문의 거력은 이내 강렬한 빛살이 되어 그대로 해수면을 향해 강타했다.

콰콰콰콰콰콰콰~

거대한 빛살이 대해(大海)에 드리워지자.

곧 시커먼 검은 구체가 천천히 하늘 위로 솟구친다.

영계 속 그 어떤 존자가 나선다고 해도 감히 저 검은 구체를 제압하기란 요원한 마당이었는데 저토록 솜털처럼 빨아들이다니!

천우자가 이미 머나먼 창공까지 치솟아 오른 검은 구체를 바라보며 씹어뱉듯 읊조렸다.

"신좌(神座)."

64 章.

64 章.

"허억! 허억!"

조휘가 침상 전체가 덜컥거릴 만큼 거칠게 몸부림치며 일
어나자, 밤새 고운 아미를 찌푸리며 그를 살피던 한설현이 화
들짝 놀란 얼굴을 하고 있었다.

"괜찮으세요? 가가?"

조휘는 그 와중에도 한설현의 주위로 어린 빙기(氷氣)를
살피는 것을 잊지 않았다.

"크으으…… 한 소저?"

"네, 저예요. 악몽이라도 꾸신 거예요? 몸은? 몸은 좀 어떠
신가요?"

125

연신 걱정스런 물음을 쏟아 내는 한설현에게로 조휘는 그
제야 정신을 차리며 씁쓸한 웃음을 건넸다.

"후…… 괜찮습니다. 괜히 걱정을 끼쳐 드렸네요."

"준비한 탕약을 가져올게요. 어디 가지 말고 꼭 기다리세요."

"알겠습니다."

그렇게 한설현이 침소 밖으로 사라지자 그제야 조휘는 여
유가 생겨 자신의 몸을 이리저리 살폈다.

이부자리가 자신이 흘린 땀에 젖어 온통 축축했다.

그만큼 조휘에게 남해(南海)에서의 일은 꿈에서도 아른거
릴 만큼 엄청난 경험이었다.

"후……."

그 모든 것이 자신의 가벼운 무학적 실험으로 일어난 재해
(災害)였기에, 아직도 그때를 떠올리면 심장이 터질 것만 같
았다.

만약 자신이 힘이 부족했거나 상황을 빠르게 판단하지 못
했더라면 어떻게 됐겠는가?

이 포양호 변의 상권 전체가 수몰되었을지도 모른다.

상상도 하기 싫은 결과.

조휘는 이제 결코 함부로 떠오른 심상(心想)을 실험할 수
없었다.

자칫 잘못했다가는 수십만 명의 목숨을 절멸시킬 수도 있
는 것이다.

"이 내가······."

점점 야차처럼 일그러지는 조휘의 얼굴.

뭐랄까.

자신이 느끼고 있는 이 야릇한 감정은 어쩌면 자기혐오에 가까웠다.

장난처럼 일으킨 의지하나.

그로 인한 상상도 할 수 없는 재해.

이건 신이 아니라 괴물(怪物)이다.

그렇게 조휘는 자신의 힘을 스스로 제한할 필요성을 느끼고 있었다.

"그런데 그건 뭐였지?"

아득한 심정에 모든 것을 포기한 채 존자들에게 자신의 몸을 맡겼을 때, 갑자기 하늘로부터 빛기둥이 떨어져 가볍게 자신의 블랙홀을 회수해 갔다.

마치 아무 일도 아닌 것마냥.

천우자 어른의 중얼거림처럼 그것이 진실로 신좌의 의지라면 그건 도대체 무슨 뜻일까?

의외로 착한 놈일지도?

한데 정말 그가 그렇게 오롯한 신(神)이라면 그런 엄청난 짓을 벌인 자신을 단죄하기 위해서라도 한 번은 나타날 만도 하건만 왜 자신을 드러내지 않는 거지?

그렇게 조휘가 이런저런 복잡한 심경으로 머리가 어지러

울 때, 한설현으로부터 소식을 들은 동료들이 헐레벌떡 조휘의 침소로 하나둘 모이고 있었다.

"형님! 괜찮수?"

조휘가 상의도 제대로 걸치지 않고서 뛰어온 장일룡을 향해 묵묵히 고개를 끄덕여 주었다.

"괜찮아."

"후…… 정말로 다행이우."

그는 이제 단순한 회장이 아니라 세력의 종주이자 중원검종을 대표하는 소검신.

장일룡은 그런 조휘가 존재하지 않는 조가대상회란 감히 상상도 할 수 없었다.

이어 땀에 흠뻑 젖은 남궁장호가 도착했고.

"괜찮아 보이는군."

그런 그를 조휘가 피식 웃으며 맞이했다.

"남궁 형은 또 수련이야?"

"창천검수가 그런 천단무극세를 보고도 검을 놀리지 않는다면 더 이상 남궁이라 불릴 수가 없겠지."

"어련하시겠어."

남궁장호가 한 차례 눈짓으로 축축하게 젖은 조휘의 어지러운 침상을 살피다 두 눈에 걱정기를 머금었다.

"아직 몸이 성치 않은 모양이군. 좀 더 몸을 추스르도록 해라."

"괜찮아. 망가진 건 몸보다는 정신이니까."

"정신?"

검수의 정신이 온전치 못한 것은 육체가 망가진 것보다 더욱 큰일이었다.

"검수의 심마(心魔)는 주화입마보다 더욱 무서운 법이다. 게다가 너처럼 입신지경에 든 무인의 심마라면……!"

남궁장호가 생각하고 있는 것이 무엇인지 조휘도 결코 모르지 않았다.

신과 같은 검력을 구사하는 소검신이 검마(劍魔)가 된다?

신강의 전설 천마(天魔) 따위와는 비교가 무색할 정도로 이 강호에 엄청난 재해가 일어날 것이었다.

"그 정도는 아니니까 걱정 말라고."

남궁장호의 얼굴에 언뜻 두려운 빛이 떠올랐다.

"도대체 그건 뭐였나? 그건 검(劍)이라 할 수 없었다."

남궁장호가 말하는 것은 자신에 의해 탄생한 삼신융합절기(三神融合絶技), 일명 블랙홀일 터.

검이 부린 조화가 아니라고 확언하는 그의 태도에서 조휘는 그의 단호함을 엿볼 수 있었다.

"나도 그게 뭔지 표현을 못하겠어."

"왜지?"

"우연히 떠오른 심상을 가볍게 구현해 본 것뿐이거든."

"가볍게? 심상?"

그게 가볍게 펼쳐 낸 심상이라면 무겁게 펼치기라도 하는 날에는 이 중원이 절멸(絕滅)하기라도 한단 말인가.

"이 일은 그냥 넘어가서 될 일이 아니다."

어느덧 침소에 모두 도착한 조휘의 동료들이 하나같이 입을 열지 못하고 조휘의 입만 바라보고 있었다.

백화린과 진가희, 염상록조차도 평소의 장난기를 지우고 엄중한 얼굴로 조휘를 응시하고 있는 것이다.

그렇게 한참 동안 이어진 무거운 침묵.

결국 남궁장호가 동료들을 대표하는 심정으로 계속 질문을 이어 갔다.

"이제는 말해 줄 때가 되지 않았나. 조휘."

"뭘?"

진득하게 빛나는 남궁장호의 두 눈.

"네 녀석과 가까운 동료라면 모두가 알고 있다. 네게 어떤 비밀이 있다는 것을. 지금까지는 애써 모른 척해 왔지만 이제는 우리도 알아야겠다."

진가희가 입을 열었다.

"주위에 아무도 없는데도 마치 누군가와 대화하는 것처럼 매번 중얼거리는 거. 혹시 조휘 오빠에게 귀신을 보는 능력이 있는 게 아닌가 평소 궁금했어."

장일룡도 고개를 끄덕였다.

"내 손을 치료해 줬을 때의 일을 나 역시 들었수. 우리 사부가 말하길 '무공의 극(極)보다 더욱 도달하기 어려운 것이 도사들의 법력(法力)이다. 백 년 이상 도를 닦는다고 해도 한 자락 법력을 얻기란 요원하다.'고 하셨수."

염상록이 바닥 주저앉은 채로 침상 옆에 세워져 있는 조휘의 철검을 손으로 가리켰다.

"어검비행(御劍飛行)부터가 말이 안 되지. 절대경보다 더욱 도달하기 힘든 것이 바로 검령(劍靈)이야. 검령은 자질과 경지 이전에 세월의 문제라고. 선도(仙道)에 이른 전설적인 신선들에게도 어검비행은 천외(天外)의 경지야. 막말로 당대의 천하제일검 자하검성조차 어검비행을 보인 적은 단 한 번도 없었어."

검수가 오랜 세월 검과 혼연일체가 되면 우연적으로 자신의 의지에 검이 화답하는 경지인 검령(劍靈)을 이루게 될 수 있다.

이는 고전적인 무학의 상식으로, 조휘의 연배를 생각하면 결코 일어날 수 없는 일이었다.

하지만 조휘가 발휘하는 어검비행이란 검과의 혼연일체 따위가 아니라 그저 의념의 강제력.

이번만큼은 조휘가 반박하고 나섰다.

"내 검령…… 아니 내 방식은 좀 달라."

"그러니까 그 다른 방식을 말해 달라고. 궁금해 미치겠으니까."

모든 동료들의 질문을 묵묵히 듣고만 있던 남궁상호가 현현한 눈빛을 발했다.

"모두가 각자 너에게 궁금한 것이 있다. 나 역시 당황스러운 건 마찬가지. 네 녀석의 무학적 성장 속도는 역사 이래 전무후무한 것이다. 무림의 전설로 남은 고대의 종사들도 네놈의 성장 속도에는 경악할 수밖에 없을 터. 네 성장 속도는 삼신(三神)은 물론 무림의 시조인 달마와 장삼봉조차도 넘어섰다. 그뿐인가?"

"……."

"무공 하나만으로도 그토록 경악스러운데 네 녀석의 학문과 기예는 또 뭐란 말이지? 소룡대연회에서 네 녀석이 던진 화두는 이제 중원 유학계의 거대한 담론이 되어 온갖 처절한 논쟁을 낳고 있다. 지금도 무수한 학사들이 소룡대연회의 일을 잊지 못하고 소검신을 만나길 학수고대하고 있다고 들었다. 하루에도 몇 번씩 그들을 돌려보내는지 알고는 있는 거냐?"

"아니 그게 그렇게까지……."

남궁장호가 쓰게 웃었다.

"그때의 네 녀석의 발언은 중원을 지배하는 천자사상을 송두리째 뒤집는 것이었다. 지금도 논쟁을 벌이던 유학자들이 수도 없이 관(官)에 잡혀가고 있다. 곧 황실의 금의위가 원흉인 네 녀석을 찾아오는 것도 시간문제일 터."

"헐……."

아니, 소룡대연회 당시 자신의 발언이 그렇게나 나비 효과를 일으켜 버렸단 말인가?

"네 녀석이 강호 세력의 종주가 되어 버렸기에 잠시 숨을 고르고 있을 뿐, 금의위는 언젠가는 반드시 움직일 것이다. 그들의 입장에서는 관과 무림의 상호불가침 따위를 생각할 계제가 아니다. 그만큼 중원 유학계는 혼돈(混沌)을 맞이하고 있다. 자칫하다가는 동창이 나타날지도 모른다."

"동창이라고?"

동창은 황실의 숨은 역량.

그들의 진실된 힘은 제아무리 천하제일의 정보 단체 야접이라 해도 추측하지 못하고 있었다.

"사람의 시선으로 도저히 해석되지 않는 무공의 성장 속도, 화두 하나로 중원 유학계를 뒤집어 버린 학문적 식견, 신기제갈을 능가하는 지모와 계략, 그리고……."

남궁장호가 눈을 번쩍 빛냈다.

"나 역시 장 전무와 마찬가지로 네놈의 법력을 가장 이해할 수 없다! 그건 그 어떤 것으로 설명되지 않는 불가해(不可解)다!"

모두가 동의한다는 듯 침중하게 고개를 끄덕이고 있을 때, 백화린이 조심스럽게 입을 열었다.

"나도 궁금한 게 있는데."

조휘가 그녀를 향해 시선을 옮기자.

"나 분명 그때 다 벗었거든? 한데 어떻게 그 몸을 보고도 참을 수 있지? 혹시 고자야?"

아니 저년은 이 심각한 와중에도 고작 그게 궁금하단 말인가!

남궁장호가 한심한 얼굴로 백화린을 쳐다보다 다시 조휘를 향해 시선을 옮겼다.

"후…… 어쨌든 네 녀석이 우리를 정말 동료로 생각한다면 이 모든 의혹들을 한번 정리해 줄 필요가 있다. '난 천재라서?' 이딴 소리나 해 댔다간 정말 인연 끊을 줄 알아라."

흠칫.

괜히 찔린 듯 눈치를 살피고 있는 조휘.

매번 그랬듯이 장난스럽게 넘어갈 수 있는 분위기가 아니었다.

평소에는 늘 침묵한 채 자신을 믿어 주던 남궁장호조차도 그야말로 죽기 살기로 달려들고 있었다.

'어르신들, 어쩌죠?'

조휘가 조심스럽게 영계의 존자들을 불렀으나 그들은 아무런 대답이 없었다.

잠시 후.

-이제 너는 우리의 조언이나 받을 존재가 아니다. 알아서 스스로 판단하거라.

그런 검신 어른의 말에 침중한 얼굴로 한참이나 고민하던 조휘가 천천히 고개를 들어 동료들을 응시했다.

"사실……."

조휘는 막상 운을 떼려고 해 보았으나 어디서부터 무엇을, 또 얼마나 말해 줘야 할지 갈피를 잡을 수 없었다.

정말 동료들에게 진솔해지려면 환생부터 시작해서 신좌까지 빠짐없이 이야기해 줘야겠지만 솔직히 믿어 줄지조차 관건이었다.

나는 사실 먼 미래에 대한민국이라는 나라에서 살았던 사람인데, 이상한 목걸이 하나 때문에 이곳 중원세계로 왔다?

미친놈 취급이나 하지 않으면 다행이리라.

하지만 그렇다고 모든 비밀을 숨기고서는 도저히 제대로 된 해명을 할 자신이 없었다.

하는 수 없이 조휘는 떡밥을 먼저 던져 보기로 했다.

"일반적인 상식으로 도저히 설명할 수 없는 경지에 이른 무인을 우린 보통 '신(神)의 경지'에 비유하잖아?"

"입신지경(入神之境)? 혹 자연경을 말하는 것이우?"

장일룡의 대답에 조휘가 묵묵히 고개를 끄덕였다.

"거기까지가 범인들이 해석할 수 있는 범위지. 하지만 단순한 비유가 아니라 정말로 신이 된 자가 있다면?"

남궁장호가 고개를 모로 꺾었다.

"사람이 신(神)이 된다고?"

중원의 곳곳에는 수많은 관제묘(關帝廟)가 있지만 상식을 가진 사람이라면 관우를 정말로 신으로 모시진 않는다.

관제를 향해 기원하는 것은, 그가 생전에 지녔던 용력과 기품, 그 담대한 영령을 흠모하고 닮고 싶은 것이요, 혹은 그 기운을 받아 자신과 가족의 안위를 돌보고 싶은 것이다.

물론 민초들 중에서 관우를 신으로 모시는 자들도 있었다.

하지만 그런 그들에게 중화의 진정한 신들인 삼황(三皇)이나 도교의 천신인 원시천존과 관우를 비교할 수 있냐고 묻는다면 모두 고개를 절레절레 저을 뿐이었다.

그게 바로 진정한 신성(神性).

그 어떤 종교적 문명도 닿지 않은 부족 세계의 인간들조차도, 해와 달, 별을 경외하며 물을 떠 놓고 비는 속성을 반드시 보이게 마련이다.

필멸자(必滅者)인 인간은 결코 영원을 살 수 없기에 본능적으로 영원을 흠모하는 속성을 지닐 수밖에 없는 것.

허나 관우는 인간으로서 죽었다.

그것이 신과 인간을 가르는 절대적인 요소.

지금까지 무림의 역사 속에서 영원불멸(永遠不滅)의 불멸자는 단 한 번도 나타나지 않았다.

그 전설적인 달마와 장삼봉도, 삼신도 모두 죽었다.

설사 있다고 해도 모두 구전과 전설로 전해 내려오는 상상과 허구의 산물일 뿐.

당연히 남궁장호는 조휘의 주장을 터무니없게 여길 수밖에 없었다.

"신은 원래부터 신으로 존재하는 법. 인간이 신이 될 수는 없다."

조휘는 고개를 갸웃거렸다.

"그럼 도가의 신선(神仙)들은 뭐지? 그들은 엄연히 신적인 존재들이잖아?"

남궁장호는 단호히 고개를 저었다.

"모두 허황된 구전으로 전해 내려올 뿐 실제로 신선을 본 자는 전무하다. 애초에 우화등선(羽化登仙)이란 현상을 증명할 수가 없지 않느냐? 증명되지도, 증명할 수도 없는 것을 믿는 것은 명백한 미신이다."

나는 내 눈으로 직접 본 것만 믿는다?

와, 이 남궁 형은 현대에 태어나도 결코 종교인은 되지 않을 형이다.

"만약 신이 된 인간이 존재한다면?"

모두가 멍하니 자신을 바라보고 있었다.

조휘는 하는 수 없이 자신의 장삼을 헤치고 목 언저리를 뒤적여 이제는 본래의 붉은 영기를 잃고 무채색이 되어 버린 의천혈옥(義天血玉)을 꺼냈다.

"이게 그 증거지."

모두의 시선이 의천혈옥으로 모이자 조휘가 다시금 천천히 말을 이어 갔다.

"이건 인간의 몸으로 신이 된 '그'의 제자들이 모든 법력을 동원해 만든 최고의 법보야. 사람들의 인과를 쌓고 쌓아 '그'를 대적할 수 있는 유일한 수단이자 최후의 희망."

"법보(法寶)?"

강호에도 전설의 신병이기가 존재한다.

하지만 신병이기는 엄연히 실제로 존재했지만 법보(法寶)
라면 이야기가 달랐다.

전설처럼 내려오는 허황된 이야기 속 물건들.

지금 조휘는 저 구슬더러 손오공의 금고나 여의봉이라
말하고 있는 것이다.

염상록이 이죽거렸다.

"시전에 파는 노리개만도 못해 보이는데?"

조휘가 내민 목걸이는 그 어떤 목걸이보다 평범했다.

단순하게 꼬아 만든 가죽 줄.

매단 구슬 역시 그 어떤 아름다움도 느껴지지 않는 무채색.

고작 저런 것이 신의 제자들이 만든 법보라니?

그렇게 조휘의 동료들은 하나같이 믿지 못하는 눈치였다.

남궁장호가 특유의 투명한 눈으로 의천혈옥을 응시하다
무심히 입을 열었다.

"법보라면 필시 그 이름에 걸맞은 대단한 법력을 지니고
있을 터. 그 목걸이의 능력이 뭐란 말이냐?"

이어진 조휘의 대답에 모두가 석상같이 굳어 버렸다.

"이 목걸이의 구슬 속에는 중원의 역사에 한 획을 남긴, 여
러 절대적인 존재들의 영혼(靈魂)이 담겨 있어."

"뭐, 뭐라고?"

"에?"

남궁장호의 안면이 거칠게 구겨졌다.

"그 무슨 말도 안 되는 소리를!"

조휘가 허탈한 웃음을 지은 채로 의자에 몸을 깊숙이 뉘었다.

"있는 그대로를 이야기했을 뿐, 내가 무슨 이득이 생긴다고 동료들에게 거짓말을 하겠어? 뭐…… 믿든 안 믿든 그건 당신들의 자유니까."

장일룡이 도저히 궁금증을 참지 못하는 얼굴로 거칠게 소리쳤다.

"도, 도대체 누가 거기에 있단 말이우?"

"우선 우리 조가(曹家)부터 시작하자면, 맹덕 어른과 그를 따르는 가문의 후신들, 만상조(萬想曹) 어른을 비롯한 유학자들, 거기에 암흑상계의 초대 비공(秘公)이신 조강, 강호 무인 출신으로는 검신(劍神) 조천 어른이 계시지."

"……."

"……."

입만 멍하니 벌린 채 장승처럼 굳어져 버린 조휘의 동료들.

"독고가(獨孤家)의 어른들도 계신다. 우선 신비도맥을 대표하는 천선문주 천우자 어른, 아 이분이 바로 남궁 형이 궁금해하던 내 법력(法力)의 원천이야. 거기에 독고무진 외 다섯 존자분들. 아 미리 말하는데 나한테조차 본인의 오롯한 신위를 드러내지 않은 분들도 많아. 그래서 나로서도 아직은 모든 어른들을 다 꿰고 있진 못해."

"독고무진? 설마 내가 아는 독고무진? 아니겠지?"

염상록의 질문에 조휘는 퉁명하게 대답했다.

"맞아. 신강의 천마(天魔). 강호인들에게는 마신(魔神)으로 알려진 자."

"씻팔, 그걸 믿으라고?"

"뭐, 뭐라!"

조휘는 아무렇지도 않게 검천의 기운을 제외한 순수한 마신공(魔神功)의 마화를 끌어올렸다.

이내 조휘의 두 눈에 피어오른 엄청난 마기의 자색 귀화(鬼火).

그 질식할 것만 같은 강렬한 마기에, 조휘의 동료들 모두가 전율할 수밖에 없었다.

그의 두 눈에 타오르는 자색 귀화를 그저 바라보고만 있음에도 그야말로 끝도 없는 무저갱 속으로 빨려 들어갈 것만 같은 느낌.

이들 대부분은 아직 제대로 된 마기를 접해 보지 못한 후기지수다.

당연히 천마신공이라 불렸던 마공의 기운은, 그들에게 무간지옥의 구유(九幽)에 다름이 아니었다.

"이, 이럴 수가!"

영혼마저 빨려 들어갈 것만 같은 구유(九幽).

조휘 일행은 저 기운이 틀림없는 마신공이라는 것을 본능적으로 느낄 수 있었다.

이내 마신공을 풀며 무표정한 얼굴로 동료들을 응시하는 조휘.

"못 믿겠다면 지금처럼 보여 줄게. 그게 예의니까."

자신을 향한 동료들의 의문에 조휘는 한없는 성심성의의 자세로 임하고 있었다.

이들을 잃는다면 중원에서의 자신의 삶은 그야말로 아무런 가치가 없을 테니까.

"마지막으로 사마(司馬)의 어른들이 계시지. 이분들은 아직 나로서도 다는 몰라. 아는 건 중달(仲達) 어른과 사마천세 어른뿐."

동료들의 뒤편에서 어벌쩡 서 있던 사마중이 황급히 앞으로 나서며 경악의 얼굴을 했다.

"사, 사마천세?"

"그래. 무신(武神)님도 이 안에 계신다."

"그, 그 무슨 말도 안 되는······!"

조휘가 후 하고 한숨을 내쉬다 말을 이어 갔다.

"무신 어른께서도 오랫동안 '신좌'의 핍박을 받아 왔어. 사마세가의 오랜 봉문도 그 핍박의 결과지. 신적인 의지에 의해 평생토록 행동에 제약을 받아 온 무신 어른으로서는 선택의 여지가 없었다. 오히려 이곳이 너 자유로우니까."

남궁장호가 의문의 눈을 했다.

"신좌? 그게 누구란 말이냐?"

"인간으로서 신이 된 자."

"……."

남궁장호의 안면이 또다시 일그러졌다.

분명 조휘는 도저히 상식적으로 말도 안 되는 말들만 골라서 하고 있는데, 이상하게도 그의 말이 거짓으로 느껴지진 않는 이율배반적인 감정이 그를 괴롭히고 있었다.

이어진 사마중의 의문.

"그럼 그 귀천(歸天)이라는 게……?"

"사실 귀천은 아니고. 아직은 여기에 살아 계신다."

"허……."

기괴하다.

소검신의 주장은 너무도 기괴해서 도저히 믿기지가 않았다.

잠시 생각을 정리하던 장일룡이 묘한 표정으로 조휘를 응시했다.

"그럼 형님의 말씀이 모두 사실이라면 말이우. 결과적으로 그 목걸이 속에는 강호의 전설적인 삼신(三神), 중원대륙을 재패한 위패왕(魏覇王)과 그의 신하들, 한림대학사 대서학을 위시한 유림의 별들, 암흑상계의 절대자, 게다가 환상처럼 치부되는 신비도맥의 신선(神仙)들까지 있단 소리잖수?"

"정확하군."

푸들푸들 떨리기 시작하는 장일룡의 얼굴.

"전대고수가 남긴 한 장의 장보도만 나와도 온 강호가 피의 소용돌이에 휩싸이거늘! 아니 그건 너무 개사기잖수!"

"어. 그건 나도 그렇게 생각해."

염상록이 구시렁거린다.

"흑천팔왕(黑天八王)의 제자가 된 것만으로도 나는 천운이라 여겼는데…… 와 진짜 소름 돋네. 좀 너무한 거 아닌가? 되는 놈만 된다더니 싯팔 인생 진짜 뭐 같다……."

장일룡도 합세.

"아니 그럼 그 엄청난 분들의 지식을 지금껏 혼자만 꿀꺽하고 있었단 소리잖수? 와 진짜 섭섭하우! 이 아우도 소검신까진 아니라도 권왕(拳王) 정도는 되어 보고 싶수다!"

호들갑을 떨고 있는 동료들과는 다르게 남궁장호는 여전히 눈을 매섭게 빛내고 있었다.

"세상만사 인과 없는 업(業)은 없다. 네게 그만한 힘이 주어졌다면 반드시 그에 합당한 천명(天命)이 있을 테지."

조휘가 피식 웃었다.

"뭐 아직은 정확히 모르겠고. 일단은 우리 식구들 잘 먹고 잘사는 게 목표니까."

남궁장호의 깊은 두 눈이 장일룡을 향한다.

"저놈의 말이 모두 사실이라면…… 저놈이 지닌 운명의 무게는 범인의 상상을 초월할 것이다. 법보(法寶)의 능력을 공유해 달라는 말은 그의 여정에 완전한 합류를 의미하는 법.

넌 감당할 자신이 있느냐?"

침소에 나지막이 울려 퍼지는 남궁장호의 물음에 장일룡은 감히 대답할 수가 없었다.

이어진 조휘를 향한 남궁장호의 물음.

"그분들의 염원은 무엇이냐?"

다소 음울해진 조휘의 음성.

"신좌의 멸(滅)."

"빌어먹을 자식."

무슨 신을 죽이겠다는 소리를 저리도 대수롭지 않게 말하고 있었지만, 남궁장호는 그가 지닌 인생의 무게가 오히려 가여워졌다.

"지금까지 혼자였더냐?"

조휘가 피식 웃었다.

"어르신들과 내내 함께해 왔는데 혼자라고 말할 수는 없지."

"우리에게 친우(親友) 운운하더니 그 외로운 꼴 한번 보기 좋구나."

남궁장호는 그 말을 끝으로 한동안 우두커니 선 채로 의천혈옥만 끈질기게 바라보고 있었다.

한데 그런 남궁장호가 갑자기 털썩 하고 무릎을 꿇었다.

"영령들이시여. 이 남궁 모 역시 신살(神殺)의 길에 동참하겠나이다."

그 순간 웅성거리기 시작한 영계의 존자들.

"오랫동안 이 녀석을 지켜보았습니다. 이놈은 강한 놈이 아닙니다. 아니 애초에 강한 놈이 못 됩니다."

조휘가 황당한 눈을 했다.

소검신이라 불리는 자신이 강한 자가 아니다?

"왜 이래 남궁 형? 나 소검신이야. 절대경의 경지를 넘어섰다고."

자신의 경지는 삼신의 경지인 자연경으로 불릴 수는 없었다.

하지만 며칠 전의 삼신융합절기.

분명 그 경지가 절대경을 넘어선 것만큼은 확실했다.

"그런 경지의 강함을 말하는 것이 아니다. 나는 인간으로서의 순수한 강함을 말하는 것이다."

"인간으로서의 강함? 그게 뭔데?"

남궁장호가 피식 웃었다.

"만약 내게 너의 그만한 힘이 있었다면 어땠겠는가."

묵묵히 생각에 잠기는 조휘.

결국 조휘는 비로소 그의 말을 이해할 수 있었다.

"그래. 나였다면 제왕의 패도를 걸었을 것이다. 저 흑천련의 잔당들을 절강의 구석으로 몰아낼 것이 아니라 완전히 토벌했겠지. 더욱이 저 흑천대살을 살려 두지도 않았을 것이다. 막말로 네놈은 적장을 살려 준 것으로도 모자라 사실상 귀빈 대접 중이지 않느냐?"

"음……."

"흑천련주는 무수한 인생들을 나락으로 빠뜨렸다. 그가 강서에 끼쳐 온 수많은 해악들이란 일일이 열거하기가 끝도 없는 수준이지."

남궁장호의 한없이 진중한 얼굴.

"네게는 절대자의 용단이 없다."

이어 다시 의천혈옥을 향해 넙죽 엎드리는 남궁장호.

"이놈의 신살의 도정에 미약하나마 저도 힘을 보태겠나이다."

-허(許)한다.

-남궁(南宮) 놈이라면 믿을 만하지.

-그 패기 한번 마음에 드는구나.

-예사롭지 않은 기개로다.

그렇게 존자 어른들의 음성을 묵묵히 듣고 있던 조휘가 남궁장호에게 그 침잠한 시선을 보냈다.

"후…… 이제 가주님의 얼굴을 어떻게 보지?"

남궁장호의 진중한 태도와 각오가 마음에 들었는지, 영계의 존자들은 그에게 가르침을 내리기 위해 서로 조휘의 몸에 현신하려고 난리였다.

사실 검(劍)의 길을 걷고 있는 남궁가와 가장 잘 어울리는 존자는 검신이라 할 수 있겠으나 다른 존자들이 경악을 하며 그를 말리고 나섰다.

-그대는 안 되오! 초라해진 그런 영격(靈格)으로 무슨 현신이란 말이오!

-저놈은 검 자체인 녀석이외다! 검종임을 자처하는 본 좌가 어찌 가르침을 내리지 않을 수 있단 말이오!

-허어. 존재력을 모두 잃은 영혼의 최후를 진정 모른단 말이오?

삼신융합절기를 펼친 이후로 영격이 높아진 조휘는 존자들의 현신을 스스로 물릴 수 있게 되었다.

"존자님들, 걱정 마시지요. 사부님께서 나서려는 순간 가장 먼저 제가 막겠습니다."

그제야 안심이 된 듯 존자들의 소란은 이내 잦아들었고, 결국 옥신각신 끝에 독고무진이 조휘의 몸에 현신했다.

화아아악!

조휘를 바라보고 있던 동료들의 안색이 금방 핼쑥해진다.

그의 기질이 완전히 뒤바뀌었다는 것을 곧바로 느낄 수 있었기 때문이다.

"허⋯⋯."

조휘와 오랫동안 함께 지내 온 남궁장호는 이런 경험을 한 적이 몇 번 있었다.

사람의 기질이란 갑작스럽게 바뀔 수 있는 것이 아님에도 몇 번이고 조휘에게 이질적인 느낌을 받았던 과거의 기억.

그때의 의문이 이제야 모두 풀린 것이다.

남궁장호가 떨리는 심정으로 입을 열어 질문하려 할 그때.

침소를 이리저리 둘러보며 언짢은 얼굴을 하던 마신이 예의 무뚝뚝한 음성을 내뱉었다.

"좁군. 연무장으로 가지."

그렇게 마신이 무심한 얼굴로 침소 밖으로 나가자 조휘의
동료들도 홀린 듯이 그를 따라 나섰다.

곧 마신은 연무장의 중심에 우두커니 서더니 한참이나 창
공의 교교한 월광을 바라보고 있었다.

그는 그대로 달을 응시하며 예의 냉랭한 음성을 이어 나갔다.

"본 좌는 비록 오롯한 검수(劍手)라고 할 수는 없겠으나 그
렇다고 검(劍)을 모르진 않네."

남궁장호가 마신을 향해 정중히 포권했다.

"영령님의 존성대명을 듣고 싶습니다."

마신이 피식 웃었다.

"무인의 인사란 공방(攻防)으로 나누는 게지."

"……."

남궁장호가 어색하게 굳어 있자 마신이 달을 쳐다보던 시
선을 회수하며 철검을 천천히 들어 올렸다.

"일백 초를 양보하겠네. 전력을 다하도록."

그의 그런 말에 자존심이 상한 듯 남궁장호가 진득이 입술
을 깨물었다.

까마득한 후배에게 삼 초를 양보하는 것은 미덕이라 할 수
있겠으나 대관절 일백 초수라니?

그 검에 제왕(帝王)을 품고 있는 남궁장호로서는 온몸의

피가 거꾸로 솟는 기분이었다.

사파의 고수들과 벌였던 대무 이후로 우연히 화경에 도달한 남궁장호는 오히려 화경에 오르기 전보다 수배나 더 검에 매진해 왔다.

우우우우웅─

남궁장호가 서서히 제왕의 검력을 끌어올리자 그의 오랜 동료인 장일룡이 가장 먼저 그의 변화를 감지해 냈다.

"남궁 형님이 언제 이렇게……!"

온몸이 짓이겨지는 듯한 막대한 경력!

비로소 장일룡은 왜 남궁검종이 제왕(帝王)이라 불리는지 온몸으로 체감할 수 있었다.

후기지수를 넘어 진정한 제왕의 길을 홀로 걷고 있는 사내.

"그 기운이 창공처럼 너르고 깊구나. 과연 창천(蒼天)이라 불릴 만하다."

하나 누군지도 모를 상대의 만용(蠻勇)을, 남궁장호는 더 이상 용납할 수 없었다.

곧 남궁장호의 창천검에서 가공할 검세가 폭사되었다.

창공에 서린 수많은 검기들이 그대로 마신을 향해 드리운다.

하늘을 뒤덮는 검기의 그물, 무애천망하(無涯天網霞).

창궁무애검의 전 오식 중에서 가장 난해했으나 적의 움직임을 봉쇄하기에는 가장 효과적인 검초였다.

하지만 그것만으로는 안심이 되지 않았는지 곧 남궁장호

149

는 수많은 검환(劒丸)을 허공에 그리기 시작했다.

대인전 시 그 살상력만 따진다면 천뢰암강포(天雷岩罡砲)를 능가하는 제왕검초는 존재하지 않았다.

이러한 연계는 남궁세가를 대표하는 연환초식으로, 드넓은 강호에서 이 연환초를 막을 자는 그리 많지 않았다.

허나.

차아아앙-

차가운 월광 아래 마신의 철검이 청명한 빛을 발한다.

그 단순한 참격에는 무슨 고매한 수법도 검도의 오롯한 경지도 느껴지지 않았다.

그런데 검기의 그물인 무애천망하가 일직선으로 가볍게 찢어지고 있었다.

그런 마신의 철검에는 그 어떤 검기성강(劒氣成罡)도 서려 있지 않았다.

이어 몇 개의 강력한 검환들이 그의 몸에 당도했으나, 그는 무심한 얼굴로 검날로 툭툭 비껴 쳐 낼 뿐이었다.

남궁장호는 그런 그의 움직임에서 어떤 경력도 느낄 수 없었다. 상대가 한 올의 내공도 쓰지 않은 것이다.

그는 백 초는커녕 단 두 초 만에 허탈한 심정으로 검을 내리깔 수밖에 없었다.

일백은커녕 일천 초를 쏟아 내 본들 그의 옷깃 하나 벨 수 없다는 것을 본능적으로 느낀 것이다.

"어떻게 그런 것이……."

남궁장호의 상식이 부서지고 있었다.

검기(劒氣)는 동일한 경지의 검기로 막을 수 있으며 검강 (劒罡) 역시 마찬가지다.

더욱이 검환(劒丸)이란 그런 강기를 더욱 압축하여 위력을 배가한 검의 지고한 경지.

화경에 이른 검수의 검력을 아무런 내공도 없이 맞받아치 는 것은 결단코 가능한 일이 아니었다.

더욱이 제왕검수인 자신임에 더 말해 무엇하겠는가.

마신이 철검을 내리깔며 예의 고고한 눈빛으로 남궁장호 를 응시했다.

"그만한 자질과 곧은 심성, 검에 대한 열정, 더욱이 제왕가 의 전폭적인 지원이 있으니 틀림없이 지천명(知天命)을 지날 즈음엔 절대경을 이룰 수 있을 것이다."

"……."

이어진 마신의 음성은 남궁장호에게 있어서 청천벽력과도 같은 말이었다.

"나는 네 아비인 창천검협을 보았다. 너는 그와 대등한 경 지에 다다를 순 있어도 그 이상은 어렵겠구나."

무인의 가능성에 미리 그 한계를 규정해 버린다는 것은 실 로 산인한 일.

마신이 얼이 빠져나가 버린 남궁장호를 향해 희미하게 웃어 보였다.

"지금으로선 그렇다는 말이다."

곧 그가 방금 전의 일참을 그대로 재현해 냈다.

휘익-

후우웅-

다시금 남궁장호를 바라보는 무심한 시선.

"너는 본 좌의 이 일 검을 무엇이라 생각하느냐?"

"그건…… 그저 참격(斬擊)이 아닙니까?"

남궁장호의 눈에 그것은 분명 단순한 일참이었다.

"본 좌에게 있어서 이것은 참(斬)이 아니다."

"……예?"

진득한 의문이 가득 담긴 남궁장호의 시선을 마신은 묵묵히 받아 주었다.

후우우웅-

다시 공간을 베는 검.

"이 검에 베는(斬) 의도 따윈 없다. 그저 지나가지."

지극히 단순한 말이었으나 총명한 남궁장호는 곧바로 그 진의를 살피고 이내 경악의 얼굴을 했다.

"그럼 방금 전의 그 경지가……!"

인간인 이상 반드시 그 의도와 마음이 검에 실릴 수밖에 없다.

빈틈을 찌르고자 하는 마음.

상대를 막아 내고자 하는 마음.

그렇게 절로 의지가 일지 않는다면 어찌 사람이라 할 수 있겠는가.

하지만 무의검(無意劍).

그저 흘러가고 지나갈 뿐 검에 그 어떤 마음도 담지 않는다.

그것은 심검에 이르는 전설상의 무론이요, 강호의 모든 검수가 꿈꾸는 경지의 종착역이었다.

지금 상대는 그런 오롯한 경지를 온몸으로 말하고 있는 것이다.

"그저 흐를 뿐인 검이란 망망대해와 같아서 아무리 커다란 돌을 던져 봐야 결국에는 잔물결만 일다 잦아들 뿐이니 그 어떤 공수(攻守)도 무의미하다. 때문에 의도가 담긴 검초는 본좌에게 모두 무용한 것이다."

남궁장호가 온몸을 부르르 떨었다.

"대체 사람이 어떻게 해야 무의(無意)를 이룰 수 있는 것입니까?"

그에게 무의란 도저히 오르지 못할 하늘과도 같은 것.

마신이 피식 웃었다.

"우선은 여기까지. 먼저 이것을 깨닫지 못한다면 나의 파멸(破滅)에 결코 다가설 수 없다. 오늘부터 일체의 수련을 배제하고 오로지 심상 수련에만 몰두하도록 하라."

"심상 수련을 말입니까?"

심상 수련이란 말 그대로 마음을 닦는 수련법.

그런 온갖 상념의 바닷속에서 대관절 마음을 지우라니?

"본 좌의 일 검을 보았으니 너는 이제 이전의 삶으로 되돌아갈 수 없다. 곧 이해하게 될 터이니 그대로 따르도록 하라."

허탈한 심정으로 멍하게 굳어 있던 남궁장호가 이내 그 마음속으로부터 의문이 치솟았다.

"조휘도…… 그 녀석도 이 모든 것을 넘어 끝내 나아갔단 말입니까?"

마신이 가늘게 미간을 좁히다 얼굴을 일그러뜨렸다.

"그놈은 사기다!"

"예?"

"그런 게 있다! 그놈은 더 이상 신경 쓰지 말고 네 수련에나 정진하도록 하라!"

화아아악!

마신이 현신을 풀고 돌아가자 이내 뒷머리를 긁적이며 남궁장호를 쳐다보는 조휘.

남궁장호가 그의 바뀐 기질을 살피더니 곧바로 조휘임을 알아보았다.

금방 복잡한 속내를 드러내는 남궁장호.

"그분은 누구셨지?"

"그게…… 어른께서 밝히질 않았는데 내가 함부로 말해 주면 안 되지 않나?"

한동안 묵묵히 고개를 끄덕이던 남궁장호가 다시금 의문

을 드러냈다.

"그분의 마지막 말이 뜻하는 바는 무엇이냐? 네 녀석이 사기라니?"

"어, 그게…… 사실."

조휘는 마신이 왜 그런 말을 했는지 처음에는 이해할 수 없었으나, 곰곰이 생각을 되짚어 보니 결국 그 뜻을 알아차릴 수 있었다.

검천전능지체로 바라본 세상에는 인간의 의도 따위란 존재할 수 없었다.

조휘의 인식론적 방법이란 애초에 강호의 무인들과 달랐던 것이다.

오히려 조휘는 남궁장호가 저토록 혼란스러워하는 모습을 이해할 수 없다는 눈치였다.

후우우우웅-

조휘가 철검을 휘두르자 남궁장호가 두 눈을 동그랗게 떴다.

방금 전 마신의 참격과 한 치의 오차도 없는 일 검이었다.

조휘가 퉁명스럽게 말을 이어 갔다.

"음 나한텐 말이지. 이건 그냥 점(點)과 점의 연결이야. 혹은 무수한 점이 연속으로 찍힌 자국이라고나 할까."

이번에는 그의 철검이 부드러운 포물선을 그렸다.

"곡률(曲律)에 따라 여러 형태가 있겠지만 기본적으로는 이건 그냥 만곡(彎曲)이지."

남궁장호가 황당한 얼굴을 했다.

"아니 그걸 누가 모르냐?"

"내 말이! 이게 무슨 거창한 비급이라도 되냐고!"

조휘가 버럭 소리를 질렀다.

"만곡이 날아온다고 쳐. 만곡의 단점이 뭐야? 선(線)이 길 잖아? 길면 뭐다? 시간을 잡아먹는다는 거지! 그럼 나는 빠르 게 점(點)으로 대응 하는 거야. 이렇게!"

허공에 서린 만곡의 검기가 이내 챙 하고 소리를 내며 조휘 의 철검이 뿌린 점에 의해 소멸되었다.

"절륜한 초식이 있다고 쳐. 아무리 복잡다단한 초식이라고 할지라도 이런 점과 선, 도형의 연속일 뿐이야. 난 단지 그런 모든 물리적 움직임들의 상대성(相對性)을 지배할 뿐이라고."

애초부터 조휘의 검로에는 그저 수학적 효율만이 존재할 뿐 인간의 마음 따윈 있지도 않았다.

마신이 조휘의 검더러 사기라고 말한 것은 바로 이런 점 때 문이었다.

애초에 그 검(劒)에 인간의 번뇌가 없는 존재.

"자, 이건 이십사수매화검법의 천향밀밀."

조휘가 어찌하여 화산파의 검법을 시전할 수 있는지 따질 겨를도 없이, 남궁장호는 그저 수도 없이 피어난 매화를 멍하 니 쳐다만 볼 뿐이었다.

"봤어? 자세히 살펴보면 저 검화로 피운 매화들은 모두 원뿔 형태라는 걸 알 수 있어. 원뿔 도형의 회전력을 상실케 하는 방법은 간단해. 밑변을 조지는 거지. 이렇게!"

허공에 수놓아진 매화, 아니 원뿔 도형(?)들을 향해 수없는 만곡들이 날아간다.

촤아아아아아!

상공을 가득 메운 매화들이 모두 힘없이 사그라지자.

"이게 사실 별것도 아닌 게 백터값만…… 아니 상대적인 힘으로 무력화만 시키면 그 어떤 초식도 아무것도 아닌 게 되거든."

남궁장호를 포함한 동료들이 하나 같이 '이 무슨 개소린가.' 하는 표정으로 조휘를 바라보고 있었다.

그들 중에서 가장 먼저 질문의 운을 뗀 것은 남궁장호가 아니라 사마중이었다.

"허면 당신의 검은 모두 그런 수(數)와 도형(圖形)과 같은 산법(算法)이란 말이오?"

조휘가 무심히 고개를 끄덕인다.

"그거야. 바로 봤어."

이어진 사마중의 단호한 대답.

"그런 건 무공(武功)이 아니오."

그 말인즉.

"당신은 무인이 아니외다."

"왜지?"

조휘의 퉁명한 대답에 사마중이 엄중하게 말했다.

"사람이라면 누구나 그 삶에 지향이 있소이다. 당연히 무인 역시 스스로 추구하는 삶의 지향성이 그 무도(武道)에 자연스레 녹아날 수밖에 없소. 그래서 무공이 일대종사에 이른 절대경 무인의 의념을 우리는 무혼(武魂)이라 부르는 것이오."

"음. 일리는 있군."

"그, 그렇게 간단히 넘길 문제는 아니지 않소?"

여타의 강호인이라면 불같이 화를 내며 날뛸 언사였으나 오히려 조휘는 아무런 타격감도 느끼지 못하는 듯 흔쾌히 고개를 끄덕여 보였다.

"뭐 당신이 그렇게 느낀다면 할 수 없는 노릇이지."

조휘가 그렇게 나오자 사마중의 엄중한 얼굴이 조금씩 일그러졌다.

"그, 그런 말을 듣고도……."

조휘가 피식거렸다.

"검도를 산법(算法)으로 바라본다고 해서 내 삶에 지향이 없다고 단언하는 것은 꽤 웃기는 모순이지. 내가 군이 맞장구쳐 줄 필요는 없다고 보는데. 단적인 예로……."

조휘의 두 눈이 가늘게 찢어지며 매서운 눈초리로 변했다.

"당신 말대로 내가 무인이 아니라고 치자고. 그런데 당신, 나를 이길 수는 있고?"

"……."

다시 예의 장난스러운 기색으로 돌아온 조휘.

"하하! 웃기잖아? 당신 말대로라면 난 아니고 당신은 무인이란 소린데 왜 무인도 아닌 나보다 경지가 낮지?"

"아니 그건……."

"왜? 당신도 설명할 수 없으니 '그건 사기다!'라며 얼버무릴 건가?"

-이놈! 그거 지금 나 들으라고 하는 소리냐?

다소 흥분한 듯한 마신의 목소리가 들려오자 조휘가 천연덕스럽게 대꾸했다.

"아닌데요?"

분명 자신을 돌려 까는 게 맞다!

그렇게 마신이 부들부들 떨고 있을 때, 사마강의 비명 섞인 외침이 다시 연무장에 울려 퍼졌다.

"소검주! 당신의 검은 무엇이오!"

갑작스런 물음에 잠시 당황하는 남궁장호였지만 그는 이내 엄정한 얼굴이 되어 단숨에 대답했다.

"제왕(帝王)을 넘어 천하를 경천(驚天)하고자 하는 검. 허나 그 길을 걸으매 인(仁)과 대의(大義)를 포기하지 않을 것이며, 그렇게 끊임없는 정도를 추구하고자 하는 올곧은 의지외다. 그것이 바로 내 검이오."

크……!

마치 무림맹 입시 학원의 우등생 같은 대답!

그야말로 정파무림의 후기지수로서 정석과도 같은 답변이다.

여축시 포권충!

한데 그런 모범적인 답변에 사마중이 숟가락을 얹었다.

"의를 숭앙하고자 하는 마음을 검(劍)에 담은 것은 이 무군역시 마찬가지외다! 한데 당신에게는 그런 게 없소! 종사에 이른 그 어떤 무인이 스스로의 검을 한낱 산법이라 폄하할 수 있단 말이오!"

조휘가 피식거리다 예의 가늘게 찢어진 눈으로 염상록을 응시했다.

"야. 니 쌍 낫은 뭐냐?"

염상록이 자신의 등에 매단 쌍겸을 한 차례 힐끗거리더니 뭔 개소리냐는 듯 조휘를 쳐다봤다.

"당연히 내 독문 무기지. 뭔 소리를 하고 싶은 거냐."

"무기에 이상한 걸 담아내지 않으면 무인이 아니라잖냐. 넌 그런 거 없어?"

"음…… 살기?"

이번엔 조휘가 진가희를 쳐다봤다.

"야, 네 채찍에는 뭐 없냐?"

"아 갑자기 뭔 무기에 공자 타령이세요. 안 그래도 날 추운데 재수 없게."

"아니 뭐 니들한텐 삶의 지향 뭐 그런 거 없냐고!"

"싯팔! 먹고 살기도 살아남기도 바빠 죽겠는데 뭔 도덕경타령이냐고!"

"야 넌?"

백화린이 한 치의 망설임 없이 앵무새처럼 대답한다.

"잘생긴 남자를 쟁취하기 위한 도구?"

와, 리얼 한결같다.

어찌 저렇게 인간이 한결같을 수만 있을까.

"장 전무?"

장일룡이 자신의 주먹을 바라보더니 눈살을 찌푸렸다.

"이 빌어먹을 예쁜 손에 빨리 굳은살이 생기길 바랄 뿐이우."

조휘가 예의 익살맞은 얼굴로 다시 사마중을 바라본다.

"쟤들도 무인이 아닌 건가?"

점점 붉으락푸르락해지는 사마중의 얼굴.

"비교할 게 없어서 비인(非人)의 무리인 사마외도와 비교한단 말이오!"

진가희와 백화린, 염상록이 금방 야차처럼 구겨진 얼굴로 으르렁거린다.

"이 샌님 같은 새끼가?"

"하! 잘생겼다고 오냐오냐해 주니까 눈깔에 뵈는 게 없지?"

"거 물건 좀 크다고 천하가 다 네놈의 발아래에 있는 것 같나?"

연신 부들부들 떨다가 그대로 검을 빼 드는 사마중!

차앙!

"인간이길 포기한 것들 주제에 그 입만 살았구나! 와라! 내 네놈들의 하찮은 인생을 징치하……!"

순간 조휘의 신형이 흐릿해졌다.

퍼퍽!

퍼퍼퍼퍽!

연신 찰진 타격음만 들려올 뿐 조휘의 움직임은 눈에 보이지도 않았다.

그저 어렴풋이 보이는 건 엄청난 수의 장영(掌影)들뿐.

그것이 장법으로 변형된 타구봉법이라는 것을 알아본 백화린이 감탄을 터뜨렸다.

"햐, 저 인간의 천하무구는 날로 발전을 거듭하네."

천하무구(天下無狗)?

천하에 남아 있는 개가 없다는 그 유명한 말은 개방 방주의 타구봉법을 상징하는 초식명이다.

"와 씨. 저게 그 타구봉법이라고?"

사람을 패기에 타구봉법보다 더 절륜한 무공은 천하에 없는 터.

퍼퍼퍼퍽!

마치 가죽 북이 터져 나가는 소리가 연신 연무장을 휘감는다.

그것은 인간의 몸이 내는 소리라고는 믿을 수 없을 만큼 찰진 타격음이었다.

어느새 흐릿한 잔상이 잦아들며 우두커니 선 채로 손을 탈탈 털고 있는 조휘가 드러났다.

"감히 조가대상회의 직원들에게 살기를 드러내? 그딴 식으로 한 번만 더 행동해 봐. 이 정도로 끝내지 않을 테니까."

"크으으으…… 주, 죽여 버리겠……."

철퍼덕!

기를 쓰고 일어나려던 무군 사마중이 그대로 앞으로 고꾸라졌다.

남궁장호가 무심한 눈으로 조휘를 쳐다본다.

"그는 무군이다."

"알아. 그게 뭐?"

"그는 사마세가……."

조휘에게 강호에서 사마세가가 차지하는 위상, 앞으로 닥칠 무림맹의 핍박 등을 설명하려다 남궁장호는 피식 웃음이 터져 나오고 말았다.

중원의 엄청난 영웅들을 그 속에 품은 채 무려 신과 싸우겠다는 놈에게 그런 것이 무슨 타격감이 있겠는가.

그의 길은 이미 천외(天外)의 도정.

"장 전무, 이 새끼 약당에 데려가서 치료해 주고. 이만 해산!"

"네 형님 알겠수."

그렇게 장일룡이 무군을 어깨에 메고 멀어져 가자 조휘의 동료들도 각자의 침소를 향해 발걸음을 옮겼다.

연무장에 남아 있는 사람은 이제 조휘와 남궁장호뿐이었다.

"산법을 적용시킨 네 검에 대해 좀 더 자세히 알고 싶다."

조휘의 얼굴에 만족한 빛이 어렸다.

적어도 저 고지식 덩어리인 사마중보다는 남궁장호가 무인으로서 훨씬 더 열려 있었다.

"다섯(五)의 수에 무(無)를 곱하면 무슨 수가 되지?"

"음?"

왠지 흠칫거리는 남궁장호.

분명 이거…….

어디선가 한번 들어 본 대사다.

"그, 그게 네놈의 검과 상관있는 건가?"

"어, 갈 길이 멀어. 기초부터 가자고."

남궁장호에게 자신의 검을 이해시키려면 산수부터 가르쳐야 하는 지랄 맞은 상황이 문제이긴 하다.

"외워. 이일은 이, 이이 사, 이삼 육…….""

그렇게 월야(月夜)의 연무장에서 남궁장호의 산수 과외가 시작되고 있었다.

第 65 章.

푹 꺼진 두 눈.

핼쑥해진 얼굴.

아무렇게나 흐트러진 머리칼.

영혼이 빠져나간 것만 같은 얼굴로 힘없이 붓을 휘갈기고 있는 남궁장호는 그렇게 피폐해져 있었다.

현대나 중원이나 수학이 더러운 것은 매한가지!

"아니 이걸 못 맞혀? 정파 제일 후기지수라며? 개뿔이!"

남궁장호의 답안지를 살피며 연신 꼬장꼬장한 음성으로 일갈하는 조휘의 표정은 마치 신림동 사립 학원의 강사를 방불케 했다.

남궁장호 역시 명가의 후손이기에 기초적인 산법을 배우긴 했지만, 조휘의 산법이란 그야말로 다른 차원의 개념투성이!

"아, 아니 이게 중원의 산법이 맞긴 한 건가?"

"그래서? 포기할 거야?"

이를 뿌득 가는 남궁장호.

"제왕가(帝王家)의 검수에게 포기란 있을 수 없다!"

예의 흐뭇하게 미소 짓고 있는 조휘.

남궁장호를 조련(?)하기란 정말 너무 쉬웠다.

그때, 조휘의 집무실 문이 덜컥 열리며 장일룡이 들어왔다.

"형님! 제갈운 형님께서 돌아오셨수다!"

"호오, 정말?"

맹의 동태를 살피기 위해 그가 떠난 것은 거의 반년 전.

조휘는 그가 왠지 간단한 사안을 들고 온 것 같진 않았다.

"가자."

"예 형님!"

조휘가 길을 나서다 남궁장호를 힐끔 쳐다보았다.

"그거 다 풀기 전에는 명상 수련 금지야. 갔다 와서 반드시 확인할 거니까 도망갈 생각은 하지 마."

"놈! 나를 어찌 보는 것이냐! 제왕가의 검수에게……!"

"어서 가자고."

그렇게 조휘가 장일룡의 안내를 받아 조가대상회의 정문에 당도했다.

그곳에는 화려한 봉황기(鳳凰旗)를 매단 마차가 이미 여러 대 도착해 있었는데, 그것은 제갈운이 혼자 온 것이 아니라는 것을 반증하는 광경이었다.

놀랍게도 선두의 마차에서 가장 먼저 내리고 있는 이는 무림맹을 통치하는 절대자, 무황이었다.

"음? 무황님?"

조휘는 금방 의구심이 일어났다.

무황의 행차라면 무림맹을 상징하는 맹기(盟旗)가 걸려 있어야 정상.

한데 맹기는커녕 맹의 호위무사들조차 단 한 명도 보이지 않았다.

무황에 이어 마차에서 내리고 있는 노년인은, 조휘로서도 처음 보는 인사였으나 단아한 학창의, 화려한 봉황금선, 특히나 머리를 장식하고 있는 금빛 깃털로 인해 그의 위계를 단숨에 짐작할 수 있었다.

'제갈 가주? 아니 제갈명현은 중년이라고 들었는데?'

저 금빛 깃털은 틀림없는 제갈봉황가의 가주를 상징하는 장식.

한데 나이가 너무 많았다.

그는 최소 칠순은 넘어 보이는 노인.

"설마……."

조휘는 당대가 아니라면 전대의 가주를 떠올릴 수밖에 없었다.

"만박자……?"

만박자(萬博子) 제갈유운.

강호풍운록이라는 희대의 기서를 편찬해 강호를 일대 파란으로 몰아넣은 희대의 기인.

그의 붓질 한 번에 한 가문이 추락하기도 영웅이 탄생하기도 하는 그야말로 강호 최고의 권위를 지닌 인물이었다.

또한 강호의 수많은 사내들을 덕질로 헐떡이게 만드는 자이기도 하다. 자신의 형인 조혁도 그들 중 하나.

순수한 명성의 높낮이로만 따진다면 팔무좌를 가볍게 능가하는 존재.

살아 있는 강호의 전설, 그 자체인 자였다.

그의 학문적 성취와 식견이란 황제조차도 조언을 구할 만큼 지고한 것이었다.

그야말로 제갈(諸葛) 그 자체인 자, 살아 있는 강호의 전설이었다.

당대의 제갈세가가 무림맹의 요직을 두루 맡으며 맹위를 떨치고 있는 것은 모두가 그가 뿌린 토양으로 인해 가능한 것이었다.

무림의 신비라 할 수 있는 그가 강호에 나타난 것만으로도 천하가 뒤집어질 판국인데 그 장소가 하필 조가대상회라니?

분명 이건 예사로운 일이 아니었다.

이어 제갈운이 그런 할아버지를 수행하기 위해 마차에서 내리자.

조휘가 섬전과도 같은 신법을 일으켜 그들의 전면에 다가갔다.

"무림 말학 조휘. 강호의 대선배님들께 인사를 올립니다."

한껏 정중하며 기품 있는 포권.

촤락!

만박자 제갈유운이 봉황금선을 고아하게 펼치며 긴 수염을 쓰다듬었다.

"소검신이라……."

아직 만박자는 소검신 조휘를 강호풍운록의 인명편에 등재하지 않았다. 한 번도 보지 못했기 때문이다.

흐뭇하게 웃으며 자신을 바라보고 있는 만박자의 시선이란 마치 폐부까지 들여다보는 것처럼 시리도록 투명했다.

저런 건 무공 따위의 기도가 아니었다.

이자는 현자(賢者)다.

장난스럽게 운운하던 그 현자타임의 현자가 아니라 진정한 현자.

그렇게 조휘는 그의 예사롭지 않은 눈빛을 담담히 받으며 천천히 예를 풀었다.

조휘의 시선이 제갈운을 향해 드리워졌다.

"제갈 부회장님. 이게 다 무슨 일이죠? 무황님과 만박자께서 행차하신다면 미리 전서구를 통해 알려…….”

“내가 막았네.”

대답은 무황이 하고 있었다.

“그리고 맹은 장악되었네.”

조휘의 표정이 멍해졌다.

얼마 전까지만 해도 그 잠잠했던 맹이 도대체 누구에게 장악이 되었단 말인가?

제갈운의 슬픈 눈.

“이미 무림맹은 총군사님의 것이 되었어요. 거기에 우리 가주님께서도…….”

이어진 무황의 음성.

“총군사 제갈찬휘. 그가 제갈가의 가주인 제갈명현을 새로운 무황으로 추대했네.”

황당하게 굳어져 버린 조휘.

“아니 그런 엄청난 반란을 무림맹의 장로들이 동의할 리가 없지 않습니까?”

순간 무황의 얼굴에 허탈한 빛이 스친다.

“만장일치로 의결되었네.”

무림맹이라는 세력의 단단함은, 의외로 수많은 문파들의 연맹체라는 성격에서 나온다.

보통 연맹체라면 구조적으로 통치력이나 조직성이 취약할 것이라 생각하겠지만 특정 기득권의 독주(獨走)를 막기에는 이보다 더 좋은 조직체는 없었다.

무림맹이 안건을 의결하는 방법은 만장일치제.

이는 연맹체의 특성상 강력한 명분과 설득력이 뒤따르지 않는 이상 통과되기가 사실상 불가능하다는 뜻이었다.

당금의 정파무림에서 무황(武皇)의 권위란 절대적이다 못해 신성시될 정도.

비록 자하검성에 비해 한 수 모자람이 있겠으나 천하제일을 다투는 그 무공의 경지는 물론이요, 더욱이 그의 치세 동안 정파무림은 전례 없는 평화를 구가해 왔다.

게다가 그는 쪼그라져 있던 무림맹의 권역을 장강 이북 전체로 확장시켰으며, 과거 엄청난 세력을 자랑하던 사파의 삼패천(三覇天)을 이제는 동시에 상대해도 될 만큼 무림맹을 강력한 세력으로 탈바꿈시킨 입지적인 인물이었다.

그런 전설적인 맹의 종주(宗主)가 만장일치로 탄핵되었다는 것을 조휘를 비롯한 동료들은 도저히 믿을 수 없었다.

남궁장호의 얼굴은 일그러지다 못해 참혹하게 구겨져 있었다.

"아니, 어찌 무황님께서……."

단체로 미혼독을 들이마신 게 아니라면 어떻게 저 무황님을 내칠 수가 있단 말인가?

무황은 남궁세가의 창천검협과 더불어 장일룡이 존경하는 몇 안 되는 정파명숙이었다.

"소림의 그 땡중들도 동의를 했단 말이우?"

소림(少林).

강호에 그 어떤 환란이 몰아쳐도 언제나 천년 거송처럼 굳건히 중심을 잡아 주는, 그야말로 정파의 정신적 지주와 같은 문파다.

제갈운의 얼굴에 허탈한 빛이 스친다.

"총군사의 발의(發議)에 가장 먼저 인장을 찍은 사람이 공 공 그자예요."

"그 공공대사가?"

살아 있는 부처님 화석, 활불(活佛)이라 불리며 수많은 강호 동도들의 존경을 받고 있는 공공대사가 탄핵안에 가장 먼저 도장을 찍었다?

그 공의의 화신과도 같은 강호의 명숙이 정말 그런 결정을 내렸다고?

하지만 조휘는 다른 문제가 더 시급했다.

"그럼 우리 막대한 돈줄……! 아, 아니 검총은 어떻게 되는 거죠? 설마 맹주 하나 바뀐다고 맹과 맺은 협의가 틀어지는 것은 아니겠죠?"

이 와중에 조가대상회의 사업장부터 챙기고 나서자 동료들조차도 한심한 눈으로 조휘를 바라본다.

"형님 지금 그게 중요한 게 아니잖수?"

"야 이 미친놈아! 무황께서 이리되신 마당에 지금 그게 할 말이냐?"

조휘가 오히려 버럭 성을 냈다.

"이 사람들이? 조가대상회 칠천 명 직원들의 한 달 월봉이
얼만 줄은 알기나 알고?"

"하……."

남궁장호가 어쩔 줄을 몰라 하며 조휘를 대신해 무황을 향
해 예를 취하고 있었으나, 그는 이미 조휘를 수도 없이 겪은
터라 그다지 동요하는 기색이 아니었다.

그렇게 한 차례 씩씩거리던 조휘가 힐끔 제갈운을 응시했다.

"괜찮겠습니까?"

"네? 무슨……?"

물빛처럼 투명한 조휘의 두 눈.

"당신이 여기에 있어도 괜찮냐는 말입니다. 이미 제갈세가
전체가 무황의 반대편에 선 듯한데."

"아……."

조휘는 사태의 핵심을 짚어 내고 있었다.

무림맹의 핵심 요직을 두루 장악하고 있는 제갈세가가 적
극적으로 이 일을 추진하지 않고서야 오늘의 그림은 결코 완
성될 수가 없는 터.

대답은 제갈운이 아니라 만박자 제갈유운이 대신했다.

"허허…… 그대가 보다시피 무황의 곁에 선 제갈(諸葛)은
이 힘없는 노인과 우리 운(雲)이가 전부라네."

그럼에도 여전히 무심한 조휘의 표정.

제갈세가 내부의 인물들이라면 몰라도 적어도 총군사 제
갈찬휘만큼은 진심 어린 충심으로 무황을 보필해 온 인물. 적
어도 조휘가 보기에는 그랬다.

그런데 그런 총군사가 이번 사태의 주동자라니.

모든 일에 원인 없는 결과는 없다.

조휘가 만박자를 무심히 응시했다.

"왜죠? 이토록 무리해서 맹주 자리를 탐낼 만큼 신기제갈
에게 무슨 절박한 문제라도 있었나요?"

무림맹의 모든 원로들을 포섭하기 위해서는 그들에게 엄
청난 보상을 약속하지 않고서야 불가능한 일이었다.

제갈이 비록 오대세가의 일익(一翼)이긴 하나, 구파일방의
모든 비원을 들어줄 만큼 막대한 재력과 이권을 지닌 세가는
아니었다.

만박자가 씁쓸하게 웃었다.

"강호에서 신기제갈이라 칭송받는 본가지만 그런 우리에
게도 오랜 열등감이 있어 왔네."

"열등감이요?"

"이인자의 굴레. 언제나 대영웅의 등만 바라보며 계책을
내고 뒤처리만 해 온 모사(謀士)의 열등감이란 실로 무서운
것이네. 역사를 주도하고 만들어 가는 이는 언제나 영웅들이
었지. 본 가에는 그런 영웅이 되고 싶어 했던 아이들이 늘 있

어 왔네."

"음……."

만박자가 천천히 허공을 응시한다.

"아들은 아비가 가장 잘 아는 법. 명현(明賢)이는 언제나 영웅이 되고 싶어 했지."

"그럼 제갈 가주가 이 모든 일의 실질적인 주동자란 말입니까?"

제갈운이 고개를 가로저었다.

"절대 아니에요. 아버지께서는 비록 야망이 있는 분이지만 절대 명분과 도의를 저버릴 분이 아니세요. 분명 아버지를 자극한 자가 있을 거예요."

"그게 누굽니까?"

"그게……."

제갈운이 어벌쩡하자 만박자가 다시 입을 열었다.

"찬휘 녀석이 이 모든 짓을 벌였다는 것은 나로서는 일종의 농담같이 느껴질 정도라네. 짐작되는 경우의 수가 너무 많아서 문제야."

신기에 이른 계략을 지녔다는 제갈세가의, 더구나 강호의 현자라 불리는 만박자라면 그 신산지계(神算之計)를 감히 추측할 수 없을 것이다.

허나 아무리 그런 현사라고 해도 진정한 적의 실체를 알 길이 없는 이상 혼란스러움을 느끼는 것은 어쩌면 당연한 일이었다.

"구파(九派)는 그 오랜 역사와 전통만큼이나 결코 녹록한 집단이 아닐세. 사마외도를 상대했던 지난 과거를 제외한다면 그들이 일시에 하나의 목소리를 내는 것은 아마도 처음 있는 일."

만박자의 투명한 눈빛이 일순 무황을 향했다.

"저 청년에게 모든 해답이 있다는 말의 뜻을 이제는 말해 주시오 무황."

나한테 모든 해답이 있다?

조휘의 황당한 얼굴이 이내 무황을 향했다.

"저희 조가대상회까지 불원천리 달려온 여러 명숙들께는 죄송한 말씀이지만, 무슨 신도 아니고 수개월 전부터 산서(山西)에서 일어난 일들을 제가 어찌 꿰고 있겠습니까?"

그런 조휘를 향해 무황이 빙그레 웃어 보였다.

"일전에 자네가 말했던 신좌(神座) 말일세."

"신좌요?"

"이 일은 그자와 무관하지 않아 보이네."

비로소 신좌라는 이름이 강호의 전면에 등장하는 순간이었다.

그 은막의 단어가 여러 강호인들의 입에 오르내리는 일은 오랜 강호의 역사에 지금이 처음일 터였다.

"그런 초월적인 자의 힘이 개입된 것이 아니라면 도무지 설명될 수 없는 일투성이네. 공공(쏘쏘)을 본 좌보다 더 잘 아는 이는 없는 터. 그는 그 어떤 승려보다도 불법무진(佛法無盡)의 삶을 추구하는 구도자. 이건 그런 사람이 할 행동이 결코 아니라네."

강호인들은 지금의 무황처럼 소림을 향해 무한한 칭송을 아끼지 않고 있었지만 조휘만큼은 아니었다.

다름 아닌 선종의 창시자 달마가 이 세상에 전례 없는 악마라는 것을 오직 자신만은 알고 있고 있는 것이다.

"그건 무황께서 땡중들의 음흉한 속내를 몰라서 하는 소리죠. 공공이니 허공이니 해도 법명만 고상할 뿐 실상은 속이 시꺼먼 놈들로 천지입니다."

"어허, 무례하도다!"

그저 빙긋이 웃고 있는 무황과는 달리, 조휘의 이런 면모를 처음 접해 보는 만박자는 연신 노기를 터뜨리고 있었다.

지극한 예가 담긴 남궁장호의 진중한 목소리가 다시금 들려온다.

"신좌(神座)를 무황께서도 알고 계셨단 말입니까?"

"맹의 비고에 천조 대협(天照大俠)께서 남기신 일기가 있었지. 천조 대협은 오래도록 신좌를 추적해 온 맹의 유일한 맹주셨다네."

조휘가 입을 열었다.

"무황님이 그런 말씀을 하시는 이유가 분명 있으시겠죠."

"그렇네. 지금 맹에서 벌어지고 있는 일들이 마치 성화교

(聖火教)를 천마신교(天魔神教)로 탈바꿈시킨 그 옛날 천마의 방식과 비슷하다네. 팔대마가를 은밀히 뒤에서 모조리 흡수하고 명령 체계를 일원화한 후 교도들을 세뇌하여 천마를 신성시하게 만드는 그런 독주의 전조가 맹의 모든 곳에서 동시에 일어나고 있네. 천조 대협은 당시의 천마가 신좌의 추종자라 단언하고 계셨지.”

조휘가 묘한 표정으로 굳어 있자 그의 머릿속에서 마신의 음성이 들려왔다.

-그건 내가 아니다! 그는 천마삼검(天魔三劍)의 석판을 남긴 초대 천마, 즉 신좌 본인이다!

조휘가 의문을 보탰다.

“옛 마교에서 일어났던 일이 맹에 그대로 일어나고 있다고요?”

“이걸 보세요.”

제갈운이 건넨 것은 새로 추대된 무황, 즉 제갈명현에 대한 낯부끄러울 정도의 칭송으로 가득한 서찰이었다.

“그건 각지의 문파들로 보낸 취임통지서네. 뿐만 아니라 마치 신화처럼 꾸며진 신임 무황의 생애가 산서 일대로부터 퍼지고 있지. 음…… 그 일은 자네와도 무관하지 않군.”

“예? 제가 무관하지 않다니요? 그건 또 무슨 소리입니까?”

무황이 피식 웃었다.

“소문을 아직 듣지 못했나 보군. 자네가 강서를 정벌하고 흑천련을 몰아낸 것은 모두 신임 무황의 명령으로 일어난 일이었네. 자네는 신임 무황의 심복 중의 심복이지."

"뭐, 뭐라고요?"

조휘를 포함한 동료들 모두가 황당한 표정을 했다.

아니 그게 말이 되나?

"어쨌든 무림맹의 군사들도 함께한 토벌 아니겠는가?"

"아니 천룡전위대가 한 게 뭐가 있다고?"

"전부 조휘 형님이 한 건데!"

무황은 기가 차다는 듯한 조휘 일행의 반응에도 아랑곳하지 않으며 담담히 말을 이어 나갔다.

"사실 여부가 무어가 중요하겠나? 그 소문은 이제 각지의 설꾼들에 의해 중원 전체로 뻗어 나가겠지."

이내 조휘는 진중한 얼굴로 생각에 잠겼다.

그렇게 눈을 감고 한참이나 골몰하던 그가 천천히 눈을 반개했다.

"일단 야접을 만나고 와야겠어요."

"야접? 정보가 필요한 것이라면 엄연히 우리 정파에도 개방(丐幫)이 있네만."

조휘가 피식 웃었다.

"거지들은 그 여자의 절반도 못 따라가니 그런 말씀일랑 넣어 두세요."

"으음……."

한데 그때.

두두두두두—

자욱한 먼지를 일으키며 질풍처럼 경공을 시전해 장내에
도착한 이가 있었다.

우두커니 선 채로 강렬한 눈빛을 무황에게 발산하고 있는
이는 다름 아닌 사천회의 밀사검주 강비우.

그의 입가에 벽곡단 부스러기가 묻어 있는 것으로 보아 폐
관을 하다 말고 그대로 뛰어온 것이 분명했다.

'엄청난 강자!'

추측할 수 없는 기도.

그야말로 사천회주를 가볍게 능가한다.

강비우는 이런 엄청난 강자를 놓칠 사나이가 아니었다.

"한 수 부탁드려도 되겠소이까?"

차아앙!

"건방진!"

"감히 무황님께!"

제갈 일행을 호위하던 무사들이 저마다 무기를 빼어 들고
진득한 살기를 발하자.

조휘가 답이 없다는 듯 고개를 모로 가로저었다.

"아 저 폐관충 진짜…….."

무황의 검 대신 남궁장호의 창천검이 강비우에게 날아들
었다.

"미친놈! 제발 정도껏 좀 해라!"

"오오, 이게 바로 제왕의 검인가?"

그렇게 갑자기 조가대상회의 정문 앞에서 포권충 대 폐관충의 비무가 펼쳐졌다.

그 모습을 물끄러미 바라보고 있는 만박자.

"활기차서 보기는 좋구나."

무황이 동의한다는 듯 고개를 끄덕였다.

"젊음이란 언제나 세상의 희망이 아니겠소?"

젊음이란 세상의 희망이라.

그런 무황의 찬가(讚歌)를 들으며 만박자는 씁쓸하게 웃을 수밖에 없었다.

젊음은 순수의 또 다른 이름.

절절한 욕망에 때 묻지 않은 진심이며, 세태의 풍파에 휩쓸리지 않는 열정이다.

인간의 삶이란 욕망으로 펼쳐진 바다.

그래서 노욕(老慾)은 추한 이름으로 불릴 수밖에 없는 것이리라.

허나 무황과 만박자라고 어찌 순수한 열정으로 불타던 때가 없었겠는가.

단지 그 시절은 너무나도 머나먼 추억으로 남아 있어 이토록 가슴이 시릴 뿐이었다.

"어찌 보면 참 부질없는 짓이오."

또다시 무황의 담담한 음성이 들려온다.

"새로운 무황…… 어찌 보면 당연한 세월의 흐름이 아니겠소이까? 늙은이가 되어 뒷방으로 물러나는 것은 인간사의 섭리이거늘, 한데 나는 왜 이토록 분개하고 있단 말이오. 어리석다. 참 어리석다."

"틀렸소 무황."

만박자의 시선이 천천히 허공을 가른다.

"삼라만상은 이치로 움직이오. 강호의, 우리 정파의 이치란 도의(道義). 무황께서는 도의를 저버린 용렬한 맹주로 남고 싶소?"

"용렬한 맹주라……."

"새로운 태양이 저 구름을 걷고 스스로 빛을 내었다면, 그런 곧은 이치와 함께 나타났다면, 그대의 도태는 실로 합당하다 할 수 있소. 허나……."

일순 강렬해진 만박자의 안광.

"그들은 구름을 찢었소. 찢고 발기어 드러낸 그 빛마저도 천하를 속이는 암광(暗光)이외다. 오래도록 무림의 권좌를 지켜 온 그대가 이를 바로잡지 않는다면 누가 그들을 징치할 수 있단 말이오?"

한데 무황이 단호한 시선으로 조휘를 가리켰다.

"소검신(小劒神)."

"그게 무슨……?"

다소 당황한 듯한 만박자의 표정.

"저들을 자세히 살펴보시오."

서로를 힐난하며 유치한 언쟁들이 오고 가는 그들의 광경
이란 그저 어리석게만 느껴질 뿐이었다.

만박자가 눈살을 찌푸렸다.

"젊고 순수하나 철이 없음이외다."

푸근하게 웃는 무황.

"그 철없는 아이들이 모여 강호 상계의 사분지 일을 먹어 치
웠소이다. 그 철없는 아이들이 흑천련을 몰아내고 이 너른 강서
땅을 정파의 세력으로 편입시켰소. 우리가 남쪽으로부터 포양
호의 수평선을 바라볼 수 있으리라고 그 누가 상상했겠소?"

"……."

"이는 단순히 요행이나 천운으로 치부할 수 있는 일이 아
니외다."

날카롭게 빛나는 무황의 두 눈.

"흑(黑)과 백(白), 물(水)과 기름(油), 유사 이래 정사(正邪)
란 그토록 서로 머나먼 이름이외다. 하나 저 젊은이들의 면면
을 보시오."

이내 침잠하는 무황의 안광.

"오대세가(五大世家)의 후기지수들과 새외(塞外)를 대표
하는 북해의 후손들, 거기에 강남 흑천련의 아이들까지 모두
모여 있소. 이게 단순히 우연인 것 같소?"

"으음……."

185

만박자가 침중한 신음만 내뱉으며 침묵하자 무황의 두 눈이 강비우를 가리켰다.

"게다가 새로 나타난 저놈의 내가기공은 사황(邪皇)의 천사진기(天邪眞氣). 이는 저놈이 사천회의 후계자라는 뜻이외다."

만박자가 진득한 의문을 드러낸다.

"단순히 사람들을 융화할 수 있는 능력이, 종주라는 자질의 전부가 될 순 없지 않소?"

"허허! 단순하다? 그 단순한 융화력을 발휘하지 못해서 우리 정사(正邪)가 천 년이 넘는 세월 동안 반목하고 있단 말이오?"

"허어, 그건……."

"내 비록 서책을 가까이 하는 인사는 되지 못하나 당신의 강호풍운록은 빠짐없이 읽어 보았소. 허나 그 어떤 곳에도 정사가 어우러지는 모습은 보지 못했소이다. 그런 걸 해낸 영웅은 어디에도 존재하지 않았소."

"……."

"나도 처음에는 저놈이 싫었소. 무례하고 약삭빠른 놈이지. 더욱이 그 심계와 귀계도 음험하기 짝이 없어 무인이라기보다는 차라리 산전수전 다 굴러먹은 장사치에 가깝소이다."

순간, 무황의 얼굴에 짙게 그늘이 졌다.

"한데, 그렇게 세상의 모든 은자를 집어삼킬 것만 같은 저놈에게 그 모든 것이란 욕망보다는 수단이었소이다."

"수단?"

"만박자의 두 눈에는 저 철옹성이 보이지 않으시오?"

"무슨 말씀이시오?"

"일견 욕망으로 가득한 장사치처럼 보이나 그는 모든 것을 지키고 있소. 가족, 여인, 동료들과 수하들, 수천여 명의 조가 대상회, 그들 모두의 삶을 지키려고 안간힘을 쓰고 있는 놈이지. 게다가……."

절로 피식 웃음이 터져 나오고 마는 무황.

"저놈은 천하마저 지키려는 놈이외다."

"처, 천하(天下)?"

천하란 하늘 아래 모든 땅.

그 광대무변한 단어에는 단순히 강호(江湖)만 포함되는 것이 아니었다.

그런 광오한 문장을 언급하면서도 눈썹 하나 까딱하지 않는 무황이, 만박자로서는 도무지 이해가 되지 않았다.

"이 무황은 저 소검신에게 모든 것을 걸겠소. 이 모자란 늙은이의 모든 수완과 능력을 저놈에게 보탤 것이오. 나는 오늘 만박자, 그대에게 내 뜻에 동참해 줄 것을 강요하고자 하외다."

"허어 무황! 또 무슨 부탁을 하려고……."

무황이 다시 조휘를 응시했다.

"그대의 붓으로 저놈을 고금 이래 제일가는 영웅으로 만들어 주시오. 더 커다란 뜻이 저놈에게 모일 수 있도록, 이 조가 대상회가 새로운 무림맹(武林盟)이 될 수 있도록, 그대의 도움이 실로 절실하외다."

"새로운 무림맹? 설마 그대는 정파를 둘로 쪼개겠다는 말이오?"

그것은 불과 얼마 전까지만 해도 무황이 가장 막으려 했던 상황이었다.

소검신을 향한 강북검수들의 동요.

한데 오히려 자신 스스로가 그런 상황을 만들기 위해 만박자에게 간곡히 부탁하는 모양새다.

우습기만 하였다.

이래서 인생사란 새옹지마(塞翁之馬).

한 치 앞도 예측할 수 없는 그런 복마전이란, 팔순에 이른 자신에게도 이해할 수 있는 영역이 아니었다.

지금 그로서는 이것이 할 수 있는 자신의 최선이라 믿을 수밖에 없었다.

"만박자여. 그대는 이 모든 일의 원흉이 제갈(諸葛)이라 믿고 있소?"

만박자 제갈유운이 단호하게 고개를 저었다.

"결코 아니외다! 모종의 음모가 있음이 분명하오!"

"그렇소. 우린 적의 실체를 모름이외다. 허면 이런 상황에서 가장 현명한 방법은 무엇이오?"

"껍질과 낱알을 구분…… 음…….'

무황이 어찌하여 새로운 무림맹을 운운하는지 비로소 이

해가 된 만박자였다.

"모두가 의심되는 상황에서 그 누구를 믿을 수 있겠소."

철저하게 믿을 수 있는 자들로만 구성된 또 하나의 무림맹.

하나 그는 자신이 아니라 저 어린 청년의 이름을 새로운 기치로 삼자고 한다.

"이 내가 깃발이 된다면 그건 또 다른 무림맹에 지나지 않소. 허나 소검신의 깃발이라면 실로 새롭지. 그건 새로운 무림맹이오. 그래서 이 무황은……."

그 순간.

털썩.

"아, 아니 무황! 어서 일어나시오!"

무황은 진중한 얼굴로 무릎을 꿇은 채 담담히 만박자를 올려다보았다.

"나는 오늘부로 무황이라는 속명을 버리고 청운(靑雲)으로 돌아가겠소. 이 모든 일은 오직 그대의 의지에 달려 있음이니 이 무황의 마지막 청을 받아 주겠소?"

무황, 아니 무당의 청운진인은 이런 자신의 대계를 실현시켜 줄 수 있는 자는 오직 만박자뿐이라고 믿어 의심치 않았다.

강호풍운록(江湖風雲錄)의 위력이란 그만큼 절대적인 것이었다.

갑자기 청운진인이 무릎을 꿇자 조휘와 제갈운이 동시에 벼락같이 짓쳐 와 무황을 일으켜 세운다.

"아니 보는 눈도 많은데 이게 무슨 짓입니까?"

"무황님!"

청운진인이 조휘를 향해 싱긋 웃었다.

"이제는 날 무황이라 부르지 말거라."

"예? 그건 또 무슨 뚱딴지같은 소리죠? 설마 맹주 자리 뺏겼다고 삐치신 겁니까?"

"고얀 놈."

청운진인의 두 눈이 길게 가늘어졌다.

"네놈의 경지가 이미 이 청운을 앞질렀거늘 감히 시치미를 뗄 작정이냐?"

황당하다는 듯한 만박자의 시선.

"그, 그건 또 무슨 소리요?"

"내 의념으로 저놈의 무혼을 훑지 못한 것은 제법 오래된 일이오. 이놈은 이미 우리들의 대화를 토씨 하나 틀리지 않고 모조리 들었을 것이외다."

소검신의 위명이 아무리 천하를 진동하고 있다고는 하나 그래도 무황이다.

자하검성과 천하제일을 다툰다는 무황.

저 나이에 그런 무황을 앞지른 무위라니?

만박자의 상식으로는 도저히 이해할 수 없는 일이었다.

"아, 그런 건 싫어요. 안 들은 걸로 하겠습니다."

청운진인이 묘한 표정이 되었다.

"천하의 동도들을 모아 놓고 개파대전을 벌여 세력의 종주를 자처한 놈이 이제 와서 명예욕이 없다고 말할 참이냐?"

조휘가 기가 차다는 얼굴을 했다.

"완전히 다른 문제죠. 무황 어른님의 말대로라면 저는 거대한 정파무림의 새로운 종주가 되어야 합니다."

"무력(武力)의 모자람은 조가대상회로서는 늘 아쉬운 일이 아니었던가?"

조휘가 버럭 성을 냈다.

"와 정말 뻔뻔하시네? 절 바보로 아세요? 새로운 무림맹이 상단? 가당키나 합니까? '조가대상회'라는 정체성을 송두리째 없애려고 하시면서 끝까지 모른 척하시네."

움찔.

그렇다.

청운진인이 구상하는 새로운 무림맹은 결코 상단으로 남을 수 없었다.

강북 검종들의 고고한 자존심이란 하늘을 찌른다. 한데 어찌 '조가대상회'라는 품에 귀속될 수 있겠는가.

"소탐대실(小貪大失)이라 하였다. 천하의 대의(大義)가 네 녀석에게 모이고 있거늘 어찌 작은 것을 포기하지 않으려 드느냐?"

"와! 작은 것? 자아악으은 것?"

부들부들 온몸을 떨고 있는 조휘.

"조가대상회는 이 중원에서 저의 모든 인생을 증거합니다! 비록 돈을 벌기 위해서였으나 조가대상회는 이 중원에 새로운 문물을 꽃피워 냈습니다!"

부드러운 서스펜션을 적용한 운차 시리즈.

콜라와 햄버거의 중원 버전인 흑청수와 육겹면포.

북해의 뛰어난 가죽 재봉 기술과 현대의 지식이 어우러진 라이더재킷.

현대의 택배와 배달업이 접목된 조가통운 역시 안휘와 강서 일대의 표물 사업을 완전히 다른 시장으로 개척했고.

조가양조장의 설화신주와 한빙주 역시 중원 남방의 주류 문화를 선도하고 있었다.

거기에 이제 곧 모든 공법의 점검을 마치고 첫 삽이 떠질 십 층 전각(十層殿閣), 즉 주상복합단지란 중원의 주거 문화를 혁명적으로 바꿀 것이었다.

이걸 모두 포기하라고?

조가대상회의 전 직원, 그 모든 삶들의 열정이 녹아 있는 일터를 버리라고?

조휘는 그런 열정의 증거를 감히 소탐(小貪)이라 말하는 청운진인에게 검이라도 빼 들 기세였다.

"웃기지 마죠! 무황 어른은 세력의 종주가 되는 대신 단전을 포기할 수 있습니까? 검을 포기할 수 있으세요?"

눈살을 찌푸리는 청운진인.

"한낱 재산과 무인의 전부라 할 수 있는 단전을 어찌 비교할 수 있단 말이냐?"

"내게!"

조휘의 얼굴이 야차처럼 구겨져 있었다.

"이 조휘에게 조가대상회란 단전(丹田)과 검(劍) 이상입니다."

평생토록 고고한 무인으로 살아온 청운진인으로서는 한낱 상단을 저토록 아끼는 소검신을 평생을 가도 이해할 수 없을 것이었다.

이를 바라보는 기이한 눈빛의 만박자.

특이하다.

저 소검신이라는 젊은 후기지수는 확실히 모든 것이 특이했다.

일견 여타의 상인처럼 얄팍해 보인다.

기득권을 놓치기 싫은 듯한 몸부림.

허나 그는 그런 얄팍한 입으로 저토록 광오하게 문화(文化)를 꽃피워 냈다고 당당히 말하고 있었다.

대관절 문화라는 것이 무엇인가?

그것은 문명의 진보다.

중원 대륙의 모든 삶들이 녹아난 흔적이요, 천하인들의 생태(生態)다.

그 어떤 대학자나 현인, 심지어 역사에 남은 황제들조차도 감히 문화라는 단어를 입에 담진 못했다.

한데 저 소검신은 한 치의 망설임 없이 스스로 피워 낸 문화라고 말하고 있다.

이윽고 만박자의 형형한 눈빛이 조휘에게 향했다.

"소검신. 젊은이."

조휘는 여전히 강렬한 안광을 빛내며 만박자를 마주 바라보고 있었다.

"그대의 이상(理想)은 무엇인가?"

조휘가 묵묵히 자신의 철검을 바라보며, 검에 마음을 담았던 과거를 떠올렸다.

"살아가고(生), 뉘우치며(懺), 나아가고자 하는 욕망입니다(進)."

그런 조휘의 솔직한 대답에 만박자는 웃음이 터지고 말았다.

"허허……!"

천하의 그 어떤 정파의 검수가 저토록 노골적인 대답을 할 수 있을까.

보통 저 나이 때는 으레 겉멋이 가득하여 휘황찬란한 각오를 드러내게 마련이거늘.

만박자가 슬며시 청운진인을 응시했다.

"그를 강호풍운록 영웅(英雄)편 가장 맨 앞자리에 등재하겠소."

그렇게 청운진인과 만박자는 조가대상회의 별원에서 묵게 되었다.

문제는 전 무림맹주 일행을 모실 만한 적절한 장소가 전 혹천련주의 별원과 지척이라는 것이었다.

별원의 중심에서 가부좌를 튼 채 명상하고 있던 흑천대살은 곧바로 청운진인의 강대한 기도를 감지했다.

저 오묘한 태극신공(太極神功)의 기운을 그가 어찌 몰라볼 수 있겠는가.

당금의 강호에서 저토록 무한한 태극신공의 기운을 지닌 자는 오직 무황 청운진인밖에 없을 터였다.

'무황(武皇)…….'

정파무림의 절대적인 상징과도 같은 그가 개파대전 이후 또다시 조가대상회에 그 신위를 드러냈다.

"음……."

침중한 흑천대살의 신음성.

조가대상회와 무림맹이 이토록 서로 긴밀하다면 사실상 강서 수복의 염원은 물 건너간 것이나 마찬가지였다.

청운진인도 흑천대살을 발견한 듯 그 얼굴에 만연했던 여유를 지운 채 냉랭히 그를 쳐다보고 있었다.

"천살검귀(天殺劒鬼)."

뿌득.

자신의 소싯적 별호를 불러 대는 무황의 나직한 목소리에 흑천대살은 이를 갈았다.

저 빌어먹을 늙은이는 그때로부터 세월이 얼마나 흘렀는데 아직도 천살검귀 타령이다.

무공만큼이나 능구렁이 같은 심계로 이름이 높은 무황.

이런 허술한 격장지계에 넘어가는 건 자신의 자존심이 용납하지 않는다.

"청운도사."

무황이 진인(眞人)의 휘호를 일신에 새긴 지도 벌써 반 갑자가 흘렀다.

그런 고명한 도인에게 도사 운운하는 흑천대살 역시 만만한 자는 아니었다.

청운진인이 가늘게 미간을 좁히다 다시 유수와 같은 음성을 내뱉었다.

"포로 신세가 되겠다기에 걱정이 많았는데 이렇게 신수가 훤한 것을 보니 본 도의 괜한 기우였군."

"포, 포로……!"

"왜? 아닌가?"

흑천대살의 얼굴이 흉신악살처럼 일그러졌다.

"본 좌는 스스로 이곳에 거(居)하고 있는 것이다!"

"허면 지금 당장 구금(拘禁)이 아니라는 것을 증명해 보게. 그대로 이 별원을 빠져나가 보거나. 그놈이 잘도 가만있겠군."

흑천대살이 스스로의 의지로 조가대상회의 별원에 남아 있다는 말은 반은 맞고 반은 틀린 소리였다.

소검신이 금방 흑천련 잔당의 구심점이 될 자신을 놓아줄 리 만무.

그의 엄청난 경지를 처절하게 목도하고 경험한 흑천대살로서는 쉬이 몸을 내뺄 수가 없었던 것이다.

"발톱을 숨긴 채 때를 기다리는 은자(隱者) 흉내를 내는 것이 아니라면 어서 이곳에서 내빼 보란 말일세."

흑천대살이 이를 꽈득 깨물며 청운진인의 시선을 외면했다.

"흥! 정파무림의 고고한 무황이라는 자가 고작 적에게 모욕을 주고자 이곳에 찾아왔단 말인가?"

"적(敵)이라……."

순간 무황은 우스워졌다.

소검신에 의해 세력을 잃은 흑천대살이나 믿었던 자들에게 맹주 자리를 뺏긴 자신이나 그 참담한 처지란 매한가지.

한데 그 와중에도 서로 으르렁거리고 있는 이런 꼴같잖은 작태라니.

청운진인이 그런 허탈한 심정으로 가부좌를 틀고 있는 흑천대살에게 다가가 털썩 마주 앉았다.

그렇게 무황이 갑자기 자신에게 가까이 다가오자 흑천대살이 식겁을 하며 뒤로 물러난 후 수도(手刀)를 펼치며 방어 자세를 취했다.

"뭐, 뭐냐! 지금 해보자는 건가!"

"술이나 한 병 가져오시게. 마두(魔頭)."

"뭐라?"

그렇게 흑천대살은 으르렁거리면서도 상대의 의념을 끊임

없이 살피고 있었다.

한데 무황 청운진인에게는 정말로 한 줌의 적의도 느껴지지 않았다.

"정말 본 좌와 한잔하겠다고?"

"보시다시피."

"허!"

술잔을 함께 기울이자니?

무황과의 술자리란 평소 상상도 해 보지 못했다.

소싯적 그와 마주했던 곳은 언제나 피비린내 그득한 전장의 중심.

저 음흉한 노도(老道)의 말을 곧이곧대로 믿는다는 건 어리석은 만용이다.

겉으로는 쉴 새 없이 명분과 협의 운운하면서도 그 뱃속에 온갖 탐욕을 감춘 놈들이 바로 정파 명숙이란 자들이었다.

무황이 일순 씁쓸한 얼굴을 했다.

"대체 사파의 무뢰배들은 어찌하여 늘 그렇게 모가 났는가?"

"뭐라?"

"무황으로 불렸던 이 내가 설마하니 고작 포로가 된 적에게까지 살심을 품겠냐는 말이네."

"……."

딴에는 좋은 뜻으로 건넨 말이겠으나 흑천대살의 자존심을 후벼 파고 있는 것은 여전했다.

"나는 향내 풍겨 대는 도사 나부랭이들과는 대작하지 않으니 이만 물러가라!"

"이제 나는 그대가 궁금하이."

"뭐라고?"

청운진인의 두 눈이 금방 우수에 물들었다.

"사파의 거두라는 그대는 삼두육비(三頭六臂)의 괴물이 아니라 이처럼 나와 같은 사람일세. 마땅히 그 마음에 양심이 있을 것이며 선한 본성이 있을진대…… 도대체 왜 그랬나?"

이해할 수 없다는 듯한 청운진인의 동공.

"어떻게 사람으로서 그토록 무자비하게 무고한 자들을 살육할 수 있었나? 그런 무도(無道)한 마음으로 어떻게 절대경을 이룩할 수 있었는가? 무릇 무인의 무도란 뜻(意)을 함의하지 않는다면……."

"하하! 무고한 자?"

점차 잿빛으로 물들어 가는 흑천대살의 두 눈.

저것이 바로 그 유명한 사도의 회안(灰眼).

이어 그의 수도가 그대로 허공을 휙 하고 할퀴었다.

그야말로 등골이 오싹할 정도의 살의가 담겨 있는 음험한 손놀림.

"본 좌의 손에 죽어 나간 고수들 중에서 도대체 누가 무고한 자였지?"

무황은 이해할 수 없다는 듯한 얼굴이었다.

그걸 말이라고 하나?

그가 멸문시킨 정파의 문파만 다섯 곳.

단심방(斷心幇).

숭의검문(崇義劍門).

송무장(松武莊).

강남영웅회(江南英雄會).

마지막으로 모산곡(茅山谷).

그가 강서성을 도모한 방식은 너무나 잔혹하고 무도해서 정파인이라면 한결같이 치를 떨고 있었다.

특히 모산곡주 단용성을 죽이고 그의 제자들을 모조리 도륙했던 흑천대살의 잔인함이란 지금까지도 정파인들의 머릿속에 충격으로 남아 있었다.

오늘날 이와 같은 그의 처지는 그런 인과응보로써 오히려 모자란 감이 있는 것이다.

"단심방주 철 대협, 숭의검문주 이 대협, 송무장주 유 대협, 모산곡주 단 대협…… 당시 그들 모두가 대협이라는 고매한 칭호로 불려 왔네. 평생을 협의로 살아온 무인들이란 말일세. 모두가 강호의 동량으로서 부족함이 없는 인사들일진대 어찌 무고하지 않다고 말할 수 있겠는가?"

비릿하게 비틀어지는 흑천대살의 입매.

"단심방의 철가 놈은 석성(石城) 일대에서 왕처럼 군림하던 놈이었다. 그놈의 허락 없이는 좌판 하나 깔 수 없는 것이 그

200 무정도에 9
율리랑

시절 석성 사람들의 현실이었다. 숭의검문주? 그놈은 재능 있는 제자들을 선점하겠다는 빌미로 정남(定南) 일대의 갈 곳 없는 떠돌이 고아들을 사실상 인신매매를 해 온 놈이 아닌가?"

아니, 그걸 저렇게 해석한다고?

무황 청운진인은 그 옛날 단심방주와 숭의검문주의 됨됨이를 누구보다 잘 아는 사람 중의 하나였다.

고매한 인품과 호협한 기개를 지닌 단심방주는 수많은 백성들의 존경을 한 몸에 받고 있던 대협객이었다.

장사를 시작한 상인들이 그에게 하례를 가는 것은 축원을 받기 위함이요 예를 보이는 것이지 결코 장사의 허락 따위를 받기 위함이 아니었다.

또한 갈 곳 없는 떠돌이 고아들을 아무런 대가 없이 거두어 훈육했던 것은 숭의검문주의 오랜 선행이었다.

개중에 자질을 보이는 아이들을 문파의 동량으로 거두어 제자로 삼는 것은 오히려 그의 너른 포용력을 증거하는 셈.

한데 어찌 그런 선행을 인신매매라고 모욕을 준단 말인가?

"……강남회주 하후세? 가장 악랄한 놈이 아닌가? 그놈은 악안(樂安), 남풍(南風), 길안(吉安), 태화(吉安)를 모두 점령하고 그곳의 문파들을 강제로 자신의 휘하로 삼은 패도 그 자체인 자다."

"허……."

그런 흑천대살의 주장과는 반대로 하후세 역시 마땅히 영웅으로 불려야 하는 무인이었다.

잔인무도한 왈패 조직에 의해 신음하던 상인들을 해방시키고 흑도문파들의 위세에 짓눌려 봉문하고 있던 문파와 무관들을 독려하여 강남에 정의를 바로 세우려던 대영웅.

때문에 그가 힘차게 치켜세운 깃발더러 정파의 모든 명숙들이 강남영웅회라 칭송했던 것이다.

청운진인의 두 눈이 고고한 현기로 빛난다.

"그대의 말대로 그들이 상계를 장악하고 인신매매를 일삼으며 패도를 걸었다고 치세. 허면 그대의 모든 행동이 살겁이 아니라 단죄란 말인가?"

"당연하다."

"허면 다시 묻지."

청운진인의 얼굴이 단호함으로 물들어 간다.

"그들을 징치하고 차지한 이 강서를 그대는 어찌하여 지옥도로 전락시켰나?"

"지옥도?"

"부정할 셈인가? 여인들을 납치해 유곽과 홍등가로 밀어넣고, 살수를 양성해 청부살인을 일삼았으며, 수많은 가장들의 가산을 모두 도박장에서 탕진하게 만들지 않았는가?"

"그야말로 성인군자 납셨군."

"성인군자?"

"어리석은 무당의 도사야. 인간 세상은 원래부터 지옥이었다. 저 빌어먹을 소검신이 강서의 모든 기루와 유곽, 도박장을 없앴다지? 허나 정말로 그런 소검신의 뜻이 이 강서를 평정한 것 같으냐? 어림없다 도사야."

음침한 눈을 빛내는 흑천대살.

"여인을 탐하는 본성, 한탕 크게 벌이고자 하는 야망, 경쟁자를 없애고 싶은 살심이 진정 인간의 세상에서 사라질 성싶으냐?"

이내 너른 포양호의 전경을 응시하는 흑천대살.

"내 눈에는 훤히 보이는구나. 너는 보이지 않느냐? 도처에 숨어든 저 무수한 마를?"

"마(魔)……?"

청운진인의 되물음에 흑천대살이 피식거리며 조롱했다.

"큭큭, 지금도 포양호의 어딘가에는 투견장이 벌어졌을 것이다. 어떤 지하 밀실에는 은밀한 도박판이 벌어지고 있겠지. 여각으로 위장하고 있는 매음굴도 사방 천지에 널렸을 것이다. 살인청부? 정말 없을 것 같으냐?"

"하여 그대는 그 모든 것을 일부러 방치한 것인가?"

"방치가 아니라 군림이다. 인간의 완악한 본성을 짓누르면 반드시 어디선가 다른 부작용으로 부풀어 오른다. 하나 나는 그들에게 자유를 주되 일정 수준으로 통제했다. 오히려 이 흑천대살로 인해 이 포양호에 질서가 생겨났다."

이쯤 되니 청운진인은 스스로 확신할 수 있었다.

목적과 이익을 위해서라면 그 어떤 수단과 명분도 합리화할 수 있는 자.

악인(惡人)이란 따로 있는 것이 아니다.

세상을 바라보는 시선이 저토록 비틀려 있다면 그것이 바로 무도(無道)요 악인이다.

"소검신의 포로라 본 도가 예를 차려야 함이 마땅하거늘."

청운진인의 얼굴이 단호함으로 물들어 간다.

"허나 행악을 단죄함에 있어 어찌 예만 앞세우겠는가."

스르르릉—

한 자루 송문고검이 고아한 자태를 드러냈다.

검신의 중심에 선명하게 새겨진 태극 문양.

"자고로 무도(武道)가 세인들의 숭앙을 받는 것은 일신의 무(武)로써 세상의 행악을 단죄하여 협(俠)을 행하기 때문이네. 허나 그대에게는 오로지 진득한 욕망과 합리화의 요설뿐 그 어디에도 협이 없구나."

흑천대살의 신형이 흐릿해지더니 잿더미처럼 흩날린다.

"그저 예전처럼 칼춤 한번 벌이자는 걸 고상하게도 말하는구나!"

한데 그 순간.

"남궁 형 말이 맞아."

흑천대살이 극고의 보법을 밟아 뒤로 빠지다 우두커니 멈춰 섰다.

이내 서둘러 하늘을 올려다보는 흑천대살.

별원의 상공에는 철검 위에 올라탄 소검신이 두둥실 떠 있었다.

뿌득!

"소검신!"

흑천대살이 이를 갈며 조휘를 올려다보고 있었지만 그의 뒷덜미는 이미 축축하게 젖어들고 있었다.

"내가 물렀어. 사실 내가 살던 곳에서는 사형이 없어져 가는 추세거든. 당연히 이 시대상에 맞게 행동했어야 했는데."

"놈! 무슨 소리냐!"

조휘가 피식 웃었다.

"걸레는 아무리 빨아도 걸레라는 건가."

"무, 무슨?"

순간 조휘의 신형이 순간적으로 점멸(點滅)되더니 이내 흑천대살의 전면에 귀신처럼 나타났다.

"안녕? 걸레 새끼야?"

조휘도 모르지 않았다.

인간사란 결코 이상으로만 따질 수 없는 '현실'이라는 것을.

하지만 조휘는 그 현실이란 사람들이 만들어 가는 것이라고 믿고 있었다.

사내의 성욕이 주체할 수 없는 것은 본능적인 야성(野性)이니 여인을 탐하는 것을 사회가 눈감아 버린다면 강간마를 벌할 자격이 우리에게 있는가?

야망과 질투가 인간의 내제된 악한 심성이니 그걸 죄다 인정해 주자고?

사시사철 땀 흘려 노력하여 얻은 한 줌의 곡식이, 한탕주의 도박으로 얻은 금화 꾸러미보다 더 가치 있음을 알기에 우리는 사람이 아닌가?

철없는 이상론은 조휘도 지극히 싫어했으나 인간성을 부정하는 것은 전혀 차원이 다른 이야기였다.

확증편향(確證偏向).

흑천대살은 전형적인 확증편향의 가치관을 지닌 자였다.

본인의 주관적 의지와 선입관에 유리한 증거와 사실만을 선택적으로 수용하는 자.

쉽게 말해, 보고 싶은 것만 보고 듣고 싶은 것만 듣는 인간이란 뜻이다.

"어이 걸레."

조휘가 철검을 느릿하게 치켜올렸다.

"지금부터 내가 몇 가지 물어볼 거다. 대답에 마음에 들지 않는다면? 어, 죽일 거야. 불만 없지? 너는 군림(君臨)을 신봉하는 인간이니까. 나는 현재 네놈의 위에 군림하는 자다."

흑천대살의 두 눈에 서린 회회살천절예의 잿빛 기운이 더욱 뚜렷해졌다.

"놈! 내가 가만히 죽어 줄 것 같으냐!"

조휘는 순간 헛웃음이 흘러나왔다.

"하 걸레야, 이 새끼야. 넌 반년 전의 나조차 이기지 못했다. 네놈도 절대경이라면 눈이 있을 것 아니야? 지금 내 의념의 절대치를 측정할 순 있고?"

아무런 말도 할 수 없는 흑천대살.

그가 극고의 긴장감으로 등이 축축하게 젖고 있는 것은, 인정하기는 싫지만 상대의 말대로 아무런 의념도 읽히지 않는 상황 때문이었다.

자신의 의념이 상대의 의념 장막을 단 한 치도 파고들지 못하고 있는 것이다.

"수치로 따진다면 적어도 다섯 배 이상은 강해진 거 같은데. 이래도 내가 걸레 네놈 위에 군림하는 자가 아닌가?"

"……괴물 같은 놈!"

결국 흑천대살은 소검신이 천명한 군림(君臨)을, 쓰린 감정을 억누르며 인정할 수밖에 없었다.

"자, 이제 질문 들어간다."

조휘의 얼굴에 일순 서늘함이 감돌았다.

"흑천대살에게 두 아들과 딸 하나가 있다고 들었지. 어 알아. 절강 대양산(大洋山) 자락 중턱에 아주 은밀한 장원이 하나 있더군. 네놈의 수하들이 그래도 의리는 있어. 제때에 피신을 잘 시켰더라고."

"이, 이놈!"

그야말로 소름이 돋았다.

비로소 흑천대살은 조휘에게 어찌하여 패배할 수밖에 없었는지 모두 이해하게 되었다.

저런 세세한 것까지 모두 꿰고 있다면 놈이 다루는 정보의 양이 도대체 얼마나 된다는 소린가?

"자, 그럼 이제 본론이야. 일단 내가 정파라는 생각은 버려. 걸레 너도 잘 알지?"

"……."

수많은 강호인들이 소검신을 정파검종(正派劍宗)의 화신처럼 여기고 있지만 흑천대살에게만큼은 그야말로 개소리였다.

소검신이 흑천련의 영역을 먹어 치운 방식이란 오히려 사파인인 자신보다 더욱 치밀하고 간교했다.

"지금 나는 제법 쓸 만한 살수들을 물색해 의뢰를 맡길 거야. 물론 목표물은 걸레 네놈 가족이지. 네 아내와 두 아들은 깔끔하게 죽여 줄게. 하지만 네 딸은 가장 악랄한 포양호의 포주(抱主)에게 넘기지."

확증편향을 깨부수는 방법은 아주 간단하다.

그가 애써 무시하고 있는 객관성.

그 객관성을 주관성으로 바꿔 주면 된다.

"자, 이제 말해 봐. 어쩔 수 없는 인간의 완악한 본성 때문에 청부살인, 인신매매, 매음굴은 막을 수 없으니 어느 정도 방조하자? 나는 지금 네놈 위에 군림하는 자. 군림하는 자의 행위란 질서의 또 다른 이름이니 정당하다? 내 행위에 네놈의 똑같은 잣대를 기대해도 되나?"

악독한 눈빛으로 자신을 응시하고 있는 흑천대살을 향해,
조휘는 마치 형(形)을 내리는 집행자처럼 선고했다.

"똑같은 잣대를 보인다면 널 죽이진 않겠다. 그 의지와 기
상에 진정성이 있다는 소리니까. 네놈의 가치관이라고 인정
해 주지. 단, 이쪽도 뱉은 말이 있는데 그 진정성에 답은 해야
하지 않을까?"

뿌드득.

흑천대살이 살기를 품으며 이를 가는 소리가 사방에 울려
퍼진다.

조휘의 뜻은 양자택일(兩者擇一).

흑천대살이 스스로의 가치관을 증명한다면 살아남을 수는
있겠지만 가족들이 죽고 사창가에 팔려 가게 된다.

반면, 자신의 가치관이 어리석은 아집(我執)이었음을 실토
한다면 가족을 살릴 순 있지만 자신은 죽게 된다.

자존심을 선택해도 소중한 가족을 선택해도 모두가 불행
한 결말이었다.

이 모든 것을 지켜보고 있던 청운진인이 기가 차다는 듯 혀
를 끌끌 찼다.

"쯧쯔……."

살다 살다 사파의 절대자에게 측은지심이 일어나는 날이
올 줄이야!

지금까지 수많은 악행을 저지른 자였으나 막상 저렇게 막다른 골목에 몰리는 모습을 보게 되자 불쌍하게 느껴진 것.

　한편, 전에도 느꼈지만 소검신의 놀라운 심계에 그야말로 소름이 다 돋았다.

　그는 마치, 어찌하면 인간을 막다른 골목으로 몰아넣을 수 있는지 그것만을 연구한 자 같았다.

　보통의 사람이란, 상대와 자신의 가치관이 다르다면 역으로 논파하려고만 들지, 저렇게 상대의 논리 속을 파고들어 함정을 파는 발상 따위는 결코 쉬이 할 수 없었다.

　소검신의 적이 된다는 것이란 저토록 무섭고 두려운 것이다.

　"본 좌는…… 본 좌는……!"

　쉴 새 없이 눈알을 요리조리 굴리며 계책을 떠올리기 위해 안간힘을 써 보는 흑천대살이었으나, 소검신의 강력한 논리의 벽에 부딪혀 그야말로 한 발자국도 앞으로 나아갈 수 없었다.

　그런 그의 처량한 모습을 흥미진진하게 바라보고 있는 조휘.

　조휘는 내심 이해할 수 없었다.

　경외심 가득 물든 표정으로 자신을 바라보고 있는 청운진인이나 저토록 당혹하고 있는 흑천대살이나.

　이게 무슨 고명한 심계씩이나 되나?

　'네 가족이 당했어 봐라.' 드립은 인터넷을 조금이라도 접해 본 현대인이라면 누구나 쉽게 접할 수 있는 문구.

　"본 좌는……."

십 년은 더 늙어 버린 듯한 흑천대살.

백팔번뇌란 저런 것인가.

"인간의 타락과 잔학성을 인정한다는 것은 그만큼 무서운 거다. 그 잔학성에 본인의 가족 혹은 자기 자신을 대입해 보면 곧바로 답이 나오는데 그런 멍청한 논리를 지금까지 신봉해 왔단 말이야?"

힘의 논리를 평생 추종해 온 자.

군림의 패도를 스스로 정당화했던 자.

그런 흑천대살에게 비로소 뇌 정지의 시간이 왔다.

평생의 가치관이 무너진 인간.

그런 자의 정신이 온전할 수 있을 리가 없었다.

"날 죽여라…… 아, 아니다. 자비를 베풀어 모두를 살려 줄 순 없는 건가……."

횡설수설.

흑천대살의 넋 나간 음성에는 모든 것을 잃은 자의 처연함이 느껴졌다.

허나 소검신의 이어지는 말에 그는 그대로 석상처럼 굳어지고 말았다.

"미치셨어요 걸레님? 내가 너냐? 죄 없는 네놈 가족을 왜 죽이냐? 그냥 해 본 소리지."

"……."

애초부터 완벽히 계획된 유린이요 농락이었다.

차라리 칼침 한 방 깊숙이 맞는 것이 낫지, 이런 살벌한 정신 공격은 사람을 폐인으로 만드는 법이다.

"으으으……!"

극고의 분노가 치민 듯 흑천대살의 잿빛 눈동자가 혈안(血眼)으로 변해 갔다. 안구의 실핏줄이 모조리 터져 나간 것이다.

얼굴에 저리도 압력이 몰릴 수 있다니!

"쯧쯧, 그런 나약한 정신으로 무슨 사파의 절대자를 해 드시겠다고. 패드립이라도 쳤으면 울화통에 곧바로 돼져 나가시겠네."

"크아아아아! 죽어 버리겠다!"

"내 말이!"

쩌저적!

분명 사람과 사람이 부딪친 것이 분명한데, 무슨 돌이 갈라지는 소리가 들려왔다.

선 채로 사지를 경련하며 부르르 떨고 있는 흑천대살.

청운진인이 눈살을 찌푸렸다.

"두개골을 쪼갠 건가?"

"아, 조절한다고 했는데 잘 안 되네요."

조휘가 검을 역수로 잡고 그대로 검의 손잡이를 흑천대살의 머리에 찍어 버린 것.

검을 저렇게 쓰는 검수가 있다니?

참 다른 의미로 난놈은 난놈이었다.

"그나마 즉사가 아니라니 다행이로군."

"걸레는 빨아도 걸레잖아요. 죽어 마땅한 놈입니다."

"그건 또 어느 지방의 고언(古言)인가? 살면서 한 번도 들어 본 적이 없는 격언이네."

조휘가 씨익 웃었다.

"먼 동쪽 어느 나라의 격언입니다."

"참으로 공감이 가는 말이로군."

조휘가 짱돌 맞은 개구리마냥 대(大)자로 나자빠져 부르르 경련하고 있는 흑천대살을 향해 철검을 드리웠다.

"남궁 형의 말이 맞았어요. 애초에 살려 둘 가치가 없는 자. 갱생의 여지란 없었던 거죠."

인정한다는 듯 천천히 고개를 끄덕이는 청운진인.

"악인 한 명의 목숨을 취하여 수많은 사람들을 구명할 수 있다면 망설임 없이 검을 뽑는 것이 바로 협객이라네."

"예."

츠츠츠츠-

조휘의 의념이 구동되자 이내 날카로운 예기가 철검에 맺혔다.

그때, 멀리서 소란을 들은 만박자가 거칠게 숨을 몰아쉬며 제갈운과 함께 나타났다. 잔뜩 흥미로운 표정의 강비우도 그 일행에 끼어 있었다.

"안 되네! 그를 죽여선 안 돼!"

조휘보다도 청운진인의 물음이 더 빨랐다.

"이자가 누군지 모르겠소?"

"알고 있소! 흑천련의 종주 흑천대살 아니오!"

"한데 어찌?"

청운진인의 기억 속에 만박자는 그 누구보다도 악인을 경멸하는 자였다.

"그는 소검신의 위대함, 그 증거요!"

"음?"

만박자가 숨을 가다듬으며 말을 이어 갔다.

"후…… 가장 무서운 역사란, 실체가 없는 전설 따위가 아니라 사실이 증명된 역사이오. 이왕 구금한 마당이니 그를 휘하로 삼는 것이 가장 좋소. 만약 수하로 다룰 수 없다면 차선으로 내공을 전폐하고 사지근맥을 잘라 비동에 구금. 강호명숙들에게 이를 공중하고 소검신의 업적을 천하동도들에게 알리는 것이오."

"음……."

만박자가 조휘를 응시했다.

"이는 새로운 무림맹에게 반드시 필요한 일. 흑천련 종주의 구금은 정파인들의 사기와 소검신의 명성에도 반드시 도움이 되네."

조휘는 눈썹 하나 까딱하지 않고 내공 전폐, 사지근맥 절단 운운하는 만박자를 바라보며 역시 저 양반도 보통이 아니라는 생각이 들었다.

하나 청운진인의 생각은 달랐다.

"과연 그럴듯하오. 허나 그런 일은 반드시 사파인들의 결집을 부추기는 법이오. 도덕적으로도 찜찜하외다. 그 옛날 정파인들이 북해의 마녀를 그런 식으로 대했다가 수백 년간 식자(識者)들의 비판을 받아 왔지 않소?"

만박자는 단호했다.

"소검신을 영웅으로 만들어 달라는 부탁은 다름 아닌 무황께서 한 것이오. 반드시 취할 것이 있다면 버릴 것은 버려야 하는 법. 선택이란 본디 모두를 아우를 수 없소."

내내 듣고만 있던 조휘가 드디어 입을 열었다.

"아, 더 좋은 방법이 생각났네요."

"좋은 방법?"

의문이 가득 담긴 표정을 짓고 있는 만박자를 향해 조휘가 싱긋 웃어 보였다.

"죽일 수 없다면 살려 주면 되잖습니까? 대신 사천회로 이자를 보내 주죠. 물론 우리가 보내 주는 게 아니라 탈출한 것 꾸미고요."

"사, 사천회?"

조휘가 강비우를 쳐다봤다.

"흑천련이 발호하기 전 원래 강서는 정파와 사천회가 반반씩 먹고 있던 곳이 아닙니까? 제가 알기로 사천회주는 흑천

215

련이라면 이를 바득바득 갈고 있다고 들었는데. 야, 틀렸냐?"

강비우가 고개를 끄덕였다.

"흑천대살은 사황특무대장이었던 사황의 아들을 죽였다. 그것도 전투로 죽인 것이 아니라 비무장 특사로 방문했던 그를 죽였지."

"어. 그거 유명한 일화잖아."

"당신이 사황에게 흑천대살을 인도한다면 반드시 수많은 선물을 보내올 거다."

흑천련이 안휘를 도모하려 시도할 당시 가까운 사천회를 놔두고 왜 녹림과 손을 잡았을까?

사천회와 흑천련은 같은 사파 세력이었지만 오히려 정파보다 더욱 증오하는 관계였다.

무림맹이 그토록 승승장구하는 데도 서로 한 치의 협력도 나누지 않은 자들.

오히려 흑천련의 크고 작은 분쟁은 무림맹보다도 사천회와의 경계 쪽이 압도적으로 많았다.

"죽이고 싶지만 내 손으로 죽이지 못한다? 그럼 적의 손으로 죽여야죠. 그리고 사황의 성격상 회(會)의 사기를 위해 모두가 보는 자리에서 공개 처형할 확률이 높죠."

"음……."

조휘가 씨익 웃는다.

"전 사황에게 한 통의 서찰만 보내면 끝입니다. 그 공개 처형 자리에서 소검신을 한 줄만 언급해 달라. 허면 적어도 삼 년은 상호 불가침을 약속하겠다."

만박자의 등줄기에 소름이 좌르르 돋아났다.

"이럼 제 역사의 실체는 증명되는 셈이 아니겠습니까?"

와.

그냥 네가 악마 해라.

무황과 만박자의 표정이 그렇게 말하고 있었다.

66 章.

66章.

〈강호풍운록(江湖風雲錄) 영웅편(英雄編) 제일영웅(第一
英雄) 소검신(小劍神) 조휘(曹輝)〉

만박자의 일필휘지(一筆揮之)는, 누가 본다고 해도 경탄성
으로 신음할 만큼 단아하고 유려한 필체를 자랑하고 있었다.

하지만 그런 유려한 문장을 읽어 내려가면 갈수록, 조휘는
너무나 낯부끄러워 도저히 표정 관리가 되지 않았다.

강호풍운록에 등재될 소검신편의 초안이란 가히 대영웅의
연대기에 다름이 아니었다.

천하를 구도할 구원자(救援者).

소검신께서 무인이 아니라 상인의 외견을 한 것은, 천하 백성의 안위를 살피려면 무도(武道)가 아니라 상도(商道)에 그 길이 있음을 깨달았기 때문.

그는 장차 천하 만백성을 밝히는 등불이 될 영웅이요, 구주팔황(九州八荒)의 거친 황야를 낙원으로 변모시켜 줄 우리의 미래.

중원이 맞이한 최초의, 최후의 빛이 될 자.

그 검에 의지를 담아내면 천지에 풍운이 일어나며, 그의 발걸음 또한 대륙의 유구한 역사를 거니는 거인의 발자취.

"아 이건 좀 너무……."

아아, 내 손발.

단지 서문만 읽었음에도 조휘는 닭살이 절로 일어나 연신 몸을 벅벅 긁고 있었다.

"이건 무슨 신화잖아요. 말도 안 돼. 이게 강호인들에게 통하겠습니까?"

자신의 모든 행위를 만박자는 거의 신화에 준하는 업적으로 탈바꿈시켜 놓았다.

이런 억지스러운 찬미(讚美)는, 반드시 강호인들의 비웃음을 살 터.

한데 만박자에게는 그 얼굴에 어떤 동요도 느껴지지 않았다.

"반드시 통하네."

"이, 이게 통한다구요?"

슬며시 웃는 만박자.

"세월을 이길 수 있는 인간은 없기 때문이지."

"세월?"

만박자가 자신이 일필휘지로 휘갈긴 영웅편의 낱장을 고아한 손짓으로 매만졌다.

"이 새로운 초판이 강호에 공표되면, 그걸 본 첫 세대야 비웃으며 무시할 수 있겠지. 하나 두 번째 세대는? 세 번째 세대는?"

만박자가 자신의 머리에 매달린 금빛 깃털을 바로 고치다 예의 봉황금선을 촤르르 펼쳤다.

"세월은 상상하는 이상으로 빠르게 흘러간다네. 내 장담하지. 자네의 명성은 한 세대만 지나도 삼신(三神)을 능가하게 될 것이네."

"헐……."

강호에서 삼신의 영향력은 그야말로 신화적이다.

한데 그런 엄청난 명성을 한 세대, 즉 이십 년 남짓한 기간 내에 따라잡게 만들어 준다고?

"강호풍운록이란 그런 것일세."

자신의 어깨를 툭툭 두들기며 슬며시 웃고 있는 청운진인을 향해 조휘가 이해할 수 없다는 듯 의문의 눈빛을 보냈다.

"아니 아무리 그래도……."

"자네는 강호풍운록의 위력을 아직 실감하지 못하고 있구만."

여전히 빙긋이 웃고 있던 무황이 포양호의 너른 전경을 응시했다.

"주위에 강호풍운록을 읽지 않은 강호인이 존재하던가?"

"음."

찬찬히 생각을 더듬던 조휘가 표정을 굳혔다.

"……없군요."

"강호풍운록이란 강호인들의 불경(佛經)일세. 역사를 밝히는 등불, 성스러운 진리가 담긴 서책이지. 특히 영웅편은 세인들의 관심을 가장 많이 사는 곳. 그런 영웅편의 첫 장에 등재되는 것이란 공청석유를 독째로 들이마시는 것과 비슷한 기연이라네."

청운진인이 그런 설명을 늘어놓을 때, 만박자가 다시 유려하게 필체를 이어 나가기 시작했다.

그 순간.

덜컥!

갑자기 조휘의 집무실이 활짝 열리며 희열과 경악의 얼굴로 조휘 일행을 바라보는 한 청년이 눈에 들어온다.

그 청년은 다름 아닌 조휘의 형 조혁.

조혁은 강호풍운록을 향한 그 덕력이 골수에까지 미쳐 있는 사내였다.

"으아아아아…… 마, 마, 마, 마, 만박자아!"

조혁은 살아 있는 신(神)이라도 본 듯, 감읍한 얼굴로 그대로 오체투지(?)하며 평생을 소장하고 있던 강호풍운록의 전권을 와르르 쏟아 냈다.

"마, 마, 만박자 공이시여! 제발 제가 소장하고 있는 강호풍운록에 글귀 한 자락만 남겨 주시면 안 되겠습니까? 역시 안 되겠죠?"

쉴 새 없이 눈알을 굴리며 조심스럽게 눈치를 살피고 있는 조혁에게로 조휘의 긴 한숨 소리가 날아들었다.

"아 형 제발."

내가 부끄럽다고 이 형 자식아!

심력을 다해 집필하는 시간을 방해받았기에 언짢을 만도 하건만, 의외로 만박자는 푸근하게 웃으며 흔쾌히 고개를 끄덕였다.

"그러지."

마치 눈물을 흘릴 기세……가 아니라 실제로 조혁은 폭포수처럼 눈물을 쏟아 냈다.

"아아……!"

그야말로 몸서리쳐지는 덕력.

조혁이 조심스럽게 만박자에게 다가가 자신의 소장본을 내밀었다.

순간 만박자의 두 눈에 이채가 감돈다.

얼마나 읽고 또 읽었는지 낱장 하나하나 모두 묵은 때로 반질반질.

그가 얼마나 대단한 애독자인지 단숨에 느껴진 것이다.

"허허, 영웅편 십구 장 도제록(刀帝錄)이 손상되었군."

조혁의 입에서 놀라운 말이 흘러나왔다.

"죄, 죄송합니다. 절대 일부러 그런 게 아닙니다! 동생 연아(燕兒)가 어릴 적에 장난을 치다가…….."

"자네를 나무라는 것이 아닐세."

"아, 감사합니다. 저로서도 매우 안타까운 일이지만 이미 모두 외워서 상관없습니다!"

더욱 흥미로 물든 만박자의 얼굴.

"외웠다?"

"예! 도제 도천악, 하남 귀양현 출신으로 소싯적 쟁자수로 전전하다 용비도문(龍飛刀門)의 문주 곽양서의 눈에 띄어…….."

그렇게 조혁의 낭창한 음성이 이각이 넘도록 지속되었다.

도제 도천악의 생애를, 그야말로 만박자가 저술했던 내용 그대로 토씨 하나 틀리지 않고 외우고 있었던 것.

낱장 수로만 따지면 총 서른 장이 넘는 내용을 저렇게 달달 외고 있을 정도라니!

"허허, 과연!"

모두 외고 있다는 이 젊은 청년의 말은 결코 허튼소리가 아니었던 것이다.

그렇게 감탄하다 순간 묘한 표정으로 변하는 만박자.

"설마 자네 강호풍운록의 전권을 모두 외고 있단 말인가?"

강호풍운록은 스물네 권에 달하는 엄청난 연작.

천 년에 이르는 무림사를 연대별, 인물별로 기록해 놓았기에 그 내용이란 실로 방대하기 이를 데 없었다.

"헤헤, 그게 매일매일 읽다 보니."

기가 찬 만박자가 길게 웃음을 흘렸다.

"허허허허!"

물론 천하란 드넓기에 강호풍운록의 골수들은 수도 없이 많았다.

허나 강호풍운록에 이토록 취해 있는 사람은 실로 드물 것이다.

"자네의 이름이 무엇인가?"

"조, 조혁(曹赫)입니다!"

"조가(曹家)?"

만박자가 의문 서린 시선으로 자신을 바라보자, 조휘가 가늘게 한숨을 쉬며 부끄러운 듯 그의 눈을 외면했다.

"제 형님입니다."

"호오……."

그러고 보니 눈매가…… 콧날이……?

아니 명색이 형제인데 어찌 이렇게 서로 닮은 구석이 하나도 없단 말인가?

게다가 조혁은 근골 역시 평범해 보인다.

그나마 범상치 않은 점이 있다면 단련된 몸이었는데, 그마저도 체계적인 수련을 거친 외양은 아닌 것처럼 느껴졌다.

저토록 젊은 나이에 천외천의 경지에 오른 소검신과는 완전히 대비되는 청년.

"내 평소 사서로 삼을 자가 없어 그 마음이 간절했는데…… 괜찮다면 그를 내 사서로 고용할 수 있겠는가?"

조휘가 조혁을 쳐다본다.

"제게 물어볼 것이 아니라 형님께 직접 물어보시죠."

의외로 조혁은 단칼에 거절했다.

"죄, 죄송합니다 만박자 공이시여! 저는 이미 무인(武人)으로 일로정진하고 있습니다!"

만박자가 측은한 얼굴로 고개를 가로젓는다.

"늦으이. 너무 늦었어. 자네 혹시 소싯적부터 홀로 몸을 단련했는가?"

"헛…… 어떻게 그걸……."

"근골이 엉망으로 굳어졌네. 벌모세수나 개정대법을 받는다고 해도 이미 돌이킬 수가 없으이."

"아아……."

이미 어느 정도 예상하고 있던 일이었으나 막상 만박자의 입으로 확인하고 나니 조혁은 마치 사형 선고처럼 느껴졌다.

솜이 물을 빨아들이듯 놀라운 속도로 성장해 나가는 남궁세가의 검수들과는 달리, 자신은 아무리 노력해도 그들의 절반도 따라갈 수 없었다.

남궁의 원로들을 찾아가 답답한 마음을 토로해 봤지만, 되돌아오는 것은 오직 '쯧쯔…….' 혀 차는 소리뿐.

그들은 자신에게 상처가 될까 봐 제대로 말을 해 주지 않았던 것이다.

"저는…… 저는……!"

조혁이 몸을 부르르 떨다 처연한 얼굴로 닭똥 같은 눈물을 뚝뚝 흘리고 있었다.

그런 형의 모습을 바라보고 있자니 조휘의 마음이 안타까움으로 물들 수밖에 없었다.

-멍청한 정파 놈들. 지들이 못한다고 해서 저 순진한 놈에게 사형 선고를 내려? 이놈아! 마공은 가능하다!

마신의 목소리였다.

'정말입니까?'

-그렇다. 선천적인 장애가 있는 자들을 마령거골체(魔靈巨骨體)로 탈바꿈시켜 주기 위해, 본 교는 오래전부터 마령격격벽(魔靈擊擊壁)이라는 천고의 합마공을 갈고닦아 왔지. 아마 네놈의 형에게도 통할 것이다.

'오! 제게 가르쳐 주십시오!'

-혼자서 할 수 있는 것이 아니다. 적어도 초절정 이상의 마인이 스물 이상 필요하다. 격체전력도 모르느냐?

빌어먹을.

스무 명 이상의 마인을 당장 어디 가서 구해?

결국 불가능하단 소리가 아닌가?

-네놈의 형을 본 교에 데려가면 될 일이 아니냐? 이미 천마

(天魔)로 숭앙받고 있는 네놈에게 불가능한 일이 무어가 있겠느냐?

묵묵히 고개를 끄덕이며 다짐하는 조휘.

언젠가 자신의 형을 마교로 데려가기로 결심한 것이다.

만박자가 안쓰럽게 조혁을 바라보다 그의 강호풍운록을 따로 챙겨 놓았다.

"괜한 말을 꺼낸 것 같아 미안하군. 대신 자네의 강호풍운록에 휘호 따위가 아니라 아예 손상된 부분을 새로운 낱장으로 채워 주겠네."

조혁이 울다 말고 온몸을 벌벌 떨었다.

"마, 만박자 공께서 직접 말이십니까?"

흐뭇하게 웃고 있는 만박자.

"대신 시간을 좀 주게. 지금은 새로운 영웅을 만들고 있으니 말이네."

"오오!"

이내 만박자가 진중한 얼굴이 되어 유려한 필체를 이어 갔다.

정신없이 휘몰아치는 소검신의 찬란한 일대기.

그의 영웅적 행보가 안휘를 집어삼키고 남궁을 타고 넘어 강서에 이르러서 최고조에 이르렀다.

흑천련을 무너뜨린 소검신의 강서정벌기!

허나 소검신이 누군가?

그야말로 떠오르는 정파의 대영웅!

그는 성품마저 인자하여 흑천대살에게 한 자락 자비를 남겨 끝내 그의 모진 목숨을 이어 가게 해 주었다.

하지만 사파의 거두가 은혜 따위를 알겠는가?

은밀하게 무공을 모두 회복한 흑천대살은 결국 고요한 야밤을 틈타 도주를 감행했다.

조가대상회는 급히 치밀하게 천라지망을 펼쳤으나 끝내 그를 놓치고야 말았다.

"일단은 여기까지 집필함세."

조휘가 끝부분까지 마저 읽더니 묵묵히 고개를 끄덕였다.

"음. 집필하신 대로 하면 되죠?"

"그렇네. 이제 그를 풀어 주게."

"네."

조휘의 신형이 흐릿하게 변하며 사라졌다.

두둥실 떠오른 만월(滿月) 아래 조휘의 동료들 몇몇이 쓰러져 있는 흑천대살을 에워싸고 있었다.

조휘의 검집에 의해 대가리가 쪼개진 흑천대살은 이미 며칠 밤낮 동안 사경을 해맨 상태.

하지만 절대경이 달리 절대경인가?

그의 강인한 정신력은 범인의 영역을 아득히 벗어난 것이었다.

"크으으…… 여긴……?"

잔뜩 얼굴을 찌푸리며 몸을 일으키고 있는 흑천대살을 향해 조휘의 음습한 음성이 날아들었다.

"걸레야. 보내 주마. 당장 도망가라. 어서 우리 천라지망을 뚫어 봐."

"천라지망……?"

아무리 주변을 눈 씻고 둘러봐도 천라지망 같은 건 어디에도 없었다.

황망한 흑천대살의 표정.

"가, 갑자기 그게 무슨 소리냐? 천라지망이라니?"

"여기 세 명 있잖아?"

아니 무슨 천라지망을 세 명이서?

게다가 잔뜩 힘이 들어간 눈으로 마치 포탄처럼 뛰어나갈 듯한 저 자세들은 천라지망이 아니라 무슨 쥐몰이 같지 않은가?

"움직이지 않으면 죽인다! 방향은 내가 지시한 곳으로만! 자, 달려!"

"갑자기 이게 무슨 짓이냐! 이 새끼들아!"

채앵!

조휘가 아랑곳하지 않고 철검 빼어 들며 살기를 뿌려 대자 흑천대살은 일단 꽁지가 빠져라 경공을 시전할 수밖에 없었다.

조휘에게 이번 천라지망을 위해 선택된 삼인방은 진가희

와 염상록, 그리고 강비우였다.

사파 계열의 무공이 추격에 더욱 적합한 측면이 있었던 것.

게다가 이들 셋은 조가대상회에서 그다지 큰 역할을 하고 있지 않으니 별동대로 조직하기에 딱 안성맞춤인 것이다.

"꺄아아아아아!"

촤아아아악!

정신없이 경공을 펼치던 흑천대살이 혼비백산한다.

연신 지면에 채찍을 후려갈기며 귀신처럼 귀곡성을 지르면서 쫓아오고 있는 웬 미친년.

새하얀 무복과 낯빛이 구분조차 되지 않는 희멀건 그림자가 그야말로 미친 듯이 자신의 뒤를 밟고 있었다.

흑천대살은 그런 진가희의 편술을 살펴보고는 금방 독편살왕(毒鞭殺王)의 제자라는 걸 알 수 있었으나, 막상 스산한 월야 아래 미친 귀신처럼 날뛰고 있는 여인을 보자니 절로 모골이 송연해질 지경이었다.

이내 젖비린내 나는 애송이들에게서 달아나고 있다는 사실에 머리끝까지 화가 치민 흑천대살.

곧 그가 강력한 의념지도를 일으켜 회회살천절예의 무혼을 투사하려 해 보았으나 간단한 조휘의 손짓에 의해 말끔히 무력화되고 말았다.

그 순간 들려온 무심한 음성.

"걸레야! 하루 만에 악록산까지 뛰어야 되는데 그렇게 힘을 낭비할 여력이 있나! 이 판국에 지금 여유 부리는 거야?"

악록산(岳麓山)?

설마 호남(湖南)의 악록산을 말하는 건가?

그 빌어먹을 산에 무엇이 있는지 너무나도 잘 알고 있는 혹천대살.

그의 얼굴이 괴이한 물결로 구겨졌다.

"개, 개 같은 새끼!"

"응 반사."

혹천대살은 이제야 상대가 무슨 짓을 하려는 건지 알 수 있었다.

악록산 중턱, 기망곡(祈望谷)이란 골짜기를 지나면 거대한 산장이 하나 나타난다.

그곳은 다름 아닌 사천회의 총타!

그 찢어 죽일 사황이 거하는 곳이었다.

결국 혹천대살은 경공을 멈추고 우두커니 멈춰 섰다.

그가 이를 깨물며 죽일 듯이 조휘를 노려보았다.

"차라리 이곳을 본 좌의 무덤으로 삼겠다!"

조휘가 피식 웃는다.

"뭐 그것도 나쁘진 않아. 나로서도 지금 갈 길이 구만리인데 상당히 귀찮거든."

"……귀찮?"

사람의 목숨을 이리도 농락하면서도 지금 귀찮다고 말하

는 건가?

악마다!

저놈은 순 악마 새끼다!

한데 그 악마 놈의 친구들도 더하면 더했지 결코 모자라지 않았다.

촤아아아악!

진가희가 채찍을 후려갈기며 혀를 날름거렸다.

"잘됐네요! 시체를 가져다줘도 뭐 나쁘진 않아. 어차피 공개적으로 저 잿더미 놈 머리를 효시(梟示)만 하면 되잖아? 호호!"

"재, 잿더미?"

진가희가 묘한 표정으로 고개를 삐딱하게 기울였다.

"본인 별명도 몰랐어? 우리는 죄다 그렇게 불렀었다구."

저 미친년은 과거 귀살(鬼殺).

그런 그녀가 말한 '우리'는 필시 흑천련의 귀살들을 뜻할 것이리라.

수하란 놈들이 감히 흑천련의 종주인 자신에게 잿더미라는 멸칭으로 뒤에서 수군거렸단 말인가?

흑천련에서 가장 방대한 인원을 자랑하는, 그야말로 련의 중심 세력인 귀살들의 마음마저 장악하지 못하고 있었다니…….

흑천대살은 회한이 서렸다.

어쩌면 흑천련의 몰락은 언제고 반드시 일어났을 일이었을지도 몰랐다.

그런 흑천대살의 얼굴에 수많은 감정들이 교차되고 있었다.

결국 지옥의 불구덩이에 뛰어드는 심정으로 털썩 무릎을 꿇고 마는 흑천대살.

이내 그가 물끄러미 조휘를 올려다본다.

그 눈빛에는 살기 대신 간절함이 담겨 있었다.

"그래도 본 좌는 흑천련의 종주였다. 내게 그런 치욕은 너무 가혹하지 않나? 제발 이 자리에서 죽여 다오."

조휘가 피식 웃었다.

"어이 걸레야. 나도 양심이 있는 사람이야. 내가 웬만해서는 이런 행동을 하는 놈이 아니라고."

"그런데 왜……."

조휘가 조금은 음울해진 눈으로 진가희를 응시했다.

"걸레야. 너 쟤 기억 못 하지?"

"그게 무슨……?"

"저 여자. 네놈의 동화각(童花閣) 출신이야."

흑천대살에게는 고약한 취미가 있었다.

아직 월경을 시작하지 않은 십이삼 세의 여아를 광적으로 집착하는 성도착증(性倒錯症).

그의 수하들은 알아서 어린 소녀들을 납치해 왔고, 그런 소녀들을 모아서 관리하던 곳이 바로 동화각이었다.

독매홍 진가희가 무덤덤한 시선으로 흑천대살을 쳐다봤다.

"잿더미가 술에 취해 광란을 부릴 때면 그의 수하들이 찾아왔지. 그의 흐트러진 심기를 달래려면 여아(女兒)가 필요했거든."

그제야 흑천대살은 그녀가 말한 '우리'가 귀살들이 아니라 '여아'들이었음을 깨달았다.

"몇몇 아이들은 온몸이 피투성이가 되면서도 전각을 빠져나와 지붕 위로 올라갔어. 거길 올라가면 살 수 있었거든. 잿더미의 수하들도 참 병신인 게 인원 관리는 또 제대로 하지 않더라구."

"……."

"난 항상 가장 높은 용마루에 올랐어. 바들바들 떠는 다른 아이들과는 다르게 나는 높은 곳에 대한 공포가 없었거든. 그리고는 하염없이 아버지, 어머니를 기다렸지."

진가희의 음울한 시선이 허공을 갈랐다.

"내 추억이란 모두 기왓장 위에서였어. 아버지, 어머니, 내 동생 덕홍이…… 잊지 않기 위해 쉴 새 없이 그 얼굴들을 밤하늘에 그렸지. 여섯 살 되던 해에 납치된 후 그렇게 십 년이 흘렀어."

그녀의 상세한 과거 이야기를 듣게 되자 염상록의 얼굴도 점점 악귀처럼 일그러졌다.

"내가 알던 대부분의 어린 소녀들이 사라지고 없었어. 처음에는 몇 개뿐이었던 동화각 후원의 봉분이 그때는 수백 개였거든. 사실 봉분이랄 것도 없었어. 그냥 흙구덩이를 파 대충 덮는 식이었으니까."

과거 진가희에게 대충 듣긴 했으나 이렇게 상세하게 듣는 것은 처음이라 조휘의 표정도 점점 악독하게 변해 갔다.

　"후원에는 더 이상 파묻을 자리가 없었어. 결국 아예 불을 지펴 아이들의 시체를 태우더라고. 그때부터 끝까지 살아남은 몇몇 아이들이 당신을 '잿더미'라는 공포로 부르기 시작했어. 당신은 생살을 태우는 냄새를 모르겠지?"

　진가희는 아이들의 시체, 그 목덜미들에 새겨진 시뻘건 손자국을 선명히 기억하고 있었다.

　"그만큼 즐겼으면 됐잖아? 도대체 왜 마지막에는 늘 목을 졸라 죽인 거야?"

　염상록의 음침한 미소가 번들거렸다.

　"목을 조르며 간살(姦殺)하는 놈들이 추구하는 쾌락이야 뻔하지. 여인이 살기 위해 발악할 때 음부가 급격하게 수축된다. 저놈은 그 맛을 결코 포기할 수 없었던 거다."

　"하! 이유가 고작 그게 다였다고?"

　"아마도 그럴 거다."

　"개새끼!"

　조휘가 이를 뿌득 갈았다.

　"가희는 결국 월경을 시작했다. 끝내 스스로를 지킨 거지."

　"……."

　"네놈에게 끝까지 선택받지 못한 채 동화각에 머물 자격이 상실된 아이들을 너는 수하들에게 하사하듯 선물했다. 가희는 네놈이 독편살왕에게 내린 최고의 하사품이지. 이것이 그녀가 독매홍(毒魅紅)이 된 배경이다."

조휘의 두 눈이 극도로 매섭게 빛났다.

"자 이제 설명해 봐. 내가 널 곱게 죽여야만 하는 이유를."

흑천대살은 두 눈을 감은 채 기괴한 미소만 짓고 있을 따름이었다.

진가희가 그런 흑천대살의 얼굴에 걸쭉한 침을 내뱉었다.

"병신 같은 색마 새끼. 이 새끼 순 사기꾼이라니까? 정말 죽을 마음이 있었더라면 진즉에 스스로 심맥을 갈랐겠다 이 잿더미 새끼야."

순간 염상록이 묘한 표정을 했다.

"어? 어라?"

흑천대살의 입가에서 핏물이 주르륵 흘러내리고 있었다.

진가희의 말처럼 그가 스스로 심맥을 가르고 있었던 것이다.

조휘가 피식 웃으며 의념지도를 일으켜 그의 내부를 파고들었다.

그의 강대한 내가진기를 가볍게 억누른 조휘의 의념지기는 이내 갈라진 심맥을 강하게 움켜쥐며 다시 이어 놓았다.

하지만 한번 절단된 심맥은 결코 다시 복원될 수 없는 법.

조휘가 시선을 옮겨 월야의 창공을 유심히 바라보다 철검을 허공으로 뿌렸다.

절대의 검공 이기어검(以氣馭劍).

쐐애애애액!

눈에 보이지 않을 엄청난 속도로 쏘아진 조휘의 철검은 찰나처럼 조휘의 전면에 다시 나타났다.

철검에 그 몸을 관통당한 채 파르르 떨고 있는 것은 이름 모를 야조(夜鳥) 두 마리.

철검에서 야조 두 마리를 취한 조휘가 소매에서 묵은 찹쌀을 꺼내 바닥에 흩뿌렸다.

곧 그가 오른손 검지와 중지를 모아 이마에 갖다 대며 예의 무심한 음성을 토해 냈다.

"급급여율령(急急如律令). 여와태호상천(女媧太昊上天). 천래여시존후(天來如是尊候). 능도공무량심(能道空無量心)……."

조휘가 일각 정도 법문을 외자 바닥에 흩뿌려진 묵은 찹쌀이 괴이한 모양의 술식으로 화했고 곧 그곳에서 눈부신 빛살이 솟구쳤다.

빛살에 닿은 야조 두 마리가 그 즉시 기화(氣化)되었다.

그렇게 기화되어 검붉은 구체로 변한 생령의 기운이 그대로 흑천대살의 내부로 스며들기 시작한다.

서서히 복원되는 심맥!

흑천대살은 피를 한 사발 토해 내면서도 그 얼굴이 경악으로 얼룩져 있었다.

자신이 본 것은 무공이 아니라 선계의 전설이라는 법술이었다.

상상과 전설로 치부되는 그 고매한 법술!

소검신이 설마 신선(神仙)의 경지에 도달했단 말인가!

흑천대살은 그야말로 아득한 심정이 되어 멍하니 소검신을 올려다보고 있었다.

애초부터 자신이 할 수 있는 것이 아무것도 없었다는 것을 비로소 깨달은 것이다.

"내 단죄대로 죽어라. 그게 걸레 네놈에게 정해진 운명이다."

지금까지 한마디도 하지 않고 이를 지켜보고만 있던 강비우가 이 와중에도 조휘에게 계약 이행을 요구하고 나섰다.

"그 법술, 내게도 가르쳐 주시오."

"……미친놈."

우화등선을 겪지 않은 인간이 법술을 구사하려면 영력을 법력으로 치환하는 방법을 배워야 한다.

이는 매우 위험한 방법으로, 조휘처럼 높아진 영격으로 인해 영력의 절대량이 늘어난 인간이 아니라면 결코 해선 안 되는 일이었다.

"헛소리하지 말고 천라지망(?)이나 잘 펼쳐."

결국 흑천대살은 모든 것을 포기하는 허탈한 심정으로 터덜터덜 서쪽을 향해 걸음을 옮기고 있었다.

사천회(邪天會) 총단(總團).

사도의 철옹성을 지키고 있는 무사들의 시야에 일단의 무리들이 들어왔다.

그중 가장 전면에서 걸어오는 자.

서 있기도 힘든 듯 연신 갈지(之)자로 비틀거리며 걷고 있는 그의 행색이란 가히 걸인을 방불케 했다.

넝마로 변해 드러난 그의 등짝에는 수없는 채찍 자국으로 그득.

촤아아아악!

쓰러질 때면 어김없이 날아드는 시뻘건 채찍!

그렇게 돌부리에 걸려 자빠졌다가 힘겹게 일어나 다시 걷기를 수차례.

정문에 다다른 그들 중 가장 말끔하게 차려입은 귀공자가 철문 위의 첨탑 쪽을 올려다보았다.

"사천회주를 만나러 왔는데요."

사천회의 무사들이 일제히 눈살을 찌푸린다.

"네놈들은 누구냐!"

"어…… 소검신과 동료들, 그리고 흑천련의 흑천대살?"

미친놈, 대낮부터 낮술을 처자셨나?

"푸흐! 지금 우릴 웃겨 죽일 셈이냐!"

한데 그 미친놈이 자신의 허리에 매단 철검을 빼어 들더니 툭 던지자 그대로 허공 위에 멈춰 섰다.

"헉?"

"뭐, 뭐야 저게!"

스슥

철검 위로 사뿐히 착지한 미친놈(?)이 그대로 그 검을 타고 첨탑 위로 날아온다.

순식간에 자신들의 전면에 나타난 미친놈!

"아, 아니! 이, 이게 무슨?"

"설마 저건 신검합일?"

"어, 어검비행이다!"

기겁한 무사들이 일제히 허둥지둥거리자 조휘가 슬며시 미소를 건넸다.

허나 그는 그런 살가운 표정으로 명백한 협박을 하고 있었다.

"빨리 사황 나오라고 그래. 아님 이 철문 그냥 모조리 부수고 들어간다?"

철문을 지키고 있던 호위들은 하나같이 멍한 표정으로 굳어져 있었다.

어검비행이란 그만큼 충격적인 신위인 것이다.

그때, 호위들 중 하나가 강비우를 발견하고서 더더욱 경악했다.

"미, 밀사검주님?"

아니 밀사검대를 이끄는 사천회의 서열 제이인자가 왜 정파의 소검신과 함께 나타나나?

강비우가 겸연쩍게 웃었다.

"곽 호위, 잘 지냈소?"

호위대장 곽운영이 놀란 표정 그대로 첨탑 위에서 뛰어내렸다.

타악!

꽤 높은 높이의 첨탑에서 뛰어내렸음에도 자세 하나 흐트러지지 않는 곽운영의 몸놀림에 조휘는 내심 놀랄 수밖에 없었다.

아니 고작 문지기 주제에 무슨 경공이?

역시 사천회의 저력이란 만만치 않은 건가?

"밀사검주님을 뵙습니다!"

척!

호위대장 곽운영이 절도 있는 동작으로 예를 취하자 첨탑 위의 호위들도 일제히 몸을 낮췄다.

소검신이 어검비행을 풀며 지상에 착지했다.

"생각해 보니 짜증 나네. 알아서 당신이 먼저 나서 줬다면 이렇게 검에 타는 귀찮은 일은 애초부터 생기지 않았을 텐데…… 왜 밥값을 안 하죠?"

"나서기도 전에 먼저 어검비행으로 날아갔잖소?"

"하, 상관의 의중을 앞서 헤아리는 것은 부하의 책무 아닌지?"

이를 지켜보던 염상록이 눈살을 찌푸렸다.

"그만들 좀 해. 보는 눈도 많은데 뭐 하는 거냐 진짜."

강비우는 저 무시무시한 조휘에게 찍힌 것이 틀림없었다.

그는 이곳까지 당도하면서 그야말로 쉴 새 없이 강비우에게 시비를 걸었다.

허나 강비우 역시 만만치 않았다.

무공밖에 모르는 전형적인 외골수처럼 보였으나 의외로 입심이 대단한 사내였던 것.

하지만 그것은 소검신의 화만 돋울 뿐이었다.

호위대장 곽운영이 넝마 노인(?)을 유심히 지켜보고 있었다.

"저자가 정말로……?"

강비우가 호쾌하게 고개를 끄덕였다.

"내가 보증하지. 그는 흑천대살이 맞소."

그 누구도 아닌 밀사검주의 공증!

이제 그 말에 의심을 가질 이는 이 사천회에서는 존재할 수가 없었다.

동요도 잠시, 첨탑 위를 지키고 있던 호위들이 순식간에 경신법을 일으켜 뛰어내렸다.

척-!

챙! 채애앵!

일제히 독문무기를 꺼내 들며 흑천대살을 에워싸는 사천회의 호위들!

그들에게 흑천대살이란 가히 생사대적에 다름이 아닌 것이다.

조휘가 의미심장하게 웃으며 호위들을 훑어보았다.

"당신들이 나설 일이 아니지 않나? 내가 분명 사천회주와 담판을 지으러 왔다고 이야기했을 텐데?"

"음……."

길게 신음을 삼키는 호위대장 곽운영.

이자가 진실로 흑천대살이라면 확실히 자신의 권한 밖이었다. 회주께 기별을 넣어야 할 중대할 사안인 것이다.

"조금만 기다려 주시오."

"시간을 많이는 못 드려. 우리야 뭐 맹(盟)에 인도해도 되니까."

그런 조휘의 강짜에 금세 호위대장의 얼굴이 흙빛으로 변했다.

흑천대살을 무림맹에 보낸다?

물론 조휘는 그럴 생각이 눈곱만큼도 없었지만, 듣는 입장에서는 충분히 마음이 조급해질 일.

어쨌든 소검신은 저 무시무시한 흑천대살의 신변을 협상하기 위해 우선적으로 사천회에 찾아온 듯 보였다.

흑천대살을 징치하는 것은 사천회 최대의 비원!

괜히 턱에 힘주고 배짱을 부렸다가 소검신이 다른 뜻을 품는다면 그 책임은 모두 자신의 책임인 것이다.

호위대장 곽운영이 딸꾹질을 하다 침을 꿀꺽 삼켰다.

"자, 잠시만 기다려 주십시오!"

호위대장이 사라지자 조휘 일행은 여독을 다스리기 위해

서로 호법을 서 주며 순번대로 운기조식을 했다.

허나 그렇게 한참이 지났는데도 사천회 쪽에서 별다른 기별이 없자 조휘가 강비우를 쳐다보며 인상을 찌푸렸다.

"뭐야, 너네 사천회 왜 이렇게 굼떠?"

어이가 없다는 듯 피식 웃고 마는 강비우.

"당신은 그런 엄청난 심계를 지니고도 어쩔 때는 참 바보 같군. 일부러 그러는 건가?"

"뭔 소리야?"

"자각을 하지 못하고 있는 건가? 당신이 사천회에 데려온 사람은 무려 흑천대살이오. 당신들의 팔무좌와 비견되는 사파의 사패황(四覇皇)중 일인. 이 일의 파급력이 얼마나 중대한 사안인지 진정 몰라서 묻는 건가?"

"흐음……."

강비우가 귀를 후벼 파며 딴청을 부리는 조휘에게 쯧쯧 혀를 찼다.

"당신은 사패황의 신변을 가지고 이곳에 협상을 하러 왔소. 당연히 저들의 입장에서는 어떻게 대처해야 할지 수많은 논의가 오고 갈 것이 아닌가?"

오히려 조휘가 반문했다.

"이게 논의될 수 있는 상황이야? 어차피 저놈들은 쥔 패가 하나도 없어. 내 의도대로 움직일 수밖에 없다고."

"당신은 사황을 모른다."

피식 웃고 마는 조휘.

"글쎄…… 정말 그럴까?"

조가대상회의 입장에서는 사천회가 가장 가까운 적이었다.

아직 무력이 약한 조가대상회로서는 항시 사천회의 동태에 귀를 쫑긋할 수밖에 없었고, 때문에 조휘는 지금까지 단한 순간도 사천회를 향한 감시를 늦추지 않았다.

하지만 가슴이 쓰라린 조휘.

사천회의 동태를 파악하기 위해 그간 야접에게 지불해 온엄청난 금액을 생각하니 갑자기 천불이 난 것이다.

처음에 조휘가 조가신비각(曹家神祕閣)을 출범시켰을 때, 야접 못지않은 정보 단체로 키우려는 야심에 불타올랐었다.

하지만 그것은 단순히 돈만으로 해결되는 일이 아니었다.

정보 단체가 갖춰야 할 필수적인 요소는 '방대한 인적 네트워크'.

한데 그물처럼 촘촘한 인적 네트워크의 형성은 결코 자본으로만 해결할 수는 없었던 것.

구성원들 간의 끈끈한 신뢰의 구축은 필수적이었고, 거미줄처럼 얽혀 있는 정보망, 그 적재적소에 자질과 능력, 심성에 맞게 정보 요원들을 배치하는 것부터가 노련한 인적 관리능력과 긴 시간이 전제되지 않는다면 불가능한 일이었다.

더욱이 모인 정보들을 빠른 시일 내에 진위 여부를 살펴 알짜를 구분하고, 일사불란한 보고 체계를 확립한 후, 정보 단체의 생명인 보안 유지까지 챙긴다?

얼마나 답답했으면 조휘가 야접을 통째로 사고 싶었겠는가.

하지만 그 돈에 미치고 환장한 여자가 야접을 팔 리가 만무했다.

어쨌든 조휘의 입장에서는 흑천련을 도모하기 위해 쓴 돈보다 사천회에 쓴 돈이 더 많았다.

이제 그런 엄청난 돈지랄이 빛을 발할 차례였다.

"그런데 원래 저 잿더미만 인계해 주고 서찰 한 통으로 끝낸다고 하지 않았어? 왜 오빠는 갑자기 사황을 만나려는 거야?"

진가희의 말대로 처음에 조휘는 사건의 전면에 나설 생각이 없었다.

그러나 가만 생각해 보니 고작 명성만 얻고 꽁으로 흑천대살을 주기에는 너무나 아까웠다.

흑천대살의 신변을 확보하기까지 들인 자신의 노력과 돈을 생각하면 결코 이대로 보낼 수 없는 것이다.

이참에 사천회와 협상하여 최대한 이득을 챙겨야만이 그나마 마음이 좀 편안해질 터.

"거저 주기에는 너무 아깝잖냐?"

"흐응…… 하긴…… 그건 그렇지. 저 잿더미 때문에 죽어나간 직원이 몇 명인데."

그때, 저 멀리서 외성문을 향해 걸어오는 일단의 무리늘이 조휘의 시야에 들어왔다.

"호오…… 총출동이신가."

한눈에 봐도 무시무시한 기도가 느껴지는 사파의 무인들이 진득한 눈빛을 빛내며 걸어오고 있었다.

그들은 조휘 일행을 쳐다보지도 않았다. 그 진득한 시선들은 오직 혹천대살에게만 고정되어 있었다.

"사황께서 직접 행차하셨군. 그 외에도 총사, 각 무력대주들…… 호오? 저 엉덩이 무거운 늙은이들까지 모두?"

강비우가 놀라는 것도 무리가 아닌 것이, 사천회의 원로들을 대표하는 사영팔노(邪永八老)는 웬만해서 공식 석상에 모습을 드러내는 자들이 아니었기 때문.

그들 모두가 연배조차 추측할 수 없는 전대고수였으며, 일세를 풍미한 사파의 절대 강자들이었다.

특히 그런 사영팔노 중의 일노(一老) 괴노(怪老).

그는 전대 사천회주 천괴(天怪)다.

정파의 무황이나 자하검성보다도 한 배분 높은, 그야말로 살아 있는 사파의 역사 그 자체라 할 수 있는 기인이었다.

배분으로 그와 비빌 수 있는 자는 강호를 통틀어 채 다섯을 넘지 못할 것이다.

조휘 역시 그런 괴노를 보자마자 두 눈에 이채를 머금었다.

일견 느끼기에, 그의 기도에는 사파인 특유의 사이함과 잔악함이 느껴지지 않았다.

오히려 정파 명숙이나 도인 같은 청아한 기도.

사파의 영역에서 저런 기도의 무인을 접한 것은 조휘로서
도 처음 있는 일이었다.

-놀랍구나. 네놈 이외에 거의 존자(尊者)에 이른 영격을 지
닌 인간이 또 있다는 것이 보고도 믿기지가 않는다.

호오! 존자에 이른 영격?

허면 저 괴상하게 생긴 늙은이가 삼신(三神) 어른들과 비
등한 영격을 지녔단 말인가?

그럴 리가?

한데 현역 시절에도 천괴는 무수한 소문만 무성할 뿐 실제
로 그에 대해 아는 자들은 그리 많지 않았다.

만박자 제갈유운의 저서인 강호풍운록에도 그에 대한 언
급은 고작 다섯 줄 정도가 전부였다.

"소검신을 뵙소이다."

조휘에게 정중하게 인사를 건네는 이는 사천회의 총사 진
서한(秦書汗).

정파에 제갈(諸葛)이라는 두뇌 집단이 있다면, 사파에는
신비의 진 씨 가문이 존재했다.

예로부터 강남에는 진 씨 가문을 취하는 자가 사파를 움켜
쥔다는 풍문이 파다했다.

진서한은 불과 십 년 전까지만 해도 이곳저곳 떠돌아다니
는 방랑자였다.

허나 그는 사도제일의 진법가로 이름이 높았다.

협곡 전체를 성벽 삼아 만든 철권왕의 장원을 설계한 것도 바로 그의 작품.

때문에 총사 진서한은 예전부터 소검신을 반드시 한번 만나 보고 싶었다.

자신이 설계한 협곡 장원을 고작 단신으로 철저하게 망가뜨린 자가 바로 소검신이었기 때문.

그것은 사황의 삼고초려로 사천회에 일신을 의탁한 후 그에게 가장 충격적인 사건이었다.

"꼭 한번 만나 보고 싶었소. 이는 진심이외다."

그는 그렇게 예를 표하고 있었으나 그의 얼굴에 서린 감정은 강력한 불신, 혹은 반발심이었다.

조휘는 왜 그가 자신을 보자마자 저런 표정을 짓는지 알 수는 없었으나 일단 예는 받아 주기로 했다.

"전권을 지닌 자와 얘기를 나누고 싶습니다만."

사영팔노와 사황 쪽을 지그시 바라보고 있는 조휘를 쳐다보며 진서한이 가볍게 눈살을 찌푸렸다.

"본인은 사천회의 총사로서……."

그렇게 진서한이 뭐라고 항변을 하려는 찰나, 사천회주 사황의 음습한 목소리가 들려왔다.

"그의 말은 곧 본 좌의 뜻…… 아니 네놈은? 지금 거기서 지금 뭐 하고 있는 것이냐?"

고개를 돌려 자신의 얼굴을 감추고 있던 강비우가 어색한 표정으로 사황을 마주 바라보았다.

"하하, 잘 지내셨습니까?"

"네놈……!"

소검신을 찾아갔다기에 설마설마했는데, 저토록 무리에 자연스레 녹아 있는 모습을 보고 있자니 사황은 불길한 예감이 엄습했다.

"아니겠지? 그래도 인간에게는 지켜야 할 선이란 게 있는데 어련히 처신을 잘했겠지?"

"무슨 말씀이신지……."

사황이 악귀처럼 일그러진 얼굴로 두 눈을 부라렸다.

"왜 계속 상대의 진영에 있느냐! 밀사검주! 회의 행렬에 복귀하라!"

조휘가 퉁명하게 품에서 서찰(?) 같은 것을 꺼냈다.

"내 이런 일을 방지하려고 귀 회(會)와 저놈이 맺은 계약서를 유심히 살펴봤습니다만…… 거기에 이런 조항이 있더군요."

조휘가 보란 듯이 계약서를 사천회 측에 내밀며 다시 입을 열었다.

"제구 조항, 을(乙)은 신변에 제약과 구속을 받지 않는다. 단 반드시 이는 갑(甲)의 동의를 구해야 한다. 제가 듣기로 우리 강 대리를 저희 조가대상회에 보낸 것은 다름 아닌 사황 님이라고……."

"가, 강 대리?"

"경력직을 뜻하는 저희 조가대상회의 위계입니다만? 처우는 제법 잘해 드렸습니다."

"이…… 이……!"

시뻘겋게 달아오른 얼굴.

그런 사황의 얼굴은 마치 활화산처럼 터질 것만 같았다.

강비우는 말이 밀사검주지 사실상 자신의 제자나 다름없는 놈이었다.

그때, 총사 진서한이 재빨리 수하들에게 눈짓했다.

저 사천회의 망신, 저 못 말리는 망나니 때문에 회주께서 계속 동요하는 모습을 보이신다면 소검신에게 주도권을 뺏길 수밖에 없었다.

수하들이 자신의 몸을 움켜잡자, '이것 놔라 이 새끼들아!', '저 새끼가 진정 사람 새끼냐!' 거칠게 소리를 질렀지만 결국 그는 얌전히 물러날 수밖에 없었다.

총사의 의중을 그 역시 모르지 않았기 때문이다.

"후…… 소란스럽게 해서 죄송하오. 일단 밀사검주님 문제는 나중에 논하기로 하고……."

진서한의 두 눈이 번뜩였다.

"혹천대살을 저 몰골로 우리 회에 끌고 온 연유가 무엇이오?"

조휘의 웃음이 기이한 각도로 비틀렸다.

"비싸게 팔려고요."

67 章.

물론 인질의 몸값을 거래하는 것은 강호에서 흔하게 일어
나는 일이다.

그런데 잠깐만.

상대는 정파의 검종을 대표하는 소검신(小劍神)이 아닌가?

정파인, 그것도 세력의 종주를 자처하는 자, 신(神)의 휘호를
일신에 새긴 강호의 절대자가 인질을 볼모로 값을 흥정해 온다?

아마도 무림의 역사 이래 처음 있는 일일 터였다.

당연히 사천회의 총사 진서한은 상대에게 무슨 꿍꿍이가
있나 싶어 쉴 새 없이 머리를 굴릴 수밖에 없었다.

"소검신께서는 본의(本意)를 말씀해 주시지요."

다소 언짢아진 듯한 조휘의 표정.

"진짜 팔려고 왔습니다만."

"으음……."

진서한은 난처한 얼굴을 했다.

정말 순수한 마음으로 소검신의 말을 있는 그대로 받아들인다면 대체 그 값을 얼마나 치러야 하는가?

전례가 없는 일이었다.

도대체 얼마만큼의 돈을 지불해야 무려 '사패황'의 신변을 살 수 있는지 감이 잡히지 않는 것이다.

"허면 그 값을 먼저 제시해 주셔야……."

또다시 미간을 찌푸리는 조휘.

현대나 강호나 '제시충'은 존재할 수밖에 없는 건가.

"뭐 현물로 받는 건 좀 그렇고 이권(利權)으로 하죠."

진서한의 표정이 더욱 일그러졌다.

저 소검신이 강서를 집어삼키는 과정, 그 모든 정보들을 빠짐없이 살펴 온 그로서는 소검신이 말한 '이권'이라는 단어 속에 얼마나 무시무시한 뜻이 함축되어 있는지 결코 모르지 않았다.

"설마하니 호남의 땅이라도 요구할 작정이시오?"

소검신이 강서에 진출하자마자 가장 먼저 한 것은 바로 엄청난 규모의 땅을 매입했던 일.

더구나 그 땅을 소검신에게 무상 증여해 준 것은 다름 아닌

저 흑천대살이었다.

물론 저 냉막한 악귀가 왜 그런 판단을 내렸던 건지 지금에 이르러서는 당연히 이해할 수 없을 것이다.

하나 그의 잔혹한 성격상, 조가대상회가 알짜로 일궈 낸 상권을 후일 강제로 빼앗으려 했을 확률이 높았다.

문제는 소검신이라는 엄청난 변수를 간과했던 것이겠지만.

그렇게 이미 전례가 있는 일인데 무슨 사천회가 바보도 아니고 흑천련과 똑같은 방식으로 당할 것 같으냐?

조휘를 유심히 쳐다보고 있는 진서한의 날카로운 눈빛은 분명 그렇게 말하고 있었다.

"에이 제가 무슨 도둑놈도 아니고."

"……."

어쩜 사람이 저리도 뻔뻔할 수가?

흑천련을 집어삼킨 조가대상회, 아니 소검신의 악랄함은 혀를 내두를 정도였다.

지금에 이르러서야 진면목이 드러난 일이었지만, 의념지도를 구사하는 절대경 무인의 창고털이란 무림사에 그 유례를 찾아볼 수 없는 전략이었다.

더욱이 정벌이 먼저가 아닌, 교활하게 상권으로부터 침투하는 방식은 결코 강호의 방식이 아니었다.

그중에서도 조가대상회가 가장 무서운 점은 지신들이 생산하는 상품으로 하여금 적을 길들여 버린다는 것이었다.

인간의 마음을 종속되게 만드는 물건.

그만큼 조가대상회의 물건들이란 기이한 마력 그 자체였다.

사람들은 그런 귀한 것을 더러 문물(文物) 혹은 문화(文化)라고 부른다.

진서한의 눈에 조휘는 단순한 무인이나 상인 따위가 아니었다.

새로운 문물을 태동시킨 천재 중의 천재.

물론 드넓은 중원에는 엄청난 무공과 끝에 다다른 학식을 지닌 기인이사들이 모래와 같이 많다지만 신문물, 문명의 흐름을 일궈 낸 자는 손에 꼽을 정도였다.

당장 머리에 떠오르는 존재는 미욱한 고대의 중원인들에게 농업을 가르쳤다는 신농(神農), 최초로 대륙을 통일하고 새로운 법제와 도량으로 중원을 하나로 묶은 시황제(始皇帝) 정도가 전부.

아는 만큼 보인다고 했다.

조휘를 향한 진서한의 두려움과 경이는 범인들과는 궤가 다른 것이었다.

"워, 원하는 것을 말씀해 주시오."

조휘는 이마에 송골송골 맺힌 땀을 연신 닦아내는 진서한을 재미있다는 듯이 바라보고 있었다.

"사천회는 필시 저희 강서에 진출하고 싶으시죠? 강서 땅 어디든 허락해 드리죠. 분타를 세워도 좋고 상단을 투입하셔

도 좋습니다. 물론 저희 조가대상회의 상품들을 매입할 권리
도 드리죠."

"……그게 무슨?"

"단, 사천회가 유통하는 모든 포목류와 비단의 전매권을
요구합니다."

"뭐, 뭣이!"

포목류는 그렇다 치더라도 무려 비단의 '전매권'이라니?

사천회가 차지하고 있는 영역은 호남성과 강소성.

특히 중원 최대의 명주 생산지 소주(蘇州)로부터 막대한
양의 비단을 독점하고 있는 것이, 그들이 강남의 패자로 군림
할 수 있었던 근본적인 원동력이었다.

이를 들은 사황이 노발대발했다.

"저 미친 망둥이 새끼가 지금 뭐라는 거냐!"

"가격은 기존 거래가에서 오 할을 더 쳐 드리죠."

"뭐, 뭐라? 오 할?"

비단 한 필의 가격은 계절과 작황에 따라 다르지만 평균적
으로 시장에서 은자 네 냥에 수렴한다.

허면 지금 소검신은 최소 예닐곱 냥 이상으로 비단 한 필을
구입하겠다는 의사를 내비친 것인데, 이는 조가대상회의 수
완이 아무리 대단하다 한들 결코 수익을 실현시킬 수 없는 가
격이었다.

이렇게 비싸게 비단을 매입해 준 대가로 강서의 이권 또한

나눠 준다니?

이건 아무리 생각해 봐도 손해가 날 수 없는 천상의 유혹이
었다.

이런 달콤한 제의를 거부한다면 바보나 마찬가지인 것!

하지만 그가 말한 비단의 독점권(獨占權), 즉 전매권이 진
서한을 계속 거슬리게 했다.

전매권이란, 행사하는 이의 의지에 따라 시장을 고사, 혹은
파괴 수준까지 치닫게 하는 무서운 권한.

"한 필에 일곱 냥씩 비단을 매입한다라…… 결코 수익을
낼 수 없는 구조이오. 도대체 그렇게 비싸게 매입해서 무엇을
하려는 것이오?"

"당신들이 우리 조가대상회의 일을 생각해 줄 필요는 없는
것 같은데."

사황이 비릿하게 웃었다.

"소검신이 아니라 호구 새끼였군. 총사, 본인이 자처해서
흑천대살을 헌납하고 비단을 고가에 매입해 준다는데 생각
할 것이 무어가 있는가? 게다가 본 회의 강서 진출까지 돕겠
다지 않는가?"

표면적으로는 다 맞는 말이다.

하지만 진서한은 저 소검신의 언행을 결코 있는 그대로 받
아들일 수가 없었다.

분명 뭔가 다른 수가 있을 텐데 도무지 읽을 수가 없으니

속만 답답해 미칠 지경.

좀 더 대화를 지속하여 상대의 진정한 의도를 파악할 필요가 있었다.

"소검신 그대라면 얼마든지 비단을 구할 수 있을 텐데 왜 굳이 우리 회에서 찾는단 말이오?"

"문제는 물량이죠. 일반 시전에서 매입할 수 있는 비단의 양이란 한정적. 좀 더 비싸게 매입하더라도 장기적, 안정적으로 매입할 수 있는 거래처가 필요할 뿐입니다만."

진서한은 더욱 이해할 수 없다는 눈이었다.

"그 양을 알기나 아시오? 함부로 본 회가 유통하는 비단의 전매권을 운운하다니. 아무리 조가대상회가 날로 융성해지고 있다지만 그대들이 감당할 수 있는 양이 아니오."

피식 웃고 마는 조휘.

내가 바본가?

사천회가 중원에서 유통되는 모든 비단의 삼분지 일을 움켜쥐고 있다는 것을 너무나도 잘 알고 찾아왔다.

애초에 그걸 노리고 왔는데 저런 순수한 질문이라니?

"당가의 세가주께서도 철광석의 전매권을 허락하실 때 당신과 똑같은 말을 하시더군요. 하지만 뭐 결과는 당신이 아는 그대로지."

진득하게 입술을 깨무는 진서한.

조휘의 말대로 적어도 강남 일대의 모든 철(鐵)들은 조가대상회를 거치지 않고서 유통하는 것은 불가능했다.

그런 조가대상회의 영향력이 너무 강력해져서, 이제는 관부를 넘어 황실에서도 예의 주시하고 있다고 들었다.

"음……."

허나 진서한은 아무리 머리를 굴려 보아도 소검신의 의도를 알아차릴 길이 없었다.

그 비싼 가격으로 그만한 양을 매입해서 도대체 어떻게 되판단 말인가?

적어도 이 중원에서는 그런 비싼 가격으로 되팔 곳이 없었다.

그때, 진서한의 뇌리를 전광석화처럼 스치는 생각 하나!

"서, 설마 당신?"

예의 익살스런 미소를 숨기지 않는 조휘를 응시하며 진서한은 그제야 확신하는 눈치였다.

"비, 비단길이라니……!"

비단길을 확보하는 것은 소주의 비단 유통을 송두리째 장악하고 있는 사천회조차 불가능했던 일.

그것은 황제의 권력으로 허가해 준 상단, 즉 대륙 단위에서 노는 상단이 아니라면 꿈에서도 불가능한 일이었다.

천하에 비단길을 확보한 상단은 단 두 곳, 천화상단과 만금상단뿐이었다.

"저, 정말 소검신 그대가 비단길을 확보했단 말이오?"

"굳이 제가 우리 조가대상회의 일을 말씀드릴 필요까진 없을 거 같습니다만."

일견 부정하는 듯한 묘한 어투의 언사였지만 비단길을 확보하지 않았다면 그렇게 비싼 가격으로 매입할 이유가 없는 터.

이는 자신의 권한 밖이었다.

진서한은 난감한 얼굴로 사천회의 지존 사황을 바라볼 수밖에 없었다.

"회주님, 어떻게 하시겠습니까?"

내심 가볍게 놀라는 사황.

총사 진서한이 자신에게 결정을 미루는 것은 처음 있는 일로, 이는 그의 깊은 지혜로도 판단을 내릴 수 없다는 뜻을 내비친 것이었다.

한참이나 고심에 고심을 거듭하던 사황이 무거운 음성을 토해 냈다.

"기존 거래가에 칠 할을 더 얹어 준다면 본 좌가 결심하도록 하지."

의외로 조휘는 흔쾌히 고개를 끄덕였다.

"그렇게 하죠."

막상 상대가 흔쾌히 자신의 협상 조건을 수용하니 더욱 찝찝한 마음이 되어 얼굴을 구기는 사황.

"구 할!"

중원의 비단이 비단길을 건너 서역에 당도하면 그 가격은 최하 열 배 이상 치솟았다.

동방의 비단과 후추를 향한 서역인의 사랑은 그만큼 지고 했던 것.

그래도 조휘는 명색이 사패황이라는 놈이 한 입으로 두말하는 꼴이 같잖았다.

"거 사황(邪皇)이라는 작자가……."

물론 구 할이라고 해도 아직은 기존 거래가의 두 배를 넘지 않는 선.

결국 조휘는 유통에 소요되는 금액과 이문을 꼼꼼히 계산하더니 또 한 번 고개를 끄덕였다.

"구 할? 좋아! 수락하도록 하죠. 대신 이 이상 흥정은 불가합니다."

"정파의 샌님답지 않게 호쾌한 사내군. 좋아. 본 좌 역시 그대의 제의를 수락하겠다."

협상이 유수처럼 타결되자 조휘는 흡족한 마음이 되어 흑천대살을 쳐다보고 있었다.

저 잔혹한 놈을 다른 손을 빌려 처리할 수 있는 상황도 그렇고, 이를 빌미로 엄청난 이문을 벌어들일 사업의 독점권까지 얻었다.

이런 누이 좋고 매부 좋은 일을 다 보았나?

"저놈은 물론 처형하시겠죠?"

"물론이다. 오늘 밤 본 회(會)의 모든 수하들이 보는 자리에서 곧바로 처결할 것이다. 그간 저놈 때문에 본 회가 입은 손해를 생각하면……."

뿌드득-

선명히 들려오는 사황이 이 가는 소리.

그런 그의 살기란 얼마나 선연한지 보는 이로 하여금 모골
이 송연해질 정도였다.

한데 그때, 바닥에 쓰러져 있던 흑천대살이 차츰 꿈틀거리
더니 힘겹게 고개를 들어 올려 사황을 물끄러미 응시했다.

"장천……."

이 와중에도 감히 자신의 본명을 운운하는 흑천대살.

"이경진, 네놈이 진정 미쳤구나!"

차앙-

그러나 이어진 흑천대살의 음성에 사황은 빼어 들던 검을
그대로 회수할 수밖에 없었다.

"장천아, 딸년이 보고 싶지 않으냐?"

"뭐, 뭣?"

사황이 흑천대살을 극도로 증오하는 근본적인 이유는, 사
중화라 불렸던 자신의 딸이 그 때문에 실종되었다고 믿고 있
었기 때문.

"크으으…… 네놈이 애지중지하는 사중화(邪中花)는 살아
있다. 은신처는 오직 본 좌밖에 모르지."

힘겹게 운신하여 꼿꼿하게 허리를 세운 흑천대살.

곧 그의 두 눈에 사이한 잿빛 기운이 강림했다.

"소검신. 네놈이 본 좌를 사천회로 데려온 것은 가장 멍청한 선택이었다. 네놈을 속이느라 진이 다 빠지더군. 사실 몇 번이고 쾌재를 부르고 싶었지."

조휘가 묵묵히 침묵하고만 있자, 흑천대살이 비릿하게 웃으며 다시 사황 쪽을 흘깃 쳐다보았다.

"이놈들을 모두 죽여라. 허면 네놈의 딸년이 있는 장원의 위치를 알려 주지."

진가희가 혀를 내둘렀다.

"와 진짜 아무리 생각해도 조휘 오빠는 좀 미친 것 같아. 어떻게 이것까지 예상할 수 있어?"

당황해하는 흑천대살.

"뭐, 뭐라는 거냐 네년!"

진가희가 사황을 불쌍하다는 듯 바라본다.

"사중화 독고린은 나도 알아. 나의 동기였거든."

흑천대살의 동공이 지진이라도 만난 듯이 흔들리고 있었다.

사중화를 데려오자마자 혀를 잘라 버렸는데 저년이 어찌 그걸?

진득한 눈으로 의문을 드러내고 있는 사황에게로 진가희가 청천벽력과도 같은 말을 쏟아 냈다.

"저 잿더미 새끼는 당신의 딸 사중화를 오래전부터 눈독 들이고 있었지. 중양절의 시전놀이패들을 구경하고 있는 사중화를 납치하라고 시킨 자는 다름 아닌 저 잿더미 새끼야."

"뭐라……?"

추측만 하고 있던 일이 사실로 드러나는 순간이었다.

허나 현실은 생각보다 더욱 잔혹했다.

"동녀를 즐기는 저놈의 소문은 다들 알고 있잖아? 당연히 흑천련의 동화각(童花閣)도 익히 알고 있겠지?"

진가희가 씨익 웃으며 흑천대살을 쳐다봤다.

"저 잿더미 새끼가 사중화를 취하고 목 졸라 죽인 날, 흑천 련에는 축제가 벌어졌어. 아마도 그때가 저 잿더미 놈 인생에 서 최고의 날이었을걸?"

조휘가 야접에서 취한 정보를 진가희에게 전달해 주지 않았 더라면 진가희는 평생 그녀를 무설이라 알고 있었을 것이다.

참으로 어여쁘고 고왔으나 혀가 잘린 채 들어와 무설(無 舌)이라 불렸던 아이.

늘 무심한 얼굴로 하늘을 올려다보던 그녀는 체구도 다부 졌고 그 눈빛도 독하기 짝이 없어서 동기들이 필시 강호의 여 식일 것이라며 수군거렸었다.

동화각에 처음 들어온 아이들은 최소 이레는 편하게 지낼 수 있었다.

기본적으로 잘 먹고 잘 재워서 기력을 회복시킨 후, 흑천대 살의 취향에 맞게 몸단장을 하는 시간이 필요했기 때문이다.

한데 무설은 동화각에서 역사상 가장 **빨리** 흑천대살의 선 택을 받은 아이이자 가장 잔혹하게 죽은 아이였다.

흉측하게 길게 빼어 문 혀.

수차례 난자당한 얼굴.

당시에 진가희는 그런 흑천대살의 잔혹함에 치를 떨면서
도 마음 한구석에서 짙은 의문이 솟구칠 수밖에 없었다.

흑천대살이 칼로 아이의 얼굴을 난자한 것은 그때가 처음
이자 마지막이었기 때문.

진가희의 기억에 무설이 선명하게 남아 있는 것은 바로 그
때문이었다.

"여아의 비명을 들으며 쾌락을 즐기는 놈이 어째서 그토록
어여쁜 아이의 혀를 잘랐을까? 우리는 모두 궁금해했었지.
이제서야 모두 이해가 돼. 사황의 딸임을 숨기려 했던 거야."

"크으으으……!"

처참하게 일그러진 얼굴로 흑천대살을 죽일 듯이 노려보
고 있는 사황의 얼굴이란 가히 흉신악살에 다름이 아니었다.

눈빛만으로 사람을 죽일 만큼 가공할 살기가 그에게서 발
산되고 있는 것이다.

"아니겠지? 말해라! 내 딸이 있는 곳이 어디란 말이냐!"

진가희가 조소를 머금었다.

"젯더미는 어느 순간부터 동화각을 폐지했어. 우리끼리야
뭐 결국 고자가 됐다느니 마음을 고쳐먹었다느니 왕왕 말들
이 많았지만 설마 개가 똥을 끊겠어?"

조휘도 비릿하게 미소 지었다.

"저놈이 동화각을 폐지한 시점은 흑천련이 세력을 확장하여 관부와 결탁한 때와 정확하게 맞아떨어지죠. 외부의 눈을 의식한 겁니다. 관부의 인사들을 초청하여 연회를 베풀어야 하는데 버젓이 동화각 같은 변태 소굴을 운영한다? 그러다 만약 실체가 드러난다면? 그 꼬장꼬장한 선비들이 과연 가만히 있겠습니까?"

조휘가 품 안에서 지도를 한 장 꺼내 들었다.

"저 새끼는 무슨 흑천련이 망하는 걸 예상이라도 했나? 비밀리에 마련해 놓은 장원과 안가들이 얼마나 많은지 어휴…… 어쨌든 역시 개는 똥을 끊지 못하더군요."

조휘가 그 지도를 그대로 사황에게 건넸다.

"그 지도에 붉은 점으로 표기해 놓은 곳이 바로 저놈의 또 다른 동화각이죠."

"그럼 여기에!"

조휘가 무심히 고개를 가로저었다.

"안됐지만 무설은 그 이후로 행적이 끊겼습니다. 모든 정보를 취합해 봤을 때 무설과 사중화가 동일인이라는 것은 구할 이상입니다."

사황은 여전히 악귀처럼 일그러진 얼굴로 다시 흑천대살을 응시했다.

"진정 네놈이 린아(璘兒)의 허를 잘랐느냐?"

"……."

"진정 네놈이 겁간하고 목 졸라 죽였느냐? 진정 그 고운 얼굴을 칼로 난자하고 불태웠느냐?"

혹천대살의 두 눈에 어린 사이한 잿빛 기운이 조금씩 잦아들었다.

그런 그의 얼굴에 허탈한 기색이 스치다 금세 악독한 표정으로 변해 갔다.

"이제 와서 네놈이 어쩔 테냐! 네놈이 본 련(聯)더러 사파의 수치 운운하지만 않았더라면 그런 일은 일어나지 않았을 것이다!"

이제야 모든 사건의 전모를 알게 된 사황은 오히려 그 표정이 색깔을 잃어버렸다.

그의 눈빛 역시 마치 영혼이 없는 사람처럼 무정(無情) 그 자체였다.

"네놈은 본 좌가 손수 오체분시(五體分屍)해 주겠다. 네놈의 그 흉측한 하물을 뜯어 잘근잘근 씹어 먹어 주마."

혹천대살은 살기를 포기한 듯 두 눈을 내려감은 채 꾹 하고 입을 닫고 있었다.

문득 궁금증이 일어난 조휘.

"혹천련이 왜 사파의 수치죠?"

이내 사황은 종주의 위엄이 가득한 음성으로 혹천대살을 향해 한 자 한 자 힘을 주어 종언(終言)하듯 말했다.

"사파의 검(劍)이란 힘없는 자들의 설움. 세상을 향해 외쳐

대는 한 맺힌 절규다. 사파가 금도(禁道) 따위에 연연해하지 않는 것은 이상이나 협의 따위가 세상의 모든 한 맺힌 자들을 구제해 주지 못함을 깨달았기 때문이다."

"으음."

이내 사황은 흑천대살을 손가락으로 가리켰다.

"허나 저놈의 흑천련에는 온통 추악한 탐욕만이 그득할 뿐 한 맺힌 자들의 절규와 설움 따위란 없다. 저놈들은 그저 돈이 되는 일이라면 무엇이든 하는 뒷골목 왈패 무리에 불과하다."

조휘는 그런 사황에게서 세상을 향해 저항하는 레지스탕스 같은 느낌을 받았다.

그런 그의 말이 모두 이해되진 않았지만 그렇다고 하나도 공감하지 못한 것은 아니었다.

조휘에게 정사(正邪)란 단지 생각이 다른 자들이 살아가는 세상일 뿐.

그렇게 정통의 사파 냄새가 물씬 나는 사천회.

온갖 탐욕으로 얼룩져 있던 흑천련과는 확실히 다른 분위기가 느껴졌다.

이상한 일이다.

분명 들려오는 풍문에서는 사황의 악행이란 그야말로 인간임을 포기할 지경.

악행만을 일삼아 온 악랄한 거두(巨頭) 그 자체인 이름이었다.

273

역시 소문이란 믿을 것이 못 되는 건가?

조휘가 분위기를 환기시켰다.

"자자! 거래도 성사되었고 의문도 모두 해소되었으니 어서 계약서나 작성합시다!"

"아니지. 짚고 넘어갈 게 하나 더 있지."

순간 사황이 강비우를 쳐다보며 진득한 눈빛을 발했다.

"네놈은 강호(江湖)가 무슨 장난 같으냐?"

"……."

강비우가 묵묵부답으로 일관하자 사황이 천천히 검을 빼어 들었다.

스르릉

"비록 구배지례는 없었다고는 하나 너는 이 사황의 무공을 사사했으니 본 좌의 기명제자나 마찬가지다. 더욱이 네놈은 사천회의 밀사검주. 너를 죽기 살기로 따르는 검대의 수하들은 도대체 어떡할 작정이냐?"

"……."

"사내라면 응당 본인의 행동에 책임을 져야 하거늘 아무리 무공에 미쳤기로서니 어찌 정파에 속할 수 있단 말이냐?"

"허락하시지 않았습니까."

"갈! 검을 논하고 와도 된다고 했지 언제 본 좌가 조가대상회의 휘하로 들어가라 했느냐!"

사황의 말을 가만히 듣고 있자니 조휘는 양심에 찔릴 수밖에 없었다.

아무리 고수가 탐난다고 해도 강비우가 미친놈이라는 생각이 사라지지 않는 것이다.

분명 사황의 입장에서 강비우는 천하의 개새끼가 아닌가?

"저의 강호는 검(劍)입니다. 사천회가 아닙니다. 그 밀사검주란 자리도 사실 억지로 제게 떠넘긴 직책이 아닙니까."

사황은 강비우에게 소속감을 느끼게 하기 위해 그야말로 안 해 본 일이 없었다.

그런 자신의 억척스러운 지난날을 떠올려 보니 강비우가 조가대상회의 휘하로 들어간 것이 더욱 열불이 터졌다.

이건 분명 선을 넘은 행위.

"좋다. 본 좌의 강호와 네놈의 강호가 서로 다르니 우리에게 남은 것은 검으로 자신을 증명하는 길밖에 없구나."

사황은 사파를 대표하는 사패황의 일인.

흑천련주보다도 윗줄의 초극고수였으며 그야말로 살아 있는 사파의 전설 그 자체인 이름이었다.

그런 엄청난 경지의 무인이 생사대결을 청해 옴에도 강비우는 두려워하거나 피하기는커녕 오히려 희열로 물든 표정을 하고 있었다.

강비우의 전신으로부터 음유한 기운이 스멀스멀 피어올랐다.

지금도 연신 사황이 뿜어 대고 있는 그 유명한 친사진기(天邪眞氣)와 한 치의 다름없는 동일한 기운이었다.

자신의 피부를 저릿하게 자극해 오는 강렬한 진기의 파장을 느끼며 사황은 가볍게 놀랄 수밖에 없었다.

"미친놈!"

과연 무공에 관한 자질에 한해서는 강비우는 천재 중의 천재였다.

그의 무공이 발전하는 속도는 자신이 본 그 어떤 천재와도 비교를 불허했다.

허나 그래 봤자 아직은 화경.

무극(無極)을 넘어 무량(無量)을 바라보고 절대지경의 자신에 비한다면 아직 강비우의 경지는 조족지혈에 불과했다.

"오랜만에 진정한 천사검(天邪劍)의 현신을 마주할 수 있다고 생각하니 가슴이 미칠 듯이 뜁니다."

"네 너를 취할 수 없다면 죽여서라도 수하들의 본보기로 삼겠다."

그렇게 사황이 막강한 기세를 끌어올리며 용수철처럼 튀어 나가려는 그때.

"사황, 소검신이 장난입니까?"

사황이 갑자기 또 무슨 개풀 뜯는 소리냐며 역정을 내려다 그대로 굳어지고 말았다.

자신의 의념지도가 봄볕에 사그라지는 눈처럼 자연스럽게 해체되고 있었기 때문이다.

"아, 아니!"

그것은 명백한 우위, 아니 현격한 우위의 무혼(武魂)이 아니라면 설명될 수 없는 현상.

그는 그렇게 자신의 의념지도가 산산이 해체되고 있는 와중에서도 끊임없이 조휘의 무혼을 살펴 그 경지를 가늠하기 위해 안간힘을 쓰고 있었다.

허나 상대의 경지는커녕 무혼의 성질조차 제대로 파악되지 않았다.

그것은 음유하고 부드러운 기운도 폭급하고 잔인한 기운도 아니었다.

뭐라 말로는 도저히 설명할 수 없는 기이한 성질의 무혼.

자신이 아는 바로 이러한 현상을 설명할 수 있는 경지는 단 하나뿐이었다.

천지만물 자연과 교감하는 경지, 즉 천지교태(天地交泰).

강호의 식자들은 무혼 특유의 기질이 오히려 평범해지는 그런 경지를 소위 자연경이라 불렀다.

"처, 천지교태? 설마 자연경을 이룩했단 말인가!"

"어 그건 아닌데…… 뭐 좀 비슷하긴 하죠."

씨익 웃는 조휘.

"각자의 뜻을 패도(覇道)로 증명하려 들다니! 과연 명불허전 사파답게 호쾌하기 짝이 없습니다. 다만 그런 고집도 부릴 때 부려야죠."

"부릴 때?"

"마음만 먹으면 사천회의 이만 병력을 홀로 전멸시킬 수 있는 무인을 앞에 두고도 서로의 패도를 증명하려 들다니 만용(蠻勇)이 너무 지나치신 것 아닙니까?"

"뭐, 뭐라고!"

사황이 성난 황소처럼 콧김을 뿜어 댔다.

사천회의 종주를 앞에 두고도 감히 만부부당(萬夫不當)을 운운하다니!

아무리 봐도 조휘는 비리비리한 청년의 모습만 하고 있을 뿐이기에, 조휘의 언행에서 현실성을 느끼지 못하고 있는 것이다.

한데 절대 검을 거두지 않을 것만 같았던 강비우가 한 치의 망설임도 없이 검을 검집에 꽂아 넣고 있었다.

"듣고 보니 그렇군. 우스운 꼴이 될 뻔했소."

두 눈을 휘둥그레 뜨는 사황.

이 무슨 황당한 행동이란 말인가?

검밖에 모르는 저 무식한 강비우가 두려움 가득 물든 표정으로 초극검수와의 대결을 포기한다고?

그야말로 사황에게는 신선한 충격이 아닐 수 없었다.

강비우가 사황의 검을 쳐다보며 무심히 권유했다.

"소검신은 단 일검(一劒)으로 포양호를 지울 수 있는 무인입니다. 그만 착검하시지요."

포양호는 마치 바다처럼 드넓다 하여 소해(小海)라는 또 다른 별칭을 지닌 그야말로 대호(大湖)다.

그런 엄청난 호수를 단 일검으로 지운다?

사황은 도무지 상상조차 되지 않았다.

"참 편하군요. 힘 센 놈이 대장이라는 게 사파의 법도라면 그 법(法) 제가 가지겠습니다."

조휘의 입장에서 온갖 명분과 수 싸움으로 골몰해야 하는 정파보다는 사파의 단순함이 훨씬 편했다.

쿠구구구구구구-

계곡 전체가 묵직한 진동에 휩싸인다.

처음으로 조휘의 무혼, 그 진면목을 접한 사황은 그대로 얼음처럼 굳어져 버리고 말았다.

"일단 강비우 저 사내는 십 년간 내가 갖겠습니다. 그 후에 보내 드리죠."

양심이 조금 찔리긴 했지만 강비우는 벽곡단 사료(?)만 주면 곧 죽어도 조가대상회에 붙어 있을 사상 최고의 가성비를 지닌 무인.

조휘로서도 쉽게 포기할 수가 없었다.

사황이 황당한 표정으로 뭐라 항변하려는 찰나, 조휘의 매서운 눈초리가 총사 진서한을 향했다.

"빨리 계약서나 쓰자고요. 세세한 초안까지 잡으려면 갈 길이 먼데 그렇게 계속 멀뚱멀뚱 서 있기만 할 겁니까?"

진서한이 어색한 표정으로 연신 사황의 눈치만 살피자 조휘가 버럭 짜증을 냈다.

"거 강남(江南)의 절반이나 경영하시는 분들이 왜 그렇게들 새가슴이실까?"

미친!

지금 저놈이 협상 자리에 올리려 하는 것은 무려 사천회가 유통하는 모든 비단의 전매권이다.

그런 중대사를 결정하는 일을 무슨 절간에 향 피우듯 쉬운 것처럼 말하고 있는 것이다.

"보면 볼수록 특이한 놈이로구나."

지금까지의 모든 푸닥거리를 기이한 눈빛으로 지켜만 보고 있던 사파의 절대자 천괴(天怪)가 드디어 본인의 속내를 드러내고 있었다.

그가 지닌 영력이란 영계 존자들의 관심을 끌 정도.

존자들께서 팔무좌의 최정상이요 천하제일인의 명성을 떨치고 있는 자하검성 단천양을 보고도 별다른 흥미를 보이지 않았다는 점을 감안하면 그 점은 조휘에게도 흥미로운 일이었다.

천괴가 사황을 엄하게 꾸짖었다.

"일견 언행이 괴팍하고 행실 또한 가볍기 그지없으나 저놈의 그런 모든 행동은 상대를 자극하기 위해 치밀하게 계산된 것이다. 이런 미혹에 동요해서 손해만 입는다면 네놈이 어찌 종주(宗主)를 자처할 수 있겠느냐."

보는 눈이 많은 자리에서 들은 꾸지람이라 반발심이 생길 만도 하건만 놀랍게도 사황은 공손히 머리를 조아리며 물러나고 있었다.

그 하나만으로도 조휘는 사천회에 서 천괴(天怪)라는 이름이 가지는 영향력을 단박에 유추할 수 있었다.

이자가 사천회의 실질적인 절대자!

그것이 조휘의 날 선 판단이었다.

"칭찬인지 비난인지 모르겠지만 어쨌든 좋은 게 좋은 거니 칭찬으로 듣죠."

씨익.

천괴가 조휘의 익살스런 미소를 부드럽게 웃으며 받아 주었다.

"네놈의 경지가 실로 놀랍구나. 지닌 무공도 무공이거니와 이런 영격(靈格)이라니. 두 눈으로 보고 있음에도 도저히 믿을 수 없을 지경이구나."

상대의 영력을 가늠할 수 있다?

이는 그의 존재력이 인간을 초월했음을 방증하는 가장 확실한 증거.

"그 지경이 되고도 아직까지 사람의 육신을 뒤집어쓰고 있다니요? 오히려 제 쪽이 더 놀랍습니다만."

천괴가 더욱 흥미로운 표정을 한다.

자신의 오롯한 경지를 '그 지경'이라 말해 버리니 어감이 묘해진 것이다.

확실히 실로 무서운 입담을 지닌 놈이었다.

"날 때부터 말하는 법을 배운다고 해도 네놈의 요설을 능가하진 못할 것이다."

"하하, 이거 계속 칭찬만 해 주시니 몸 둘 바를 모르겠습니다."

정말 한마디도 안 진다.

상대의 심기를 자극하는 격장지계는 예로부터 가장 단순한 전략이면서도 동시에 가장 강력한 효과를 지닌 전략이기도 하다.

천괴는 은근히 화가 끓어올랐으나 결코 이를 드러내진 않았다.

이런 애송이의 교활한 입심에 휘둘리기에는 자신이 지나온 세월의 깊이가 너무 깊었다.

"한 품목에 대한 전매권은 단순히 단가로 협상될 일이 아니다."

조휘가 피식 웃었다.

"당연하죠. 무려 비단의 전매권인데. 절 상도도 모르는 놈 취급하십니까? 제가 단순히 단가만 구 할 이상으로 매입하겠다는 제의만 했습니까? 분명 사천회의 강서 진출을 돕겠다는 제안도 함께 했을 텐데요."

"부족하다."

뭔가를 더 얹어 달라는 뜻.

조휘가 얼굴을 일그러뜨렸다.

"지금도 저희 조가대상회의 외문 앞에는 물건을 팔아 달라는 상인들의 아우성으로 가득할 겁니다. 매일같이 인산인해(人山人海)로 북적거리죠. 아직 세상 물정을 잘 모르시나 본데 우리 조가대상회의 물건들이 그리 만만하지 않아요."

천괴가 예의 무미건조한 표정으로 단호하게 말했다.

"분명 네놈의 모든 제안은 그럴듯하다. 하지만 가장 커다란 변수가 있지."

"아니 무슨 변수요?"

천괴의 눈빛이 더욱 깊은 현기를 발했다.

"바로 너다. 네놈이 버젓이 살아 있는 이상 모든 협상과 제안은 무효하다. 그러므로 본 좌는 이번 거래에 네놈의 목숨을 요구한다."

"이 노망난 늙은이가 지금 뭐라고 지껄이는 거야?"

촤아아아악!

진가희가 길게 빼어 든 혈강편으로 바닥을 후려치며 으르렁거리고 있었다.

그렇게 진가희가 사파의 절대자를 향해 노망난 늙은이 운운하자 장내의 모든 사천회 무사들이 대노하며 무기를 빼어들었으나 천괴의 느릿한 손짓에 의해 모두 제지되었다.

조휘 역시 떠오른 감정 하나 없이 무심한 얼굴이었다.

"이유나 들어 보죠."

진가희를 한 차례 냉랭하게 응시하던 천괴가 다시 소휘를 향해 시선을 옮겼다.

"네놈은 상인(商人)을 자처하면서, 동시에 무림 세력의 종주(宗主)의 외향을 취하고 있지 않느냐?"

달리 말해 천괴의 속뜻은 상인의 약속은 믿을 수 있지만 무림 종주의 말은 믿을 수 없다는 것.

하기야 강호의 역사 이래 무림 세력 간에 맺어진 협약이 깨어졌던 사례는 무수히 많았다.

그중 가장 빈도가 잦았던 곳은 북해와 남만.

특히 야수궁(野獸宮)에게 불가침의 맹약이란 그저 종이 쪼가리였다.

그렇다고 중원은 깨끗한가?

결코 아니었다.

맹약을 깨고 정파의 영역을 침공한 철혈사자문(鐵血獅子門).

반대로 사파를 침공했던 백도검종회(白道劍宗會).

힘의 격차를 현격하게 벌렸다고 판단되면 전 세대가 맺은 맹약이란 그저 보기 좋은 허울에 불과했던 것이다.

인간의 마음에 욕망이란 속성이 사라지지 않는 이상, 특히 힘을 숭앙하는 무인(武)들의 강호에서는 한낱 글귀보다 주먹이 더 앞서는 법이었다.

하지만 상인들은 다르다.

신용을 지키지 않는다면 생존이 불가능한 직업.

천괴는 그 점을 날카롭게 파고든 것이다.

역시 살아온 세월이 깊은 만큼 그 혜안 역시 보통이 아니다.

이게 바로 노인을 무시할 수 없는 이유!

조휘가 미간을 일그러뜨렸다.

"아니 씻팔, 사람에게 목숨이 제일 중요한데 그걸 내놓으라고 하면 그게 거래요?"

피식 웃는 천괴.

"제 입으로 본 회의 이만 병력 몰살을 운운한 놈이 그 낯짝 한번 두껍구나. 수틀리면 모든 판을 뒤집어엎겠다는 전형적인 무골(武骨)임을 네놈 스스로가 증명한 셈. 그런 네놈이 살아 있는 이상 그 어떤 맹약도 의미 없다."

말꼬투리 한번 오지게 잡혔다.

조휘는 천괴의 논리를 논파할 방법이 마땅히 떠오르지 않았다.

지금까지 입심으로 제압하지 못한 상대가 없었거늘!

오늘에 이르러서야 제대로 임자를 만난 것이다.

하지만 여기서 이렇게 쉽게 물러난다면 조휘가 소검신이될 수 있었겠는가.

조휘는 자신이 지닌 패(牌)가 얼마나 강력한지 너무도 잘알고 있었다.

"야, 가희야. 짐 싸라. 저 잿더미 놈도 다시 기절시켜."

"웅! 알겠어요!"

조휘가 망설임 없이 핵 하니 뒤돌아서자 지독히 당황해하는 것은 다름 아닌 사황이었다.

"기, 기다려라!"

그에게 흑천대살이란 자신의 딸을 처참하게 살해한 불구 대천의 원수.

그런 원한을 갚을 길이 눈앞에서 사라지고 있는 것이다.

"무효. 이번 거래는 없었던 걸로 하죠. 무슨 말이 통해야 말이지."

사황이 피눈물을 삼키며 천괴 앞에 서서 깊숙이 고개를 조아렸다.

"태상(太上)이시여……."

저 흑천대살을 찢어 죽이고 싶은 심정이 천괴라고 다를 리 있겠는가?

"음……."

하지만 저 교활한 소검신과 거래를 했다간 분명 흑천련 꼴이 날 것 같았다.

흑천련은 결코 호락호락한 집단이 아니었다.

그런 그들조차도 조가대상회와 잘못 맺은 협정 하나로 지옥의 구렁텅이에 빠진 것이다.

천괴가 그런 사황을 물끄러미 바라보며 예의를 차렸다.

"회주. 저놈은 단순한 무인도, 교활한 상인도 아니오. 저놈은 세상을 제 품에 안고 천천히 길들이는 놈이오. 흑천련의 종말을 살폈다면 회주께서도 그 일을 모르지 않을 것 아니오?"

흑천련이 패망한 이유는 여러 가지가 있겠지만 그중에서

도 가장 큰 패착은 그들 스스로가 조가대상회의 선진적인 문물에 종속당했다는 것이었다.

흑천련이 소검신의 진면목을 파악하기도 전에 침공이라는 무리수를 둔 것은 조가대상회가 갑작스럽게 거래를 중지해 버렸기 때문.

소검신의 엄청난 무위를 운운하기도 전에, 이미 흑천련은 조가대상회의 문물에 마음을 뺏겨 내부로부터 무너지고 있었던 것이다.

"저놈이 무서운 것은 무공의 경지보다 저놈이 지닌 물건들의 마력 때문이오. 이를 현명히 대처하지 못한다면 앞으로 강호는 저놈 손에서 놀아날 것이외다."

그때, 조휘가 다시 뒤를 돌아보며 웃음을 터뜨렸다.

"하하하하하!"

무엇이 그리 즐거운지 연신 호탕하게 웃고 있는 소검신.

그 웃음소리가 마치 승리자의 광소처럼 들려와 천괴와 사황은 심기가 심히 불편했다.

"왜 웃는 것이냐!"

눈앞에서 생사대적을 보내는 심정이 어떤 건지도 모르고 저렇게 속을 뒤집는 광소라니!

그렇게 사황이 진득한 살기를 발하자 조휘가 여전히 익살스런 미소가 그득한 표정으로 고개를 갸웃거렸다.

"아니, 우리 조가대상회의 문화를 단순한 물건 운운하는 꼴이 우스워서."

"문화?"

조휘가 사황과 천괴의 주위로 수도 없이 도열해 있는 수하들을 일일이 쳐다보고 있었다.

"여기서 평소 흑청수(黑淸水)와 한빙주(寒氷酒)를 즐기시지 않는 분?"

"뭐, 뭣이?"

68 章.

　조휘가 씨익 웃으며 품 안의 장부를 꺼내 들었다.

　"이야, 거 많이들도 자시네. 이 정도면 강북(江北)으로 가는 양과 비슷한걸? 합비에서 유통되는 양을 넘어서는데?"

　휘둥그레 뜬 눈으로 멍하게 굳어져 있는 사황에게로 조휘가 마치 선고하듯 입을 열고 있었다.

　"호남(湖南)이라고 뭐 별수 있겠어? 문화란 막을 수 있는 게 아니라니까?"

　"그, 그게 무슨?"

　"강호에 우리 조가대상회의 휘하 상단만 존재합니까? 우리로부터 매입한 물건들은 암시장으로도 어마어마한 양이 흘러들어 가죠."

연신 의미심장하게 웃으며 사천회의 수하들을 살피는 조휘.

"포양호와 인접한 호남은 그중에서도 가장 커다란 시장이 된 지 오랩니다. 당장 내가 아는 호남의 밀점포(密店鋪)만 해도 스무 곳이 넘어요. 비록 비싸긴 해도 정가의 두세 배 값만 치르면 어디든지 조가대상회의 문화를 맛볼 수 있죠. 어? 저거 시커면 게 꼭 흑청수 얼룩 같은데?"

조휘가 손가락으로 지목하자 한 사내가 식겁을 하며 자신의 옷깃을 손으로 가렸다.

"아, 아닌데?"

"맞는 것 같은데?"

부들부들 떨기 시작하는 사황.

"이 새끼들이……!"

이어 화가 머리끝까지 치민 사황에 의해 난데없는 소지품 검사(?)가 시작됐다.

"천위사사(天位邪使)와 그 휘하들은 지금 당장 저놈들의 속곳과 주머니를 털어라!"

장내에 시립해 있던 수하들의 얼굴이 일제히 창백하게 굳어진다.

갑자기 이 무슨 청천벽력인가!

자신들의 회주는 조가대상회를 도래할 적(敵)으로 상정하고 낭인들까지 규합하고 있었던 마당이다.

이 와중에 조가대상회의 물건을 소비하고 있었다는 것을 회주에게 들킨다면?

이는 분명 적에게 이로움을 내준 행위로, 흉험하기 짝이 없는 회칙에 의해 처벌받을 것이 확실시되는 사안이었다.

"헛! 아, 안 돼!"

"사, 살려 주십시오!"

"죽을죄를 지었습니다!"

비명과 동시에 그대로 엎어져 부복하고 있는 사천회의 수하들.

속곳에 은밀하게 숨겨 놓은 한빙주 술병.

아껴 먹다가 소중하게 종이에 싸 놓은 육겹면포.

아직도 시원한 냉기를 유지하고 있는 흑청수 호리병.

수하들의 품에서 조가대상회의 물건들이 그야말로 수도 없이 튀어나오고 있었다.

그런 허탈한 광경에 아연실색한 얼굴로 멍하니 굳어져 버린 총사 진서한.

잿빛 수염을 연신 푸들푸들 떨며 억지로 노기를 참아 내고 있는 사천회주 사황.

거기에 아예 눈을 질끈 감아 버린 천괴까지!

조휘는 마치 예상이라도 했다는 듯 흐뭇한 얼굴로 뒷짐을 지며 다시 입을 열었다.

"거 문화는 막을 수 있는 게 아니라니까?"

예의 익살로 물든 그의 미소.

"이제 내 제안의 진정한 의도를 알겠습니까. 나는 그저 음지(陰地)에서 비싸게 사 먹는 당신 수하들의 주머니 사정을 헤아리고 싶었던 거라고. 와 저걸 다 암시장에서? 도대체 얼마야? 한빙주 한 병에 월봉 다 털어야겠네?"

천괴는 너무도 허탈하여 진기마저 흐트러지고 있었다.

벌써부터 자신이 가장 우려했던 일이 진행되고 있었다는 사실이 그의 마음을 납덩이처럼 짓누르고 있는 것이다.

이젠 모두 끝이었다.

수하들에게 아무리 회칙이니 강령이니 내밀어 봤자, 이미 몸과 마음이 원하여 깊숙이 받아들인 문물을 억제할 수는 없을 터.

자고로 인간의 먹고 마시자 하는 욕구란 막을 수 있는 종류가 아닌 것이다.

언젠가부터 그 얼굴에 익살스러운 태를 지운 채 무심한 눈으로 좌중을 훑어보고 있는 소검신.

천괴는 그런 그의 모습이 마치 인세의 피조물을 바라보는 전능자(全能者)같이 느껴졌다.

그에게 지금의 소란은 모두 자신이 펼쳐 놓은 문물의 테두리 안에서 일어나는 일.

자신으로부터 파생된 문화가 적(敵)의 마음마저 빼앗고 이토록 자중지란을 일으킬 정도이니, 그가 느낄 정신적 포만감이란 이루 말할 수 없을 터였다.

천괴의 눈에 비친 소검신은 명백한 승리자.

그때 조휘가 천괴를 진득이 응시하며 손가락 세 개를 펼쳐 보였다.

"삼 할."

"……."

당초에 합의했던 비단의 전매 가격 절반 이하로 떨어진다.

처음에 그가 제시한 금액보다도 이 할이나 적은 금액.

진서한이 피가 나도록 입술을 깨물었다.

"아무리 그래도 그만큼 후려칠 수는 없소이다!"

"그럼 서로 그만 질척대도록 하죠. 협상 결렬! 깔끔한 게 가장 좋으니까. 가희야 빨리 기절시켜라!"

"웅! 오빠!"

이미 의념과 진기가 거의 소진되어 축 늘어져 있던 흑천대살.

그가 자신의 목덜미를 후려치려는 진가희를 흐릿한 동공으로 쳐다보고 있을 그때.

"기다려라!"

사황이 거친 일갈과 함께 전광석화와 같이 보법을 밟아 조휘의 전면에 섰다.

조휘의 무심한 동공이 그를 향한다.

"거참…… 또 뭐죠?"

"받아들이겠다! 삼 할!"

비명을 지르는 진서한.

"아, 안 됩니다 회주님!"

물론 진서한도 회주의 마음을 읽지 못한 것은 아니었다.

눈앞에서 생사대적을 놓치기 싫은 심정도 있겠지만 이미
자신의 수하들, 아니 호남(湖南) 전체가 조가대상회의 문물
에 잠식되었다면 그로서는 선택의 여지가 없는 것이었다.

인정하기는 죽기보다 싫겠지만 차라리 암시장에서 유통되
는 조가대상회의 물건들을 양지로 끌어올리는 게 더욱 유리
하다는 것이 회주의 판단.

수하들의 주머니 사정이라도 가볍게 해 주는 것이 지금의
상황에서 최선이라 여긴 것이다.

가장 우려되는 것은 소검신이라는 미친놈이 어디로 튈지
모른다는 거였다.

지금까지야 그나마 사천회의 눈치를 살펴 호남의 암시장
에 직접 물건을 유통시키긴 않은 듯 보였다.

하지만 그가 이렇게 수틀려 돌아간다면?

상단을 거치지 않으니 그의 수익은 그야말로 어마어마해
질 터.

만약 실제로 그런 일이 일어난다면 자신의 회주는 최소 반
년은 앓아누울 것이다.

진서한의 그런 생각은 조휘의 입을 통해 확실하게 증명되
었다.

"이왕지사 일이 틀어진 마당에 직접 밀상주(密商主)들에게

물건을 대 보려고 했는데 그것참 아쉽네요. 이렇게 갈고리로 은자를 쓸어 담는 사업을 포기해야만 하다니."

사황이 뿌드득 이를 갈았다.

"삼 할! 전매권도 주겠다! 본 회의 포양호 진출을 돕겠다는 말은 틀림없는 진심이겠지?"

"거참 속고만 사셨나? 당연하죠. 당연히 도와 드려야죠."

사황으로서는 왠지 지옥의 아가리에 머리를 들이미는 듯한 오한이 치밀었지만 지금으로선 그의 말을 믿는 것 외에는 달리 방법이 없었다.

그때 천괴의 무심한 음성이 들려왔다.

"우린 혹천련이 어떻게 패망했는지 분명하게 알고 있다."

싱긋 웃는 조휘.

"갑자기 물건의 유통을 막는 게 걱정되시겠지만, 사천회가 혹천련처럼 뒤에서 꿍꿍이만 부리지 않는다면 그런 일은 없을 겁니다. 이 부분은 계약서에 명시해 드리죠."

"좋다. 지금부터 맹약에 관한 모든 일은 총사와 함께 상의하라."

그렇게 총사 진서한과 소검신의 지루한 협상이 시작되었다.

당연히 맹약 체결서의 각 조항마다 수많은 언쟁이 오고 갔다.

서로 각자 세력의 이익을 실현하기 위해 무수한 명분과 논리로 첨예하게 대립하고 있는 것이다.

그런 무수한 논박을 지켜보며 천괴는 진심으로 혀를 내두를 수밖에 없었다.

논쟁의 대부분을 소검신이 승리했기 때문.

천괴는 사도 제일의 명석한 두뇌를 지녔다는 진서한이 이처럼 바보 같아 보일 수도 있다는 것을 오늘 처음으로 깨닫게되었다.

'강호(江湖)는 이제 저놈을 중심으로 돌아가겠구나.'

왜 항상 저런 천재 놈들은 정파에서만 출현하는 건가!

사황이 아끼는 저 밀사검주란 아해도 천재긴 했으나 그것은 무공에 한정된 재능이었다.

하지만 저 소검신이란 놈은 아예 종(種) 자체가 다르게 느껴졌다.

사람이라면 응당 허술한 면 하나 정도는 있게 마련인데 저건방져 보이는 낯짝까지 전술 같아 보일 지경이니…….

"어느 정도 초안이 완성되었네요."

마치 엄청난 고생이라도 한 듯 이마의 땀을 훔치는 시늉을 하고 있었지만 정작 조휘의 이마에는 땀 한 방울 맺혀 있지 않았다.

"이리 가져와 보라."

사황의 명령에 총사 진서한이 공손히 초안을 바친다.

"이…… 이……!"

초안을 읽어 내려가면 갈수록 사황은 차마 말도 나오지 않았다.

"아니 지금 이걸 지금 협정이랍시고……!"

총사 진서한이 고개를 푹 숙이더니 곧바로 바닥에 엎드려 대죄를 청했다.

"사천회 총사 진서한. 모든 직위를 내려놓고 회주께 귀향을 청하고자 합니다."

책임을 지고 총사직을 내려놓겠다는 진서한의 갑작스런 행동에 사황은 더욱 열불이 터져 나왔다.

천괴의 엄정한 목소리가 들려왔다.

"총사를 탓할 생각은 없네. 일어나시게."

천괴가 다시 조휘를 무심히 쳐다보았다.

"그래, 뜻을 모두 이뤘으니 이제는 좀 시원한가."

"시원하기는요. 오히려 섭섭하죠. 정말 많이 양보했는데."

협정 초안을 쥐고 부들부들 떨고 있던 사황의 안면이 더욱 거칠게 구겨졌다.

싯팔! 이게 양보라고?

양보를 안 했다면 도대체 네놈은 어느 정도까지 이기적일 수 있단 말이냐?

하지만 사황은 그런 자신의 생각을 차마 입 밖으로 내뱉지 못했다.

말 그대로 아직 초안일 뿐 서로 인장을 찍어 효력이 발휘되지 않았기 때문이다.

저 미친놈이 수틀려서 이 초안마저도 뜯어고치려 든다면

더욱 손해를 입을 수 있었다.

때문에 언행에 신중을 기할 수밖에 없었던 것.

게다가 저 흑천대살 놈을 손에 넣기 전에는 더욱 함부로 행동할 수 없었다.

"흐음. 비록 아쉽지만 이대로 진행하도록 하죠. 본디 거래라는 것이 서로 남는 것이 있어야 하지 않겠습니까."

아아, 정말 어디에서 거친 돌이라도 구해 와 저 희멀건 놈의 면상을 갈아 버리고 싶다.

그렇게 조휘가 조가대상회의 인장을 품에서 꺼내 초안에 찍자 사황이 살벌한 눈빛으로 흑천대살을 가리켰다.

"이제 저놈은 내가 가져도 되는 건가?"

"가희야 뭐 하냐. 잿더미놈 인계해 드려라."

"웅!"

촤아아아!

영활한 뱀처럼 뻗어 나간 진가희의 혈강편이 그대로 흑천대살의 전신을 구속한다.

이어 비루한 짐승마냥 처량하게 질질 끌려가는 흑천대살.

정파의 팔무좌와 비견되는 사패황의 일인이자 세력을 통합하는 종주(宗主)의 최후치고는 참으로 허망한 결말이었다.

"당장 저 찢어 죽일 놈을 지하뇌옥에 가둬라!"

순식간에 사천회의 만찬 신세로 전락하게 된 흑천대살.

진가희는 그런 잿더미의 최후를 바라보며 그 옛날 어여쁜 아이들이 생각나 눈시울이 붉어져 왔다.

제대로 피어 보지도 못한 채 세상에서 사그라진 불쌍하고 가여운 아이들.

언젠가부터 용마루 위에 서서 바라본 하늘에는, 부모님의 얼굴보다 그 아이들의 얼굴이 더욱 많이 떠올랐다.

소용아, 은령아, 희윤아⋯⋯.

그리고 제일 불쌍한 우리 무설아.

'얘들아, 이젠 편히 쉬어.'

생의 내내 품고 있었던 진가희의 한(限)은, 그렇게 대미(大尾)를 맺고 있었다.

"저는 조가대상회로 돌아가 소식을 기다리고 있겠습니다. 그럼 이만."

정중하게 포권하며 돌아서는 조휘를 불러 세운 이는 다름 아닌 천괴.

"아직 본 좌의 볼일은 끝나지 않았다."

조휘가 인상을 잔뜩 찌푸리며 뒤돌아섰다.

"또 왜요. 협상은 분명 깔끔하게 마무리됐습니다만."

"네놈의 무위를 확인하고 싶다."

"하?"

뜬금없는 대무 신청이라!

진가희가 눈을 희번덕거렸다.

"노인네! 그러다 죽는 수가 있어!"

피식 웃어 버리는 천괴.

"대무(對武)로 이 구질구질한 삶을 끝낼 수만 있다면 그거
야말로 영광스러운 일이지."

조휘가 그 얼굴에 난처함을 가득 그렸다.

"안 되는데."

솔직히 말하자면 절대지경의 의념지도로는 그를 제압할
자신이 없었다.

그는 최소 절대경의 끝자락.

과거 화산에서의 자하검성 단천양과 거의 비등한 경지다.

만약 그가 이룩한 경지가 자연경의 초입이라면 삼신융합
절기를 발휘하지 않는다면 결코 그를 제압할 수 없을 것.

문제는 자신이 그런 삼신융합절기를 상시적으로 발휘하지
못한다는 것이었다.

블랙홀(?)을 발휘했을 당시의 심상을 지금 이 자리에서 떠
올린다고 해도 같은 위력의 검공이 출현할지는 미지수였다.

무인이 완성되지 못한 무공을 실전에 발휘한다는 것은 있을
수 없는 일이기에 조휘로서는 고심이 깊어질 수밖에 없었다.

더구나 발휘한다고 해도 그 엄청난 파괴력을 스스로가 감
당할 확신이 서지 않았다.

만약 저 천괴가 받아 내지 못한다면 사천회의 총단은 물론
이요 이 악록산(岳麓山) 전체가 송두리째 사라지는 재앙이
일어날 것이다.

"천하의 소검신이 내빼는 것이냐?"

조휘가 뒷머리를 긁적였다.

"어…… 그게…… 자신이 없어요. 자신이."

"자신이 없다?"

어이가 없다는 듯한 천괴의 표정.

소검신은 그 전설적인 검신의 적전제자이며, 동시에 세력의 종주이자 신의 휘호마저 일신에 새긴, 그야말로 당대 최고의 검수로 평가받는 자다.

그런 자치고 지나치게 나약한 웅심(雄心)이 아닌가?

"아니 그런 뜻이 아니라. 죽이지 않고 이길 자신이 없다는 건데."

"뭐, 뭐라?"

그럼 그렇지 이 미친 놈!

저 소검신, 아니 소악마 놈의 입은 그런 나약한 소리 따위나 내뱉을 주둥이가 아니었다.

천괴의 전신에서 무한한 힘이 솟구쳤다.

"감히!"

쿠구구구구구구─

그야말로 어마어마한 거력이 그로부터 뿜어져 나온다.

순수한 내가진기의 수준으로만 따진다면 조휘가 겪어 본 그 어떤 무인보다 막강했다.

도대체 얼마만큼 수련을 해야 인간의 몸으로 저만한 힘을 낼 수 있단 말인가?

"와 씨!"

끝이라 여길 때면 어김없이 천괴의 강맹한 파동은 더욱 강력해지고 있었다.

아니 이게 인간으로서 가능한 힘인가?

이건 뭐 천우자의 법술에서나 느껴 볼 힘의 파동이다.

사패황?

얼어 죽을!

저 사황이 어린아이처럼 느껴질 판국이다.

이런 자가 사패황보다 명성이 높지 않다는 것이 말이 되나?

사천회조차 이러할진대 소림과 무당에는 또 얼마나?

소림과 무당에도 세속과의 인연을 끊은 채 평생을 산중에서 도와 불경을 닦는 고승과 도인들이 무수히 많다 들었다.

그것은 화산도 마찬가지!

과연 강호에 기인이사가 모래알처럼 많다더니, 조휘는 새삼 강호의 저력이 무서워졌다.

"보아라."

천괴로부터 유형화된 기(氣)가 그야말로 사천회 총단 전체를 드리우고 있었다.

"인외지경(人外之境)이라 자부하는 본 좌에게 그토록 오만한 망발을 일삼았으니, 네놈은 반드시 그에 상응하는 경지를 내보여야 할 것이다."

조휘가 길게 한숨을 내쉬었다.

"하여튼 노인네들이란."

왼쪽 눈에서 타오르는 자색 귀화.

오른쪽 눈에서 피어오른 백색 광휘.

조휘의 신형이 섬전처럼 깜빡였다.

피가 나도록 입술을 깨무는 강비우.

까앙!

까가강!

그가 느낄 수 있었던 건 허공에 수놓아진 엄청난 수의 섬전과 불꽃들, 그리고 쇳소리의 공명음뿐이었다.

가히 인간의 시계(視界)로 좇을 수도 없는 속도.

이게 정말 피륙으로 이뤄진 인간들의 공방(攻防)이란 말인가?

속도에 치중한다면 그 위력은 반감될 수밖에 없는 것이 당연한 상식임에도, 강호의 절대자들이 벌이는 대결에는 전혀 해당되지 않는 듯했다.

일 합 일 합 부딪치며 섬전이 일 때마다 엄청난 충격파가 사방으로 맹위를 떨친다.

그런 충격파에 의해 전각이고 뭐고 죄다 박살 나고 짓이겨지고 있었다.

무인들이라고 멀쩡할 수 있겠는가.

이미 사천회의 수뇌들은 서둘러 한곳으로 모여 힙격진으로 버티고 있었다.

화경에 이른 자들조차 내가진기를 연결해 합격진으로 버티지 않는다면 충격파에 의해 내부가 갈가리 찢길 정도이니 그 위력은 새삼 더 설명할 필요가 없는 것이다.

그때 강비우의 뇌리에 전광석화처럼 떠오른 의문 하나.

왜 나는 멀쩡한 것인가?

옆을 둘러보니 진가희와 염상록 쪽도 평안하다.

소름이 끼친 듯 다시 홱 하니 공방이 일어나고 있는 곳으로 고개를 돌리는 강비우.

설마 저토록 무시무시한 대결을 벌이는 와중에도 자신들의 동료들에게 미치는 충격파를 본인의 의념으로 상쇄하고 있단 말인가?

그런 것이 가능할 리가?

지, 진짜 미친놈이다!

순간 공방에 균열이 일어나며 조휘와 천괴가 각자 물러나 대치한다.

스스스스-

수십 개의 신형이 미끄러지는 듯한 환상과 함께 이내 천괴가 그 오롯한 모습을 드러냈다.

사도 제일 보법이라는 환사유령보(幻邪幽靈步)였다.

눈살을 찌푸리는 천괴.

"고작 이게 소검신(小劒神)이라고?"

강호인들이 신이라는 휘호로 조휘를 치켜세웠을 때는 다

그에 합당한 이유와 신위가 증명되었다는 뜻.

허나 천괴로서는 너무나도 실망이었다.

"하물며 이 천괴를 상대하면서 여유를 부려?"

의념지기를 나눠 후방의 동료를 살피는 조휘의 행동 때문에 천괴는 솟구치는 화를 참을 수가 없었다.

감히!

이 천괴를 무시해도 유분수지!

한데 막상 조휘는 그런 의도가 단 한 치도 없었다.

'엄청나다!'

조휘가 계속 탐색전을 펼치고 있는 것은 상대의 검법이 너무도 오묘했기 때문이다.

그것은 어쩌면 당혹감.

지금까지 자신이 배운 그 어떤 검식(劍式)과도 본질적으로 뭔가가 달랐다.

검천전능지체를 운용하여 바라봐도 마찬가지.

자신이 바라보는 세상에는 그 어떤 움직임에도 값이 있었다.

하지만 천괴의 검에는 값이 없었다.

존재하는 결과란 오직 확률(確率).

검천전능지체는 그의 움직임에서 백터값을 찾지 못하고 오직 확률만 토해 내고 있었다.

이는 상대의 검이 무한한 변수(變數)로 이뤄진 검이라는 뜻.

이런 경우는 조휘가 처음 경험하는 일로 그가 당황하는 것은 지극히 당연한 일이었다.

환검의 정수, 그 화려하고 난해하기 짝이 없는 화산의 매화
검법도 이 정도까지는 아니었다. 이건 마치 무신 어른의 무해
(無解) 같지 않은가?

조휘가 경탄으로 얼룩진 심정으로 침중하게 얼굴을 굳혔다.

'이건 도대체 무슨 검법이죠?'

검신 어른 또한 그 음성에 한껏 호기심이 드러나 있었다.

*-나로서도 처음 보는 검식이구나. 대단한 검의 종사다. 난
해함은 아미의 난피풍검법(亂披風劍法)을 능가하고 표홀함
역시 능히 매화검법의 위에 있다. 거기에 천하삼십육검(天河
三十六劍)보다 더한 단단함과 태극혜검의 포용력까지 더해
졌다.*

*-특히 그가 마지막에 펼쳤던 초식은 진실로 충격적이었소
이다. 본 좌 역시 그의 마지막 초식에서 모든 팔대마가(八大
魔家)를 보았소.*

-이건 마치…….

천하의 모든 무공이 합일(合一)된 느낌.

고래로부터 삼신(三神)들이 이러한 느낌을 받은 적은 단
한 번밖에 없었다.

그것은 바로 신좌의 유산을 처음 접했을 때!

-이런 건 사람의 일생(一生)으로 가능한 무공이 아니오!

-허어! 허면?

조휘의 두 눈이 가늘게 찢어지며 매서운 빛을 발했다.

"신좌의 끄나풀이라 이거지?"

조휘의 기도가 완전히 바뀌었다.

강대하긴 했으나 살기란 없었는데 지금은 막대한 살기가
그의 전신에서 무럭무럭 피어오르고 있는 것이다.

"신좌? 그건 또 무슨 개소리냐?"

"뭐라고?"

신좌를 추종하는 자들의 공통적인 특징은 '신좌'라는 단어
를 맹목적으로 신성시 여긴다는 것.

한데 천괴는 그런 신의 이름을 대했음에도 두 눈만 멀뚱멀
뚱 뜨고 있을 뿐이었다.

이런 그의 행동이 뜻하는 것은 단 한 가지.

처음에 삼신(三神)이 그랬듯, 본인의 검에 담긴 무리가 신
좌의 유산임을 아직 깨닫지 못했다는 것이었다.

"노인장, 검종의 사문을 밝혀 주시죠."

감히 새까만 강호의 후배 놈이 까마득한 전대의 노고수에
게 사문을 밝히라니?

사황이 합격진을 풀며 불같은 노성을 토해 냈다.

"대가리에 피도 안 마른 놈이 감히 본 회의 태상께 사문을
운운하는가!"

조휘가 피식 웃었다.

"무림맹주로부터 검신(劍神)님의 적전제자임을 공중받은

나한테 지금 배분을 따지자는 건가?"

"뭣!"

사실 조휘는 연배 때문에 강호의 노고수들을 존중해 온 거지 제대로 배분을 내세웠다면 거침없이 행동을 해도 별문제가 없었다.

허나 사황은 지지 않았다.

"무림맹이 강호 모두를 아우를 수 없다! 수백 년 전에 죽어 귀신이 된 검신 놈의 적전제자라니 대관절 그게 말이 되는 소리냐! 본 회는 인정할 수 없다!"

-저놈이!

감히 위대한 검신에게 저런 망발이라니 명불허전 사파 놈 아니랄까 봐!

"허면 당신이 말해 줘 봐. 저 노인장의 검! 사파의 어느 검종이지?"

"이놈이!"

"당신이나 나나 같은 세력의 종주인데 이것도 무례야?"

하지만 사실 이 일은 사황으로서도 평소에 지독히 궁금했던 사안이었다.

본디 천괴는 사파의 명문 검종 출신이 아니었다.

그는 홀연히 자취를 감춘 지 단 오 년 만에 단숨에 화경의 경지를 이루고 나타났다.

그전까지는 낭인 시장을 떠돌던 일개 낭인에 불과했기에

아무도 그를 주목하지 않았던 것.

허나 그가 익힌 독문검법이란 그야말로 유례를 찾아보기 힘든 전인미답의 경지였다.

정파의 검종들보다 깊으면서도 마검(魔劍)을 능가하는 패도지검.

그런 천괴를 기억하는 정파의 전대 고수들은 한때 그의 신비한 검법더러 검신과 비교하기도 했다.

하지만 그는 충분히 강호의 패자로 평생을 군림할 수 있었음에도 사천회를 채 십 년도 경영하지 않고 권좌에서 물러났다.

그런 그의 심중을 헤아린 자는 사천회 내에서조차 아무도 없었다.

사실 오늘 이렇게 다시 강호에 나타난 것만으로도 그를 기억하는 정파인들에게는 대사건이라 할 수 있는 일이었다.

'검총이나 석판의 도해는 아니야.'

천괴의 검은 오히려 삼신의 그것보다도 더욱 완성도가 높은 느낌이었다.

검총을 남긴 신좌는 당시에도 검법을 연구하는 중이었다.

천마삼검의 석판도 마찬가지.

조휘는 천괴의 검이 마치 그런 오랜 연구를 모두 마친 신좌의 검법처럼 느껴졌다.

검천전능지체로 바라본 상대의 궤적이 모두 확률값으로만 나타난다?

이는 변수가 무한에 근접했단 뜻이며 동시에 상쇄하기가 거의 불가능에 가깝다는 뜻이기도 했다.

만약 천괴가 오롯한 자연경에 이르렀다면 자신은 이렇게 서 있을 수조차 없을 터.

조휘가 깊은 눈으로 천괴를 응시했다.

"노인장. 이건 정말 중요한 문제라고. 당신의 검법…… 출처를 밝혀 줘."

다시금 노성을 터뜨리는 사황.

"얼마나 중한 일이길래 생사대결 중에 상대의 내력을 묻는단 말이냐! 네놈은 지금 강호의 금도를 깨려는 것이다!"

"당신은 좀 빠져. 진짜 심각한 상황이니까."

궁금하기는 강비우도 마찬가지였다.

천괴라는 아득한 전대고수가 지금까지 실존해 있었다는 것은 사천회의 이인자였던 자신으로서도 모르고 있었던 일.

"회주께서 언제 정파의 명분과 예법을 따지셨다고 그리 화를 내십니까. 검식의 도해를 내놓으라는 것도 아니고 단지 사문을 알고 싶다는 건데 무슨 역정을 그리 내시는지요."

"이놈!"

사황이 뒤집어진 눈으로 발작하려 들자 천괴가 나직한 목소리로 제지했다.

"그만하라."

천괴가 느릿하게 검을 거두며 다시 조휘를 응시했다.

"혹 네놈은 천외(天外)의 심중을 알고 있는 것이냐?"

천외의 행사?

이 너른 강호를 재패하는 것조차 일생을 걸어도 모자랄 일인데 과연 그런 것이 존재할 수 있단 말인가?

강비우가 그런 의문을 품고 있을 때, 조휘도 검을 거두며 침중하게 얼굴을 굳혔다.

"천외의 심중이라…… 과연 노인장은 뭔가 알고는 있는 것 같군. 자리를 옮깁시다."

조휘가 신법을 밟아 홀연히 사라지자 천괴 역시 엄정한 표정으로 그의 뒤를 밟았다.

도착한 곳은 어느 한적한 산중의 골짜기.

조휘가 먼저 한 바위 위에 아무렇게 걸터앉았다.

"이제 말해 봐요."

그때 조휘의 감각권에 막강한 의형지도가 감지되었다.

상대가 자신의 모든 의념을 동원해 의념의 장막을 치고 있는 것이다.

이내 조휘와 천괴가 서 있는 공간이 세상과 완전히 단절되자 그의 묵직한, 한편으로는 답답하게 느껴지는 음성이 토해져 나왔다.

"난 그의 노예였다."

"노예? 그?"

조휘가 고개를 갸웃거리자 천괴의 얼굴이 더욱 음울해졌다.

"그의 정체는 나도 모른다. 그는 그저 나를 실험했지."

"실험? 무슨 실험이죠?"

"과거에는 그에게서 성공적으로 도망쳐 왔다고 생각했지만…… 아니었다. 그는 나를 단지 놔준 것이다. 어쩌면 그것조차 그자의 실험일지도 모르지."

점점 의문만 늘어 가는 느낌.

"아니 그러니까 어떤 놈이냐고요. 남자입니까 여자입니까? 체구는? 생긴 건?"

그런 조휘의 질문에 허탈한 표정으로 웃고 마는 천괴.

"노부는 그의 형상(形象)을 한 번도 제대로 바라본 적이 없다. 언제나 들려온 것은 목소리였지."

"목소리?"

아오!

무슨 스무고개를 하자는 것도 아니고!

"당시 그곳에는 나뿐만이 아니었다. 정파의 쟁쟁한 후기지수들, 이름 모를 새외인들, 심지어 천마성의 젊은 마인들도 있었지. 그들 또한 나처럼 수많은 실험체 중의 하나일 뿐이었다. 하지만 모두 나처럼 도망가진 않았지."

"잠깐만, 잠깐만요."

조휘의 심중에 뭔가 감이 잡혔다.

천하의 기재들을 모아 비밀리에 무공을 실험한다?

"하나만! 하나만 기억해 내 주시죠!"

"무엇을?"

조휘가 의문으로 가득한 천괴의 두 눈을 강렬하게 마주 바라보았다.

"그곳에 제갈(諸葛)가의 후기지수들도 있었습니까?"

난 또 뭐라고.

천괴가 희미한 미소를 머금었다.

"그곳에는 정파의 후기지수들이 가장 많았다. 당연히 오대세가도 있었지."

"오대세가? 그럼 구파일방도?"

"그렇다."

순간, 조휘의 눈빛이 일변했다.

"'그의 실험'이라는 것이 끝난다면? 그 후기지수들은 어떻게 되죠? 무슨 임무에 투입됩니까?"

"나는 도망쳤기에 모른다."

그 순간.

쩌저저저적!

소름 돋는 파괴음과 함께 천괴가 펼쳐 놓은 의념의 장막이 깨어지고 있었다.

조휘가 위쪽을 바라보자 마치 세상이 균열되는 듯한 광경이 펼쳐져 있었다.

천괴의 얼굴이 흙빛으로 변했다.

이건 너무나도 익숙한 기운.

엄청난 타격을 받은 천괴가 칠공(七孔)으로 피를 흘리며 씹어뱉듯 처절한 신음을 삼켰다.

"으음…… 결국 왔군."

조휘가 균열하는 공간을 쳐다보며 절로 주먹을 불끈 쥐었다.

익숙한 느낌.

"육존신!"

조휘의 전신에서 활화산과 같은 거력이 피어올랐다.

강호의 절대자로서 언제나 당당함을 잃지 않았던 천괴가 온몸을 사시나무 떨듯 떨고 있었다.

지옥 같았던 당시의 오 년.

목소리 외에는 단 한 번도 진면목을 보지 못했지만 천괴는 상대를 보자마자 알 수 있었다.

자신의 긴 생애에 비춰 보면 그야말로 짧은 시간에 불과했으나 그 어떤 기억보다도 선연하게 남아 있는 그때.

어떤 감정도 없는 무채색의 목소리로, 해야 할 것과 하지 말아야 할 것만 알려 주던 바로 '그'라는 것을.

그런 '그'가 마치, 원래 그 자리에 있어야만 하는 것처럼 그렇게 상공에 떠 있었다.

인간의 형상을 하고 있되 전혀 인간과 어울리지 않는 자.

결국 천괴는 허탈한 심정이 되어 털썩 무릎을 꿇고 말았다.

애써 잊고 살아왔을 뿐, 자신은 결코 그때로부터 한 발자국도 헤어 나오지 못한 것이다.

"으음……."

조휘는 그의 엄청난 존재력에 답답한 신음을 흘리고 있었다.

정신을 가누기 힘들 정도의 어마어마한 영압(靈壓).

허나 그런 육존신의 어마어마한 존재력에 고통받는 와중에서도 조휘는 그 마음이 확신으로 물들었다.

상대에게서 인간성이 느껴지지 않는다.

저자는 마치 무생물과 같아서, 일말의 감정도 한 치의 마음도 느껴지지 않는 완벽한 허무 그 자체.

자신에게서 도망쳤던 금천총, 자신에 의해 소멸된 휘영존신, 그리고 영계 속의 귀암존신이 모두 그러했다.

그것이 바로 신좌의 능력을 이어받은 자들의 공통점.

삼라만상의 법칙에서 벗어난 결과로, 인간 본연의 기질이 모두 사라져 버린 것이었다.

이것은 조휘에게 너무나 중요한 단서였다. 앞으로 신좌의 추종자들을 분별하는 데 큰 도움이 될 것이기 때문이다.

휘영존신이 빛이요 귀암존신이 어둠이었다면, 또 다른 육존신으로 추정되는 눈앞의 상대에게는 휘황찬란한 빛살도 구유의 칠흑도 없었다.

그야말로 모든 것이 무(無).

가장 황당한 것은 분명 그의 몸이 투명하지도 않는데 태양빛이 그대로 투과되고 있다는 것이다.

도대체 저런 현상을 뭐라고 표현해야 하나?

순간 조휘는 귀암존신의 말을 떠올렸다.

-그의 형상을 말하는 거라면 그는 무엇으로도 화(化)할 수 있다. 흔한 나무가 될 수도 있고 발에 채는 돌이 될 수도 있지. 사람의 형상을 한 것은 본 적이 없다. 나는 그를 물(水)로 대했으니까.

-그것은 둔갑술(遁甲術)과 같은 법력이 아니었다. 정말로 그는 물 그 자체였다. 오롯한 영음으로 내게 말을 건네 왔지. 그에게 형상이란 아무런 의미가 되지 못한다.

귀암존신과 천괴가 했던 말들을 액면 그대로 받아들인다면, 지금 저 무채색의 존재는 신좌에게 직접 가르침을 받은 존재들, 즉 육존신(六尊神)이 아니라 신좌 본체란 말인가?

더욱이 귀암존신도 자신을 신좌의 실험체 운운했고 천괴 역시 마찬가지로 자신을 실험의 노예라 말했다.

조휘가 영계의 존자들에게 물었다.

'저자가 신좌(神座)입니까?'

귀암존신, 아니 이제는 귀암자(鬼暗子)로 돌아온 그가 부정의 뜻을 내비쳤다.

-아니다. 영압이 느껴지지 않느냐.

'예? 그게 무슨……?'

-영압이 있다는 것은 사람의 영(靈)을 지녔다는 뜻이다.

신이 된 자에게 인간의 영력 따위가 존재할 리 없지 않느냐.
흠…… 한데 알 수 없구나.

함께 신좌에게 가르침을 받은 육존신이라면 단번에 그의 정체를 알아차리고 조휘에게 알려 줘야 정상이었다.

하지만 귀암자의 반응을 봐서는 그로서도 아직 상대를 파악하지 못한 듯 보였다.

그때, 조휘의 감각권으로부터 전해 오는 엄청난 영력의 파동이 일시에 잦아들었다.

대신 그의 무심한 시선이 조휘를 향했다.

온통 검은자로 물든 그의 동공.

조휘는 등골이 오싹하여 절로 검을 쥔 손에 힘이 들어갔다.

-아니! 잠깐! 이, 이게 무슨!

귀암자의 동요하고 있는 감정이 고스란히 느껴졌다.

조휘가 서둘러 그런 그의 의중을 살폈다.

'왜 그러시는 겁니까?'

-방금 놈의 존재력이 변했다……! 이건 시, 신(神)이다! 놈
은 신좌(神座)야!

"뭐, 뭐라고요?"

조휘는 그 말을 듣자마자 화들짝 놀라며 상대를 쳐다보았다.

허나 그의 여전히 무심한 검은자위는 조휘가 차고 있는 의천혈옥을 향해 있었다.

"도망치고 도망친 곳이 고작 그런 곳이란 말인가."

곧 그의 검은자위가 창대하게 펼쳐진 하늘을 향한다.

"좌(座)에 이른 존재에게 공간의 장애란 없다. 그 간단한 것 조차 깨닫지 못했다니. 귀암(鬼暗)이여, 진실로 어리석구나."

귀암자는 상대의 음색과 어투로 인해 지극히 당황하고 있 었다.

-너는!

"그렇다. 나는 진실로 하늘을 통달하였다."

하늘과 통하는 자(通天)!

-통천주!

그는 가장 먼저 신좌의 제자가 된 인간으로서 육존신 중에 서도 그 존재력이 으뜸이었던 자였다.

한데, 귀암자가 알고 있는 통천존신은 저런 모습이 아니었다.

그 순간, 그의 뇌리로 전광석화처럼 하나의 가설이 스쳤다.

-설마 네놈이 정녕!

좌(座)에 이르는 방법은 오직 신좌밖에 몰랐다.

그런 신좌조차도 오랜 세월 동안 육존신을 실험하며 갖은 노력을 다한 것이다.

한데 저 천괴의 증언!

그의 증언대로라면 통천존신도 신좌를 흉내 냈다는 뜻이 었다.

그 역시 수많은 강호의 후기지수들로 하여금 실험을 반복 하여 좌에 이르는 방법을 알아냈다는 말인가?

한데 왜?

본인도 오롯한 좌가 되어 다른 좌들과 함께 우주를 아우를 것이지 왜 이토록 인간들의 세상에 관여하는 것인가?

"선택의 순간, 나는 굳이 좌에 오르지 않았다."

뭐라?

좌(座)의 영원불멸을 포기했다고?

육존신들이 일생토록 좌를 갈망했던 이유는 신좌를 향한 흠모도 있었지만, 근본적으로 영원불멸의 절대성을 향한 끝없는 욕망 때문이었다.

한데 그런 영원불멸의 삶, 그 오롯한 가치를 포기할 만한 뭔가가 과연 존재할 수 있단 말인가?

"네놈은 모른다. 끝내 오롯이 탄생한 좌들이 그렇게 우주적 존재가 되어 본들 얼마나 무의미한 시간을 이어 갈 수밖에 없는지."

통천존신의 무의미한 시선이 머나먼 창공을 가르고 또 갈랐다.

"그들을 기다리고 있는 것은 끝없는 허무로 점철된, 그저 공허하고도 비참한 삶의 연속선. 할 수 있는 거라곤 오롯한 의지의 파편을 필멸자에게 투사하여 그것을 관찰하며 회회낙락하는 유희의 삶이 전부다. 나는 차라리 혼세일계에 남아 모든 인간을 내 의지로 유희 삼기로 하였다."

-그게 무슨 소리냐! 신좌는……! 그는……!

통천존신에게 뭐라 항변하려 했지만 귀암자의 목소리는 점점 잦아들 뿐이었다.

"어리석은 귀암이여. 이제야 깨달았느냐. 그는 이미 필멸자들의 세계에 관여할 수 없는 몸이 되었다. 우리에게 물과 불, 바람으로 나타나 그 뜻을 전한 이유가 바로 그것이다. 이 혼세일계에 본체를 현신할 수 없다. 좌란 그런 것이다."

-허면 우리들에게 했던 그 무수한 실험은 뭐란 말이냐!

"귀암, 이 우둔한 자여. 그대의 어리석음이란 도무지 끝이 없구나. 오히려 그 반대라고는 생각을 하지 못하는 것인가?"

귀암자가 소스라치게 놀랐다.

대관절 반대라니?

설마!

"그렇다 우둔한 귀암이여. 그는 우리와 인연이 닿기 전부터 이미 좌에 오른 자였다. 그가 우리에게 했던 모든 것은, 좌에 오르기 위함이 아닌 오히려 이 혼세일계에 스스로를 현신시키기 위한 실험. 기실 우리는 신좌의 강림을 돕고 있었던 것이다."

조휘가 인상을 찌푸렸다.

"강림(降臨)? 아니 신이 된 놈이 고작 인간들의 세상에 와서 뭘 하겠다고?"

통천존신의 검은자위가 더욱 짙은 어둠을 발했다.

"인간은 영력이든 무혼이든 스스로 노력하여 자신의 존재력을 강화할 수 있다. 필멸자의 최대 강점이지. 하나 영생불멸의 '저주'를 받아들인 좌들은 다르다."

조휘가 한없이 진중한 얼굴이 되어 통천존신의 말을 경청하고 있었다.

"좌에 이르러 영원불멸의 신성이 된 자는 오직 필멸자의 흠모와 존경, 우러름을 갈구할 수밖에 없다. 영혼을 지닌 필멸자의 믿음과 추종을 받지 않고서는 존재력을 강화할 방법이 없기 때문이다. 신격이 된 원시천존이 인간들에게 도교를 전파한 이유가 무엇인 거 같은가."

묵묵히 통천존신의 말을 듣고 있던 조휘의 안색이 순간 핼쑥해졌다.

"설마 그럼!"

"그렇다. 좌에 오른 신좌의 또 다른 이명은 불존(佛尊). 그는 이 중원을 달마(達磨)를 추종하는 승려와 인간들로 가득 채웠다. 그는 그렇게 수많은 인간들의 존경과 우러름을 받으며 스스로의 신성을 강화하면서도 한편으로는 끊임없이 인간들을 실험하여 이 혼세일계에 다시 강림하려는 자."

그가 좌(座)의 비밀을 이렇게까지 세세하게 알고 있는 것도 놀라웠지만, 그 엄청난 정보들을 망설임 없이 자신에게 말해 주는 의도가 무엇인지 조휘는 가늠할 수 없었다.

하지만 곧이어 그의 의도를 알 수 있었다.

통천존신이 조휘의 목에 걸린 의천혈옥을 가리켰다.

"그대 역시 달마가 인간이었을 때 그의 세 제자였던 자들

323

의 공동전인인 셈. 신좌에 오른 달마의 여섯 제자를 대표하는 나와 틀림없는 동류(同流)다."

통천존신의 갑작스런 호감.

곧 그가 스스로 두 팔을 너르게 벌렸다.

"내 세상으로 오라. 누릴 수 있는 모든 것을 함께 누리리니, 내 너와 모든 유희를 함께하겠다."

이 모든 광경을 멍하니 바라만 보고 있던 천괴.

저 절대적인 존재가 분명 자신을 징치하려고 온 줄 알았는데 전혀 궤가 다른, 그야말로 차원이 다른 천외의 심중을 가감 없이 밝히고 있었다.

중원의 인간사에 이런 상상도 할 수 없는 비밀이 있었단 말인가?

한낱 필부로서는 도저히 가늠조차 할 수 없는 천외(天外)의 도정이었다.

이건 강호의 일이 아니라 천외의 세상.

한데, 저 소검신은 뭔가?

그는 이미 저런 엄청난 존재들과 그 격(格)을 함께하고 있단 말인가?

저런 엄청난 존재와 손을 잡을 수만 있다면 세상에 겁날 것이 뭐가 있겠는가.

분명 황제든 영웅이든 세상의 그 무엇도 될 수 있을 것이다.

한데 놀랍게도 소검신은 그에게 강렬한 적의를 내보이고

있었다.

비릿하게 웃고 있는 조휘.

"너무 그럴싸해서 순간 속을 뻔했잖아 이 새끼야."

엄청난 비밀을 공유하는 척, 마치 둘도 없는 동류인 척 다가오는 놈들은 항상 경계해야 한다.

분명 진실과 거짓을 반씩 섞어 그럴싸하게 꾸몄을 것이다.

"이 새끼가 누굴 바보로 아나. 내가 중원의 역사도 모르는 놈인 줄 알아?"

조휘의 갖은 욕설에도 통천존신은 입을 굳게 닫고 침묵만 유지하고 있을 뿐.

"귀암자 어른으로부터 네놈의 성향은 익히 들어 알고 있지. 넌 육존신 중 탐욕이 가장 많았어. 그런 놈이 과연 신좌의 길을 포기했을까?"

조휘가 의미심장하게 웃었다.

"내가 맞춰 볼까? 너는 아마도 육존신 중 신좌의 비밀을 아는 유일한 자겠지? 그 옛날 통천교가 발호했을 때 그들의 교세 확장 속도는 기존의 중원 선종(禪宗)과 도교(道敎)를 아득히 능가하는 것이었지."

-과연! 그거다!

조휘의 생각을 읽은 듯 귀암자도 감탄을 터뜨리고 있었다.

"이 새끼 이거 순 바보 아닌가? 신좌의 영원불멸을 포기하고 인간의 유희를 선택했으면 통천교도 진즉에 없었었어야지. 신도들을 그만큼이나 확보한 주제에 뭐? 좌에 오를 생각이 없다고 미친놈아?"

통천교(通天敎).

지금도 은밀히 퍼져 나가고 있는 통천교들의 교리는 너무도 위험하고 급진적이어서 당대의 황실도 긴장하고 있는 엄청난 사안이었다.

이들은 철저한 점조직으로 활동하여 쉽게 본진과 배후를 찾을 수 없다는 것이 특징이었다.

"야, 통천교의 신은 살아 있는 활신(活神)이라매? 칭호도 엄청 많더라? 천태활신, 천지전능 그리고……풉!"

조휘가 피식 웃으며 곧 어이가 없다는 표정을 지었다.

"하, 작명 센스 봐라 싯팔. 진짜 어이가 없는 놈이네. 뭐? 천괘통수(天卦通數)?"

하늘의 점괘와 수에 통달한 자.

"넌 임마 칭호부터 통수야. 반드시 뒤통수를 칠 놈이지. 신도들을 수십만 명씩이나 확보해 놓고 그렇게 차근차근 신좌에 오를 준비에 여념이 없는 놈이 뭐? 유희? 유희이이이이?"

조휘의 두 눈에 익살스런 섬광이 번뜩였다.

"당신 아직 신좌에 오르는 방법 못 찾았지?"

〈10권에 계속〉

슬기로운 회귀생활

은반지 현대판타지 장편소설

MORDERN FANTASY STORY

가문의 이익을 위해 길러진 개, 황재건.
당연하게도 그 인생의 끝은 토사구팽이었다.
철저히 이용만 당하다 버려진 그날,
세상은 그에게 또 한 번의 기회를 주었다.

[기반된 운명(運命)이 수레바퀴에 의해 뒤틀립니다.]

눈앞에 보이는 광경은 10여 년 전 머물던 방 안.
F급 각성으로 찬밥 신세를 면치 못했던 20살 때였다.

'이건…… 그냥 나잖아?'

그런데 SSS급 헌터의 힘이 그대로다.

회귀로
영웅독점
수없이 이어져 온 인간과 나찰 간의 전쟁.
그 안에서 홀로 살아남은 건
가장 재능 없다 여겨졌던 둔재, 이서하뿐.
'처음부터 다시 해 보자.'
이제껏 도망만 쳐 왔으나, 이제는 다르다.
복수의 돌로 다시 시작하는 인생.
안타깝게 스러져 간 영웅들.
대적을 도륙시킬 희대의 보구들.
그 모든 것을 선점해 역사를 바꾸리라.
2 회귀로 영웅독점
1 회귀로 영웅독점
회귀로
영웅독점